Philipp Brotz

# *Die Ungleichzeitigen*

8 grad

Philipp Brotz

# DIE UNGLEICHZEITIGEN

Roman

8 grad verlag   Freiburg

Nicht alle sind im selben Jetzt da. Sie sind es nur äußerlich, dadurch, dass sie heute zu sehen sind. Damit aber leben sie noch nicht mit den anderen zugleich. ... Verschiedene Jahre überhaupt schlagen in dem einen, das soeben gezählt wird und herrscht. Sie blühen auch nicht im Verborgenen wie bisher, sondern widersprechen dem Jetzt; sehr merkwürdig, schief, von rückwärts her.

Ernst Bloch, *Erbschaft dieser Zeit*

# I

Spätestens seit Stuttgart-Flughafen wuselte Vorfreude ameisenhaft unter Hagens Haut und bis in sein Innerstes.

Der Tetra-Pack knackte, als er ihn an die Lippen setzte.

»Milch?«, fragte der Fahrer mit dem kehligen ch eines Balkaneuropäers aus dem Rückspiegel.

»Laktosefrei«, nickte Hagen und wischte sich einen Tropfen vom Kinn. Die Milch war temperiert, obwohl er sie erst direkt vor der Taxisuche am Flughafen gekauft hatte. Im Wageninnern hatte er sie sofort aus der Tüte genommen, zwischen die Oberschenkel geklemmt und von oben mit den Händen gewärmt.

Seit sich der Schwarzwald mit den Formen einer wuchtigen Schmuckschatulle am Horizont abzeichnete, saß Hagen in der Mitte der Rückbank. Von hier konnte er den kurvigen Straßenverlauf durch die Windschutzscheibe verfolgen wie die Katze den lockenden Finger.

»Woher kommst du?«, fragte der Fahrer in einem schleppenden Ton, als läse er den Satz aus einem Lehrbuch ab.

»Berlin«, sagte Hagen.

»Berlin«, wiederholte der Fahrer andächtig. »Warum bist du dann hier?«

»Das ist meine Heimat.«

Der Fahrer lachte. »Klingt wie ein Gebet. Besuchst du jemand?«

»Ich bleibe hier. Für immer.«

»Hast du eine Wette verloren?«

Da Hagen nicht antwortete, fuhr der Fahrer fort: Hätte er die Wahl, er ginge sofort nach Berlin. Aber wann im Leben habe man schon die Wahl? Der Sohn noch Schüler, die Tochter im Kindergarten, die Schwiegereltern vor Ort. »Aber du siehst aus wie ein freier Mann. Warum bleibst du nicht in Berlin?«

»Ein zu freier Mann«, sagte Hagen. Berlin habe aus ihm den einsamsten aller Menschen gemacht. Quadratische Häuser, quadratische Fenster, quadratische Gesichter. Noch am letzten Tag habe er sich so fremd gefühlt wie am ersten.

»Und hier ist alles Bäume, Kühe, Wald.«

Hagen nickte. »Ja. Aber: meine Bäume, meine Kühe, mein Wald.«

»Bei uns sagt man: Wer die Heimat liebt, weiß nicht, wie schön es hinter den Bergen ist.«

Hagen lächelte höflich. Das enge Hemd war in den Achseln feucht geworden. Sein Bauch kitzelte. Atemlos setzte er die offene Milch an die Lippen, trank hastig, setzte ab und führte sie erneut zum Mund, da bog das Taxi in eine Kurve. Milch verteilte sich auf Hemd und Brust. Mit dem Daumen rieb Hagen über den nassen Stoff, trank dann den Tetra-Pack leer und sah wieder aus dem Fenster. Sie erreichten den Rand des Nagoldtals.

»Mein Bruder wohnt auch hier«, sagte der Fahrer, als das Ortsschild erkennbar wurde.

»In Löwenau?«, rief Hagen.

Der Fahrer nickte.

»Woher kommen Sie?«, fragte Hagen.

»Kosovo.«

»Und Ihr Bruder ist auch aus dem Kosovo?«

»Nein«, sagte der Fahrer und schüttelte energisch den Kopf, »mein Bruder kommt aus Grönland.« Als er Hagens Gesicht im Rückspiegel sah, lachte er großväterlich.

Hagen fühlte warmes Blut in seine Wangen schießen. »Aber in Löwenau gibt es doch keine Kosovaren«, sagte er dann gedehnt.

»Wie lange warst du nicht mehr hier?«

»Zehn Jahre.«

»Mein Bruder ist vier Jahre da. Aber er will schon lange weg. Nach Stuttgart. Oder Berlin.« Der Fahrer sprach weiter, aber Hagen konnte nicht mehr zuhören. Sie passierten den Friedhof, und Hagen reckte den Kopf, bis er an die Fahrzeugdecke stieß. Das Blut pochte so stark in der Halsschlagader, als ob ihn jemand würgte. Plötzlich stieg Milch die Speiseröhre empor. Ein vergorener Geschmack breitete sich aus.

Sie gelangten zur T-Kreuzung. Sie hielten. Bogen ab. Kein Mensch auf der Straße außer der alten Dame mit dem mädchenhaften Zopf, an die Hagen seit zehn Jahren nicht gedacht hatte. Wen mochte er noch vergessen haben? Die alte Dame ging schwankend, mit jedem Schritt ihre Jahre bewegend. Hagen winkte ihr durchs Rückfenster, aber sie sah dem Taxi nur mitleidig nach wie einem überladenen Zug aus einem fremden Land. Noch immer erzählte der Fahrer vor sich hin. Die Hauptstraße war jetzt Dreißigerzone. Gut so. Hagen konnte alles in Ruhe betrachten. Den Brunnentrog, in dem die Geranien dem fortgeschrittenen Frühjahr erste schüchterne Blüten entgegenreckten. Das Anwesen des dicken Bauunternehmers. Gegenüber den längst aufgegebenen Löwen, an dem das alte Wirtshausschild behauptete:

*Stuttgarter Hofbräu – Es schmeckt so wie kein anderes.* Dazwischen immer wieder der Blick auf die Hauptstraße und dieses Tagtraumgefühl, dass jeden Moment Vaters BMW entgegenkommen könnte. Dann freie Fläche, die Allmandwiese, und endlich die zwei Handvoll Häuser, in den Achtzigern das Neubaugebiet. Jetzt hoben sie sich als Zeugen eines untergegangenen Baustils gegen den Lärchenwald ab. Dort hinten, unter diesen Bäumen, hatte er als Kind mit der Mutter Frösche gekeschert und in Eimern in den heimischen Gartenteich getragen.

Dann waren sie da. Hagen tippte an die Schulter des Fahrers: »Das ist es.« Er deutete aus dem rechten Fenster auf sein Elternhaus.

Der Fahrer parkte das Taxi. Anschließend hievte er das Gepäck aus dem Kofferraum, während Hagen schweigend den Schatten der rauschenden Birken verfolgte, der über Haus und Garten huschte. Und über den Kiesweg, der zur Haustür führte.

Der Fahrer hielt Hagen seinen Reiserucksack hin. »Rest vom Gepäck kommt mit Spedition?«

Hagen sah ihn verdutzt an. Warum sollte aus Berlin, wo nichts war, etwas hierherkommen, wo alles war.

Dann zählte er dem Fahrer einhundert statt der verlangten dreiundachtzig Euro in die Hand, stieß das Gartentor auf und ging langsam zum Haus. In seinem Rücken hörte er den Motor aufheulen und das Taxi so eilig davonrollen, als kenne es bessere Orte als diesen.

Nachdem er heute Morgen alle seine Berliner Schlüssel der Dame von der Immobilienverwaltung gegeben hatte, war der Schlüssel zu seinem Elternhaus als einziger am Bund verblieben. Mit zitternden Fingern steckte Hagen ihn ins Schloss – und stieß auf Widerstand. Er versuchte es erneut. Entweder steckte etwas im Schloss – oder jemand hatte es austauschen lassen. Hagen betrachtete den Schlüssel, dann das Schloss. Kein Zweifel: Schlüssel und Schloss passten nicht zusammen. Er verharrte kurz, dann drehte er sich um die eigene Achse und ließ sich, den Rücken an der Tür, hinabsinken. Kalter Stein drang durch den Stoff seiner Hose. Hart schlug sein Hinterkopf gegen das Holz der Tür, als alles an ihm erschlaffte.

Seine Schultern zuckten. Dann rief er sich selbst zur Ordnung und richtete sich auf, klopfte seine Taschen ab, fand das Handy, googelte und rief einen Schlüsseldienst, der in einer halben Stunde da zu sein versprach.

Die Zeit bis dahin nutzte er für ein Wiedersehen mit dem Garten. Den Rucksack ließ er vor der Tür zurück, in Berlin hätte er das nie riskiert.

Die Nussbäume waren verschwunden. Die Quitten auch. Alles war einer Rasenfläche mit nur wenigen Inseln gewichen, von Buchsbaum begrenzt. Auf den Inseln durfte anorektischer Rosmarin wachsen, von weißem Kies bedrängt. Immerhin, der Teich war noch da. Und die flamingofarben blühenden Seerosen.

Aber die Nussbäume! Sie wären jetzt kaum älter als dreißig Jahre gewesen. Und was war mit den Quitten geschehen? Den Quitten mit ihren schüchtern beflogenen Nistkästen. Es standen auch keine alten Tongefäße mit Holzwolle mehr bereit, um Ohrenkneifer anzulocken. Und den efeuüberwachsenen Kirschbaumstrunk hatte man aus der Erde gehebelt.

Der Garten war ein anderer.

Später endlich Schritte im Kies und das dumpfe Scheppern der Klingel.

Warum klingelten die, wo er doch nicht ins Haus kam? Als der Schlüsseldienstler Hagen näherkommen hörte, drehte er sich um.

»Alex?«, fragte Hagen.

»Kennen wir uns?«

»Alexander Kalmbach?«

»Anscheinend kennen wir uns.«

Hagen strebte auf den Schlüsseldienstler zu, setzte strahlend zu einer Umarmung an, beließ es aber bei einem Schulterklopfen, als er bemerkte, wie der andere zurückwich.

Dass sie einmal Mitschüler gewesen seien, daran könne er sich nicht erinnern, erklärte Alex nach Hagens Erläuterung. Gut, einen Hagen habe es sicher einmal gegeben.

Nachname?

Hartmann!

Ja, richtig, das stehe ja auch hier. Sollte man als Schlüsseldienstler wissen. Im Scherz schlug er sich gegen die Stirn. Hagen Hartmann. Er kaute auf seiner Unterlippe. Nein, einen Hagen Hartmann habe seine innere Festplatte tatsächlich nicht mehr gespeichert. Aber wie dem auch sei – er bückte sich nach seinem Werkzeugkasten, kramte, verwies auf Termine, dringende, hantierte im Schloss, schraubte und bog, ohne Hagen weiter zu beachten. Der war beiseitegetreten und stand, die Arme gegen das Gefühl der eigenen Überflüssigkeit verschränkt, neben der Eingangstreppe, in seinem Kopf die Sätze des ehemaligen Mitschülers wiederholend.

Vielleicht war er selbst derjenige mit dem schlechten Erinnerungsvermögen. Der diesen Handwerker im Blaumann versehentlich für Alexander Kalmbach hielt. Obwohl – dass er so hieß, hatte er ja bestätigt. Und ganz sicher war er einmal Hagens Mitschüler gewesen. Vier Jahre hatten sie die Grundschule im Nachbardorf besucht, vier Jahre in derselben Klasse. Nebeneinander gesessen waren sie nie. Aber den Heimweg geteilt hatten sie doch etliche Male. Und ein Lager im Lärchenwald errichtet. Eine Grube ausgehoben und diese Grube mit Zweigen und Ästen und Blättern umfasst. Wenn Alex keine Termine hätte – Hagen könnte ihm die Stelle sofort zeigen. Der Mutter hatte er sie gezeigt, damals, er hatte sie – ein stolzer Bauherr – an der Hand in den Wald geführt. Und Salamander unten im Löwenbach hatten sie gesucht, Alexander Kalmbach und er. Gefunden freilich keine – der Bach zu kalt, ihre Geduld zu gering, das Abendessen zu nah. Gesucht hatten sie trotzdem. Gemeinsam. Vor über zwanzig Jahren. Nur der dort kniete, Alexander Kalmbach, noch immer den blonden Schopf zur Bürste rasiert und noch immer Sommersprossen um die Nase wie in einem Mädchengesicht, der wusste das nicht mehr und reichte stattdessen eine Rechnung herüber.

Bar sei ihm lieber. Gut, da Hagen kein Bargeld bei sich habe, zur Not eben Überweisung. Ja, er wohne noch immer in Löwenau. Grundstück der Oma. Die Oma lebe noch. Neben ihrem ein neues Haus gebaut. Aber jetzt muss er los, der nächste Termin. Auf dem Weg zum Auto drehte Alex sich noch einmal um. »Wie lange ist das her, dass wir uns kannten?«

»Zweiundzwanzig Jahre.«

# II

Auf der Garderobe die Kopfbedeckungen des Vaters, als könnte er jeden Augenblick eintreten und nach einem Stetson greifen, um seinen kahlen Schädel zu schützen. Darunter Jacken und Mäntel. Der bleistiftgraue Wollmantel der Mutter. Hagen lehnte den Rucksack an die Wand, dann streckte er die Arme aus und umarmte den weichen Stoff, atmete tief ein und aus und schluckte, als nach all den Jahren wieder Muttergeruch in sein Inneres strömte.

Hinter der Diele der Schock: Alles Kantige, Wuchtige war gewichen und durch Helles, Hohes, Schmales ersetzt worden. Beleuchtbare Glas-Stahl-Vitrinen statt der Massivholzschränke. Hagen eilte ins Wohnzimmer. Dort dasselbe: eine leichte Ledergarnitur, alles so weiß, gläsern, stählern und transparent wie möglich. Ein vertrauter Raum, der sich ihm entfremdet hatte. Auch der Blick hinaus war entstellt: vor den Fenstern das flirrende Sonnenlicht über dem sterilen Grün des Rasens. Wohnzimmer und Garten waren katalogfähig geworden, und er mittendrin, ein verirrter Fremdkörper.

Dann der Gedanke, der ihn am ganzen Körper verkrampfen ließ: Das Seine musste man doch aber bewahrt haben. Er eilte den Flur entlang bis ans Ende, wo rechts das Schlafzimmer der Eltern lag. Links das Kinderzimmer. Abgeschlossen. Hagen rüttelte. Verriegelt. Warum? Doch früher nie. Er blickte um sich, hastig, scannte die Wände nach einem Nagel mit baumelndem Schlüssel, tastete, fand den Lichtschalter, hastete zu den Stahl-Glas-Gestängen und klopfte die durchsichtigen Ablageflächen ab. Obwohl seine Eltern nicht da sein konnten, hatte er das Gefühl, sie sähen ihm zu, belächelten ihn, den Hastenden, den Tastenden. Die spöttischen Augen im Nacken halfen: Langsam wurde er ruhiger. Der Schlüssel würde sich finden. Das Haus verliert nichts, hörte er den Vater. Er konnte später suchen. Oder jetzt noch ein bisschen. Ein bisschen noch. Im Schlafzimmer, dessen Tür offen stand.

Wenigstens hier waren die Möbel nicht verändert. Er erkannte das alte Massivholzbett, in dessen Matratzengraben er als Kind so häufig geklettert war. Dazu allerdings einen neuen Geruch, stechend wie in einer Bahnhofsunterführung. Auf einmal ein schwaches Geräusch, ein Fiepen wie das eines entkräfteten Jungvogels unter dem Nest. Hagen sah sich um. Memory! Keine Spur von ihr auf der Vaterseite des Bettes. Er prüfte die Decken. Keine Memory in den Laken. Seine Schritte zügelnd, umrundete er das Bett. Keine Memory, aber wieder dieses Fiepen. Dazu der stechende Geruch, der immer stärker wurde. Er kniete sich hin und sah ins Halbdunkel: Riesige Pupillen in eukalyptusgrüner Iris starrten ihn an. »Memory!«, rief Hagen. Er lockte die Katze mit Geräuschen. Sie gab einen verhaltenen Laut von sich, ohne sich zu rühren. Vorsichtig schob er seine Hand unter das Bett. Memorys Körper zuckte, und etwas Spitzes schrammte über Hagens Haut. Er zog die Hand zurück und biss die Zähne zusammen.

Seit sie allein war, mochte sie Wasser aus Gießkannen geschlabbert haben oder aus tropfenden Hähnen. Er würde ihr jetzt die erste vollwertige Mahlzeit seit Langem bereiten. Im Kühlschrank fand er eine offene Vollmilch, die längst abgelaufen war und in Klümpchen in das Spülbecken schwappte. In der Speisekammer: nichts. Im Keller endlich stieß Hagen auf zwei Packungen H-Milch, leider nicht laktosefrei. Keine laktosefreie Milch in einem Katzenhaushalt! Dabei war Memorys Dünndarm doch genauso überfordert mit der Spaltung des Milchzuckers wie seiner. Egal. Um sie unter dem Bett hervorzulocken, war jedes Mittel recht.

Nachdem Hagen Futter- und Trinkschale befüllt, den Geruch von beidem in Memorys Richtung gewedelt und sich dann einige Meter zurückgezogen hatte, kroch die kleine Katze aus ihrem Versteck hervor. Mehr Haut als Knochen, die Augen nur noch trübe Pfützen und der Hals sehnig und faltig wie der einer alten Frau.

Hagen konnte nicht anders, als die Hand nach dem zitternden Tier auszustrecken, das unter seiner Berührung zuckte, aber nicht vom Milchnapf abließ, aus dem es mit ungelenker Zunge in hektischem Staccato schlabberte. Memorys Fell in seiner Hand war stumpf, und als er sie vorsichtig vom Kopf zum Rumpf hin streichelte, glitten seine Finger über ihre Rippen wie über Klaviertasten. Vergeblich versuchte er, die Erinnerungsbilder in seinem Innern zu unterdrücken. Die lauernde Memory im Kirschbaum. Memory, die stolz Maus um Maus vor die Tür legte und dann in der Küche nach Dosenfutter verlangte. Die Freude über das Wiedersehen mit Memory, als er in seinen ersten Berliner Semesterferien nach Löwenau gekommen war. Memory im Arm seiner Mutter, die auf dem Sofa lag. Seine Eifersucht auf Memory. Die Erleichterung, als er sich neben sie legen durfte.

Und jetzt kniete er auf dem Parkett und sah, wie allmählich der Tod in dieses Bündel aus stumpfem Fell und grätendünnen Knochen schlüpfte und seine blassen Farben in das Katzengesicht tupfte. Tränen kitzelten Hagens Nase. Er richtete sich auf, um sie mit dem Ärmel abzuwischen. Erschrocken wich Memory zurück. »Nicht doch«, bettelte Hagen, »komm her. Bitte komm und trink.« Mit angelegten Ohren folgte Memory seinem lockenden Finger bis zu den Näpfen. Nachdem Hagen der hinfälligen Katze eine Weile beim Trinken zugesehen hatte, schlich er davon, um nach der Uhrzeit zu sehen. Ja, die Tierarztpraxis im Nachbardorf war sicher noch einige Zeit geöffnet. Dr. Schroth musste Memory behandeln, ihr etwas spritzen, Vitamine, Blutplasma, keine Ahnung, was, Hagen würde sofort hinfahren.

Im Keller fand er den Katzenkorb, auf dem Küchentisch Mutters Autoschlüssel. Es tat weh, zu sehen, wie Memory sich anfangs dagegen wehrte, in den Korb bugsiert zu werden. Und noch mehr schmerzte, wie schnell sie sich ergab. »Ich will dir doch das Leben retten, und du mir bitte meines«, flüsterte er zärtlich durch die Gitterstäbe.

Dr. Schroth sei längst in Rente, erklärte ihm die Sprechstundenhilfe. Und Frau Dr. Pieper habe alle Hände voll zu tun, er sehe ja, was hier los sei, da könne man nicht einfach so reinplatzen, als wäre das eigene Tier das einzige auf der Welt!

Hagen setzte sich, die elende Memory mit wässrigen Eukalyptusaugen im Körbchen zu seinen Füßen. Im Lauf des Nachmittags ließ Hagen allen den Vortritt, die nacheinander aufgerufen wurden, und versuchte jedes Mal, einen Blick der Sprechstundenhilfe zu erhaschen, ein Zeichen, das ihm signalisierte, sie wisse um Memorys und seine Not. Nachdem die letzte Sittichbesitzerin das Behandlungszimmer mit ihrem zeternden Vogel im Bauer verlassen hatte und niemand mehr wartete, ging er zur Tür, klopfte, hörte nichts, trat ein und stand vor einer Frau, die Dr. Pieper sein musste – eine Hünin, fast von Hagens Größe, dürr und blond, in ihren Bewegungen steif wie ein Laufvogel.

»Guten Tag«, erwiderte die Ärztin seinen Gruß und belehrte ihn in hanseatisch gefärbtem Hochdeutsch, dass die Sprechstunde für heute beendet und ihr kein weiterer Patient angekündigt sei.

»Ein Notfall«, sagte Hagen und öffnete das Gitter, kaum dass er den Korb auf den Tisch gestellt hatte. Man sah Memory den Notfall an.

Dr. Pieper beugte sich vor, um die kleine Katze zu betrachten. Schließlich lockte sie sie heraus.

»Wie alt?«

Memory müsse vierzehn sein, rechnete Hagen vor. Bei Memory handle es sich um Monopolys Tochter und Mikados Enkelin. Es sei eine Angewohnheit seiner Eltern, alle Katzen nach Gesellschaftsspielen zu benennen, die mit einem M beginnen …

Dr. Pieper brachte ihn mit einem Handzeichen zum Schweigen. »Hier bleibt nur Einschläfern«, sagte sie und drehte sich einem Tischchen mit Instrumenten zu.

»Einschläfern?« Hagens Stimme wurde brüchig. »Wollen Sie denn gar nicht wissen, was passiert ist?«

»Hören Sie, ich habe jetzt Feierabend. Das Tier ist vierzehn Jahre alt und atmet flach. Es hat extremes Untergewicht und Mangelerscheinungen, die sich an den Zähnen, der Regenbogenhaut und den Krallen zeigen. Ich erlöse es kurz, und dann muss ich los.« Mit diesen Worten zog sie eine Spritze auf.

»Nein!«, rief Hagen, griff nach der schwach fauchenden Memory und stopfte sie in den Korb zurück, ihre ausgefahrenen Krallen an seinem Handrücken ignorierend.

Hastig verließ er das Behandlungszimmer, hörte die Tierärztin hinter sich rufen, verstand nur »Materialkosten«, stürmte an der Sprechstundenhilfe vorbei, wuchtete den baumelnden Korb auf den Beifahrersitz des Mini Countryman und fuhr los. Erst nachdem er einige Male abgebogen war, machte er Halt und dachte nach. Was jetzt? Ein anderer Tierarzt? Eine Heilpraktikerin für Tiere? Gab es so etwas?

Er googelte nach Ratschlägen zum Aufpäppeln von Katzen: hochwertiges Nassfutter mit hohem Fleischanteil. Futter leicht aufwärmen. Gabe von etwas Bierhefe. Hüttenkäse als Beimischung. Lammhack oder Geflügel mit Haut.

Er musste einkaufen. Also fuhr er zurück nach Löwenau und bog vor dem Ortseingang zum Löwenbachtal in Richtung Kreisstadt ab. Kurz vor dem Löwenauer Brückle bremste er und wandte sich Memory zu, die ihn mit matten Augen durch das Gitter anstarrte. Als er wieder aufsah, entdeckte er eine Gruppe von vier oder fünf jungen Menschen am Löwenbach: einen Schwarzen, mehrere Männer, die orientalisch aussahen, zwischen ihnen eine junge Frau. Eine solche Person hatte Hagen noch nie gesehen: strahlendes Lachen, symmetrische Grübchen, die er selbst aus dem fahrenden Auto erkannte, dazu wallendes schwarzes Haar und eigentümliche Kleidung, ein Samtsakko und darunter eine Rüschenbluse. Der Anblick der Frau hatte Hagens Mini fast zum Stehen gebracht. Er riss sich los, dann gab er Gas, um den Anstieg nach der Brücke zu schaffen. Einem Schwarzen war er in Löwenau noch nie begegnet, auch keinem Orientalen. Waren das Asylbewerber? Und wer war die Frau? Eine von ihnen? Die sich allein mit mehreren Männern im Löwenbachtal traf? Hagen drängte seine Fragen beiseite. Er musste Memory retten.

## III

Als Memory sich erbrach, machte Hagen sich Vorwürfe. Warum nur hatte er der kleinen Katze mit dem Futternapf in der Hand nachgestellt? Warum hatte er ihr den Hüttenkäse mit einem Plastiklöffel einflößen müssen, zwischen ihren gefletschten Zähnen hindurch, den eigenen Atem unterdrückend, weil er sonst ihren Mundgeruch nicht aushielt? Er hatte auf Google vertraut statt auf den Überlebenswillen der Katze – vielleicht, weil er nicht mehr an diesen Überlebenswillen glaubte.

Nachdem Memory ihr heiseres Würgen beendet hatte, zog sie sich unter das Sofa zurück. Von dort aus sah sie ihm mit wässrigen Augen zu, wie er die von Speichelfäden überzogenen, nach Galle riechenden Käseklumpen aufwischte. Und wenn er die Katze ihrem eigenen Instinkt überließe?

Hagen bereitete eine Auswahl an Nahrungsmitteln vor, die er auf dem Wohnzimmerboden platzierte. Dann ließ er Memory unter dem Sofa zurück und ging, da sich vor dem Fenster die erste Nacht in seinem Elternhaus ankündigte, abermals auf die Suche nach dem Schlüssel zu seinem Kinderzimmer.

Das Haus der Eltern schien zu einem Haus ohne Schlüssel geworden zu sein.

Überhaupt war ein Haus des Wenigen entstanden, ein Haus der kargen Zimmer, der schlichten Ästhetik, ein Haus des Unpersönlichen und Kataloghaften. Zwei der Räume im Obergeschoss waren zwar vollständig möbliert, aber als Hagen eintrat, hatte er das Gefühl, er sei der Erste, der nach verwaisten Jahren ein Hotelzimmer ohne Spuren eines Gastes betrete.

Früher hatte es in diesen Zimmern ein Bügelbrett gegeben und vom Dämpfen duftende Wäsche. Dazu Topfpflanzen – einen vergilbten Elefantenfuß und eine kühlende Monstera. Manchmal war der Boden von bunten Artikeln auf Glanzpapier übersät gewesen, die die Mutter aus Modemagazinen ausgeschnitten hatte und die unter den Füßen knisterten und an den Fußsohlen kleben blieben, wenn man barfuß eintrat.

Immerhin war die Suche nach dem Schlüssel in diesen Räumen schnell beendet.

Einzig im Arbeitszimmer des Vaters dauerte sie länger. Ein Geruch nach milbenbefallenem Teppich und verstaubtem Papier schlug Hagen entgegen, als er die Tür öffnete. Es war, als beträte er mit dem anderen Raum auch ein anderes Haus. Noch mehr Ordner und Kladden, lose Blätter und Schmierzettel, als Hagen in Erinnerung hatte, türmten sich hier. Um die einzelnen Schubladen und Schrankfächer durchzusehen, musste er immer wieder einen ganzen Stoß scheinbar wahllos gestapelter Unterlagen abtragen und umschichten. Fransig abgerissene Zettel flatterten herab, auf denen in der zackigen Handschrift seines Vaters Notizen wie *Festgeld Sparkasse* oder *Neuvermietung Garagen* oder *Versicherungspolice* standen.

Den Schlüssel zu seinem Kinderzimmer freilich fand Hagen nirgends. Dafür stieß er auf ein abgegriffenes Notizbuch im Vokabelheftformat, das der Vater mit *Passwörter* beschriftet hatte. Mit knirschenden Zähnen stellte er fest, dass das WLAN-Passwort *Kriemhild* lautete.

Unten hatte Memory weder getrunken noch gegessen. Noch immer kauerte sie unter dem Sofa, als wäre Hagen nur einige Minuten oben gewesen. Er kniete sich vor sie hin, rief ihren Namen, bettete seine Hand vor ihrem Körper wie eine Einladungskarte und erhob sich schließlich, nachdem nichts geschehen war, mit enger Kehle.

Es gab keinen freien Zahnputzbecher, und er wagte nicht, die Zahnbürste der Mutter zu berühren und sich ihren Becher anzueignen. Bevor er zum Gepäck ging, hielt er inne und stützte sich auf das Waschbecken. Im Spiegel der Eltern sah er anders aus als im Spiegel seiner Berliner Wohnung, und er konnte nicht sagen, ob es am Spiegel lag oder an ihm.

Später im Schlafzimmer kam es ihm vor, als würde die Bettdecke des Vaters den ganzen Raum füllen. Es war, als ginge aller Geruch, alle Vibration im Zimmer von dieser schweren Decke aus. Schon wollte Hagen nach ihr greifen, ließ dann aber die Hand sinken. Auch das durchgelegene Kissen des Vaters, auch das kratzige Frotteelaken ließ er unberührt.

Wie feucht sich seine Fußsohlen anfühlten, als er sie von den Fliesen hob, um ins Bett zu steigen. Wie taub seine Knie waren. Erst jetzt, den Kopf auf dem Kissen der Mutter, verging das Gefühl, dass der ganze Raum vom Vater erfüllt sei. Das Kissen der Mutter duftete leicht nach Blumen, vielleicht auch nach einer raffinierten Praline, nach etwas, von dem er viel zu lange nicht genascht hatte. Er drehte den Kopf von links nach rechts und rechts nach links und geriet bald in einen Rhythmus, der den ganzen Körper mitzog. Um das Licht zu löschen, unterbrach er sich und nahm dann den Rhythmus wieder auf, spürte die weiche Matratze, dazu die angenehme Kühle des Kissens an seiner Wange, bis der Stoff feucht war und er den Kopf stillhielt und nur noch den salzigen Geschmack auf seinen Lippen wahrnahm.

Als er im Dunkeln erwachte, wähnte er sich in einer Kajüte auf einem verlassenen Schiff, an deren Tür die Ratten nagten, und er fragte sich, wie er auf dieses Schiff geraten war und ob er den Morgen abwarten sollte, um sich ein billiges Hotel am Hafen zu suchen. Erst allmählich wurde ihm klar, dass er in seinem eigenen Bett lag. Warum aber war dort, wo er im Dunkeln tastete, kein Lichtschalter? Da begriff er endlich, dass er die Nacht in einem Ehebett verbracht hatte und dass das Licht zur anderen Seite hin angebracht war.

Was ihn geweckt hatte, kam ihm erst im Schein der Lampe zu Bewusstsein. Etwas schabte an der Tür und wimmerte leise vor sich hin. Er ließ Memory ein und hob sie, da er ihre wackeligen Schritte kaum mit ansehen konnte und sie zögerlich stehen blieb, auf die schwere Decke des Vaters. Dort streckte sie die dürren Beine von sich, und Hagen zwang sich zu der Vorstellung, dass Memory es nun bequem habe, auch wenn jede Form, in die Memory sich derzeit bringen konnte, wie eine Tüte Knochen aussah.

Im Dunkeln legte er die Hand auf ihr Fell und spürte, wie schnell sich ihr Brustkorb hob und senkte. Sie begann zu brummen wie ein winziger Wärmegenerator.

# IV

Nach dem Regen der letzten Nacht wirkte die Erde so feucht, als hätte man das Grab seiner Eltern erst gestern ausgehoben.

Dass sie dort liegen sollten, während er hier saß! Der Erdhaufen war noch nach oben gewölbt, das Holz noch nicht verfault, die Särge noch nicht eingebrochen. Noch war kein Wurm in ihr Fleisch eingedrungen. Noch krochen ihnen keine Maden aus Nase und Mund. Noch waren ihre Körper, wie er sie in Erinnerung hatte. Nur zehn Jahre älter. Noch konnte er sich hinknien und mit den Händen graben, bis er an Holz stieß. Die Särge öffnen und Vater und Mutter herausziehen, sodass sie noch einmal nebeneinandersäßen. Ein letztes Foto zu dritt. Die Bank war breit genug.

Die Kränze, die man den Toten aufs Grab gelegt hatte, welkten bereits.

Das Holzkreuz, das provisorisch Namen und Lebensdaten verkündete, würde er durch einen Grabstein ersetzen lassen. Wer vor diesem Grabstein stünde, würde ahnen: Hier liegen zwei, die ihr Leben miteinander geteilt haben. Im selben Jahr geboren. Am selben Tag gestorben. Ganz offensichtlich füreinander gemacht.

Er zog das Bild aus seiner Tasche, das er unter all den Bildern in den Fotoalben aus Vaters Zimmer ausgewählt und gerahmt hatte, und stellte es vor das Holzkreuz. Dann trat er zurück und faltete die Hände.

Obwohl der Hagen auf dem Foto keine acht Jahre alt war, hatte sein Vater, der hinter ihm stand und ihm die Hand auf die Schulter legte, schon keine Haare mehr auf dem Kopf. Das Foto war zu jener Zeit entstanden, als der Vater bereits begonnen hatte, sich die verbliebenen Stoppeln unter einer dicken Schicht Gillette-Rasierschaum jeden Morgen mit dem Nassrasierer zu entfernen. Er war schon mit einundzwanzig Vater geworden, aber sein Haar hatte sich nicht einmal bis zur Einschulung des Sohnes auf dem Kopf gehalten.

Überhaupt war Klemens Hartmann bei allem der Schnellste gewesen: Die Schule hatte er schneller beendet als die anderen, nachdem die Grundschullehrerin seine Eltern aufgefordert hatte, den begabten Sohn eine Klasse überspringen zu lassen. Obwohl er natürlich immer der Jüngste in der neuen Klasse blieb, war er am Gymnasium der Erste gewesen, der die Lehrer überragte. Schon in der neunten Klasse hatte er seine endgültige Größe von einem Meter dreiundneunzig erreicht. Fotos der Abiturfeier zeigten, dass sein Haarausfall noch zu Schulzeiten eingesetzt hatte. Später war er der Erste aus seiner Abiturklasse, der Vater wurde. Dann der Erste ohne Haare.

Obwohl Klemens Hartmann aus West-Berlin stammte und darum nicht der Wehrpflicht unterlag, meldete er sich freiwillig zum Bund und wurde dort schneller als alle Kameraden zum Unteroffizier befördert. Danach schloss er das Wirtschaftsstudium an der Universität Stuttgart vorzeitig ab, und bei seinem Abschluss war er bereits Vater eines dreijährigen Sohnes.

Das Friedhofstor quietschte. Ein Schwarzer im Jogginganzug trat ein. Fast hätte Hagen zweimal hingesehen. Tatsächlich – ein Schwarzer. Auf diesem kleinsten Friedhof in diesem kleinsten Dorf der Welt. In diesem Dorf, in dem Hagen zwischen zweiundfünfzig zwiebackweißen Kindern im Schulbus gesessen war. In dem man, als drei Aussiedlerfamilien aus Kasachstan, die Schmidt, Seidlbauer und Holzapfel hießen, ihre Häuser nebeneinander bauten, schon von einer Russensiedlung gesprochen hatte. Ihm fiel die Gruppe ein, die vor einigen Tagen am Löwenbach gestanden war, als wollten sie baden. Der Schwarze. Die Orientalen. Und vor allem diese junge Frau mit den Grübchen und der eigentümlichen Kleidung. Womöglich war der Schwarze, der jetzt die Gräberreihen entlangzockelte, ohne Hagen zu beachten, derselbe junge Mann, den er auch am Löwenbach gesehen hatte.

Der Schwarze verschwand hinter einem Häuschen. Hagen erahnte einige Meter Wiese, ehe sich ein Wäldchen anschloss oder eher ein Waldsaum für die Äcker, die zwischen dem Friedhof und dem weiter hinten erkennbaren Reiterhof lagen.

Da seine Eltern nicht aus Löwenau stammten, hatten sie nie einen Verwandten hier begraben, und Hagen war nicht sicher, ob er den Friedhof vor dem heutigen Tag überhaupt einmal betreten hatte.

Er setzte sich wieder auf die Bank. Erstaunlich auf dem Bild war die Symmetrie der Hände. Die Linke seines Vaters lag auf Hagens rechter Schulter, die Rechte der Mutter auf seiner linken. Und obwohl der Vater die Mutter um bald zwei Köpfe überragte, so umschloss ihre Hand doch im selben Winkel und auf derselben Länge die Schulter des

Sohnes. Am auffälligsten war aber der Blick der Mutter, dieses allverstehende und allerklärende Lächeln.

In der achten Klasse hatten Thomas und die anderen im Physikunterricht gestört, sich zunächst mit Linealen in die Seite gestochen und dann aus Langeweile zu Hagen nach hinten gewandt. Thomas trug wie immer seine umgedrehte Basecap. »Ist dein Ding schon hart, Mann?«, fragte er, und die anderen lachten, als hätten sie diese Zote zum ersten Mal gehört. Von ihrem Gelächter ermuntert, warf Thomas eine leere Packung Durstlöscher in Hagens Gesicht, sodass diesem ein stechender Schmerz von der Nase hinter die Stirn fuhr. Hagen schleuderte die Packung auf Thomas zurück, verfehlte den Mitschüler allerdings und touchierte stattdessen die Apparatur, an der der Lehrer, ein Mann namens Fahrenkrug mit Brillengläsern dick wie Butzenscheiben, gerade das Phänomen der Hangabtriebskraft demonstrieren wollte. Fahrenkrugs Augen verdoppelten sich noch einmal in ihrem ohnehin bemerkenswerten Umfang, bis er schließlich hinter seinem Versuchspult hervortrat und langsam sagte: »Hagen, du kommst nach der Stunde mal zu mir.«

Unter Tränen hatte Hagen der Mutter von der Strafarbeit erzählt, die der eulenäugige Fahrenkrug ihm auferlegt hatte. Die Mutter schüttelte den Kopf über diesen, wie sie sagte, Schwächling, der Stärke nur gegen die Schwachen wagte. Hagen hatte gehofft, dass die Mutter zur Schule fahren und dem Lehrer genau das ins Gesicht sagen würde, aber stattdessen ließ sie sich seufzend erklären, was genau Hagen in seinem vierseitigen Sonderaufsatz darstellen solle. Als der Vater von der Arbeit kam, saß die Mutter noch immer am Wohnzimmertisch und begründete wortreich in einer

Schrift, von der sie meinte, dass sie Hagens ähnele, weshalb ein gewaltfreies Miteinander nicht nur die Grundlage des schulischen, sondern überhaupt des gesellschaftlichen Zusammenlebens sei. Nachdem der Vater von dem Vorfall erfahren hatte, begann er zu brüllen, dass ein bisschen Erziehung noch keinem geschadet habe und wohin wir denn kämen, wenn neuerdings die Mütter die Strafarbeiten ihrer Söhne erledigten, und dass er im Übrigen seine Frau dazu auffordere, den von ihr angefertigten Aufsatz sofort zu zerreißen. Hagens Mutter schrieb den Text aber unbeirrt zu Ende, schob den Vater auf dem Weg zum Kinderzimmer mit dem Unterarm beiseite, faltete das Papier zusammen und platzierte es eigenhändig für den nächsten Tag in Hagens Schulranzen, dazu zwei Marienkäfer aus Schokolade. Als der Vater in der Kinderzimmertür stand, die Hände am Türrahmen, und die Mutter nicht passieren lassen wollte, ehe sie den Aufsatz nicht aus Hagens Rucksack genommen und eigenhändig zerrissen hätte, machte sie sich klein und schlüpfte durch das winzige Loch zwischen dem langen Bein und seinem Unterarm hindurch. Der Versuch des Vaters, sie mit der Hüfte zu arretieren, endete mit dem harten Schlag seines Beckens gegen das marmorierte Holz.

Nachdem Hagen die Blätter am nächsten Tag brav dem eulenäugigen Fahrenkrug überreicht hatte, kam Jochen auf ihn zu, der eigentlich zu Thomas' Clique gehörte.

»Du hast die Strafarbeit also echt gemacht«, sagte er.

Hagen zuckte die Schultern.

»Boah, ich fand das so ungerecht gestern. An deiner Stelle wäre ich derb abgefuckt gewesen. Ich glaube, ich hätte dem Fahrenkrug lieber voll auf die Brille gekackt, als die Strafarbeit zu machen.«

»Meine Mutter hat sie gemacht«, sagte Hagen leise.

»Was? Echt? Respekt!« Jochen hielt ihm die Hand hin. Hagen schlug ein.

Von da an unterhielten sie sich in den Pausen öfter miteinander. Erst hatte Hagen Angst, dass Thomas Jochen aus seiner Clique ausschließen und Jochen sich dafür an ihm rächen würde. Aber es geschah das Gegenteil – Thomas' Angriffe auf Hagen wurden weniger.

Jetzt quietschte das Friedhofstor. Hagens Kopf fuhr herum. Ein Jugendlicher trat ein, vielleicht sechzehn oder siebzehn Jahre alt. Die Basecap umgekehrt auf dem Kopf wie damals Thomas. Der Junge verschwand genau dort hinter dem Häuschen, wo zuvor der Schwarze verschwunden war. Wehmütig dachte Hagen daran, dass dieser Junge einer neuen Generation angehörte, die ihn, Hagen, als Zeitreisenden aus der Löwenauer Vergangenheit empfinden musste. Diese neue Generation war eine feindliche Armee, die seine Erinnerungslandschaft besetzt hielt.

Immer wieder hatte der Vater von Hagens Strafarbeit angefangen. Wieso Hagen, wenn ihn die Strafarbeit störe, nicht zum Lehrer, sondern zu seiner Mutter gegangen sei, wo doch die Mutter gar nichts mit der Strafarbeit zu tun habe, hatte er gefragt. Und an die Mutter gewandt, warum sie, da sie doch offenkundig die Strafarbeit als Ungerechtigkeit empfunden habe, diese Empfindung nicht dem Lehrer mitgeteilt, sondern stattdessen Stunden am Schreibtisch geopfert habe im Versuch, die Ungerechtigkeit aus der Welt zu schaffen, indem sie sie auf eine noch unschuldigere Person übertragen habe, die durch ihre Unschuld die Ungerechtigkeit des Lehrers anklage. Freilich ohne dass dieser von der Anklage erfahre. »Du verziehst den Jungen«, hatte er zur Mutter gesagt, dabei aber Hagen angesehen. »Irgendwann wird jedes Kängurubaby zu groß für den Beutel.«

Hagen hatte, wenn der Vater von der Strafarbeit anfing, stets die Achseln gezuckt. Der Aufsatz war abgegeben und der eulenäugige Fahrenkrug zufrieden. Damit war die Sache aus der Welt. Und fertig.

Die Gleichgültigkeit von Gattin und Sohn trieb dem Vater immer wieder die Röte ins Gesicht. Die Welt bestehe nun einmal aus Jägern und Gejagten. Aus Karnivoren und Phytophagen. »Dein Platz muss immer ganz oben in der Nahrungskette sein, Hagen!«, sagte er dann und packte den Sohn, wenn der nicht reagierte, an der Schulter, um ihn aufzurütteln. Und weiter: »Wenn man schon Hagen heißt, dann muss man auch ein Hagen sein und kein Gunther!«

Der Vater war stolz darauf, Hartmann zu heißen. Wenn er den eigenen Namen sagte, musste er manchmal die Zähne fletschen, weil ihn die Kraft durchströmte, die von diesem Namen ausging. Umso mehr litt er darunter, dass man ihn Klemens getauft hatte. Der Milde! Ausgerechnet er! Der Schnellste in Schule, Militär und Studium! Der größte Mann in ganz Löwenau! Der Mann mit dem markanten Schädel. Ausgerechnet er sollte Der Milde sein! Genau darum hatte er seinen Sohn Hagen genannt. Um zu verhindern, dass ein Zweiter achtzig Jahre lang mit einem Missverständnis anstelle eines Namens herumlaufen musste.

Plötzlich trat der Schwarze hinter dem Häuschen hervor. Unter seinen Schritten klackerten Kieselsteine vom Weg gegen die Grabbegrenzungen. Er bewegte sich so langsam und rhythmisch, als gebe es nur ihn und als spiele in seinem Kopf eine Melodie, der er Ausdruck verleihen müsse.

Hagen blickte dem Schwarzen ins Gesicht, aber der beachtete ihn nicht. Als er auf Hagens Höhe war, drehte er den Kopf zur Seite, sammelte grunzend Speichel im Mund und spuckte in hohem Bogen aus. Wie in Zeitlupe taumelte der Speichelpfropfen durch die Luft, ehe er mit dumpfem Geräusch auf das Grab der Eltern klatschte. Fassungslos sah Hagen dem Schwarzen nach, bis dieser mit wippenden Lockenzöpfchen das Friedhofstor hinter sich zufallen ließ.

Dann tauchte der Jugendliche wieder auf. Er ging viel weniger rhythmisch als der Schwarze, fast stolperte er zwischen den Gräberreihen hindurch. Beim Anblick von Hagen erschrak er sichtlich, biss sich auf die Lippen und ruckelte an der umgedrehten Basecap. Während er vorüberging, erkannte Hagen, dass die Augen des Jugendlichen merkwürdig glänzten. Und er verströmte einen süßlich-verbrannten Geruch.

# V

Die nächsten Tage verbrachte Hagen größtenteils damit, sich die Wünsche von seiner Liste zu erfüllen. Diese Liste hatte sich zunächst in seinem Kopf gebildet, bis er sie notiert und auf den Tisch im Wohnzimmer gelegt hatte.

Sein größter Wunsch war es, Memory zu heilen. Nach der ersten Nacht war er mit der Hand in etwas Feuchtem erwacht und hatte feststellen müssen, dass Memory nicht hatte an sich halten können. Also hatte er die kleine Katze vorsichtig von Vaters schwerer Decke gehoben und den Bezug gewechselt. Beim Versuch, die Exkremente mit einem Schwamm aus dem feuchten Stoff zu entfernen, erfreute er sich an dem Gedanken, dass Memorys Notdurft nur bedeuten konnte, dass sie, bevor sie nachts zu ihm gekommen war, doch etwas gefressen hatte.

Tatsächlich fehlte ein bisschen Lammhack im Unterteller und auch die Mischung aus Milch und Wasser war weniger geworden. Hagen fotografierte Memory, um dieses Bild des ersten Tages mit späteren Bildern vergleichen zu können.

Bald glaubte er tatsächlich, dass Memory etwas zugenommen hatte. Die Nächte verbrachten sie Seite an Seite im Ehebett, Hagens Hand in Memorys Fell, das sie tagsüber nun manchmal wieder mit der Zunge säuberte. Als er am Morgen des dritten Tages erwachte, fand er Memory auf seinem Bauch, die Augen zusammengekniffen, und leise schnurrend. Lange wagte er nicht, sich zu rühren, bis ihn schließlich die Blase drückte und er sie sanft von sich heben wollte. Ins Schwanken geraten, krallte Memory sich in das Fleisch unter seinem Schlafshirt, sodass er unter Schmerzen ihre Pfoten einzeln von sich lösen musste.

Hagens zweiter Wunsch war es, das Haus aus dem Katalogzustand in sein früheres Zuhause zurückzuverwandeln. Er blätterte versonnen die Fotoalben durch. Die Mutter und er, wie sie auf dem Wohnzimmersofa die Nasen aneinanderrieben, er vier oder fünf Jahre alt, sie eine hübsche junge Frau. Der Vater, wie er ihn vor der Terrassentür über dem kahlen Schädel trug, die starken Hände um die schlanken Beine des Sechs- oder Siebenjährigen gelegt. Die Mutter, wie sie unter seinen erwartungsvollen Blicken eine Schüssel Kartoffelsalat auf den Esstisch stellte. Der Vater, wie er ihm in einem der heute so kargen Zimmer im Obergeschoss beim Aufbauen einer Modelleisenbahn half.

Mithilfe solcher Bilder hatte Hagen eine Liste von Einrichtungsgegenständen erstellt, die er jetzt im Internet aufzutreiben versuchte. Zunächst hatte er gehofft, zumindest einige der früheren Möbel im Keller vorzufinden. Aber leider hatten die Eltern alles restlos entsorgt. Immerhin fehlte es, seit mit den Banken und dem Erbschein alles erledigt war, nicht an Geld. Da Hagen weder Namen noch Hersteller der Möbel kannte, war er darauf angewiesen, ihre Größe zu schätzen, die richtigen Farbbezeichnungen zu erraten und ein Herstellungsjahr zu vermuten. Es vergingen viele Stunden, in denen er sich durch die Suchergebnisse auf Antiquariatswebseiten klickte, ehe er eine befriedigend große Zahl an identischen oder ähnlich aussehenden Möbeln aufgetrieben und bestellt hatte.

Nun trafen fast täglich Lieferungen ein: Plüschsofas mit Samtkissen, raumhohe Schränke in Eiche rustikal, bunte Läufer und Teppiche in Salz-und-Pfeffer-Struktur. Hagen schämte sich jedes Mal, wenn er dem Lieferanten einen Fünfzig- oder Hundert-Euro-Schein vor die Nase hielt und um Unterstützung beim Hereintragen und Aufstellen bat. Die mussten doch denken, er habe niemanden, der ihn dabei unterstützen könne – und tatsächlich: Hagen hatte niemanden.

Sein dritter Wunsch war es, die Geschmäcker und Gerüche der Kindheit auferstehen zu lassen. Im Arbeitszimmer des Vaters hatte er eine unbenutzte Kladde gefunden, die nun auf dem Küchentisch lag und in die er jedes wiedergefundene Rezept seiner Mutter eintragen wollte. Leider war das viel schwieriger als gedacht. Seine Mutter hatte keinerlei Notizen zu ihren Gerichten hinterlassen, und weder in der Küche noch in den Zimmern im Obergeschoss, in denen sie früher Bücher, Blumenschmuck und anderen Tand aufbewahrt hatte, fand sich ein Kochbuch. So musste Hagen versuchen, die Rezepte aus der Erinnerung zu rekonstruieren.

Borretsch hatte es gegeben. Er erinnerte sich daran, wie die Mutter ihn in den Garten geschickt hatte, um ihr einige Blätter davon in die Küche zu bringen. Die Borretschpflanzen waren über alle Gemüsebeete verteilt gewesen, und Hagen sah noch die feinen Stacheln an der Unterseite der Blätter vor sich. Fast meinte er das Prickeln und stumpfe Bohren dieser Stacheln auf den Lippen zu spüren, denn natürlich hatte er auf dem Weg zurück ins Haus immer genascht. Wenn er doch noch wüsste, was außer Borretsch er der Mutter aus dem Garten hatte besorgen müssen!

Wenn er doch noch wüsste, welche Gerichte die Mutter aus Borretsch gekocht hatte! Wenn er nur irgendetwas noch wüsste! Oder jemanden fragen könnte.

Dass selbst Google ratlos war, machte ihn umso ratloser.

Manchmal schloss er die Küchentür hinter sich, bereit, aufzugeben und diesen Raum nie wieder zu betreten. Dann aber besann er sich, erinnerte sich an den würzigen Geschmack auf der Zunge und notierte: Borretsch, Radieschen, Spitzwegerich, Kartoffelbrei mit Muskat. Karotten oder nicht? Fleisch dazu oder keines?

Auch nach Tagen hatte er kein einziges vollständiges Rezept in die Kladde auf dem Küchentisch notieren können. Nicht dass alles, was er kochte, schlecht geschmeckt hätte. Es erinnerte nur nicht an die Gerichte seiner Kindheit und Jugend. Und so blieb die Kladde bis auf einige Fragmente leer.

Da der Garten genauso karg war wie die Räume im Obergeschoss, musste er alles kaufen, was er an Zutaten benötigte. So fuhr er jeden Tag mit Mutters Mini die Supermärkte der Kreisstadt ab und besorgte, was Memory bei der Genesung half, und dazu alles, was er an Zutaten für die Gerichte seiner Mutter brauchte: Fenchel und Lauch, Spinat und Blumenkohl, Radieschen und Kürbis, Rote Bete und Pastinaken. Kräuter wie Spitzwegerich und Borretsch allerdings gab es in keinem Supermarkt zu kaufen, und selbst in der Gartenabteilung des Baumarkts fand er nur von manchen dieser Pflanzen Setzlinge.

Sein vierter Wunsch hing mit dem dritten zusammen. Er wollte den Garten umgestalten und die Gemüsebeete seiner Kindheit wiedererstehen lassen. Er wollte der herrschenden Kargheit die Üppigkeit von früher entgegensetzen.

Im Baumarkt besorgte er, was er für nötig hielt: Samen, Setzlinge, Gartenerde, Rindenmulch. Und was er dort nicht fand, bestellte er online. Die Spaten und Schaufeln im Schuppen vor der Garage waren offensichtlich lange nicht mehr benutzt worden.

Vorsichtig trieb er den Spaten in die harte Erde. Aber es war fast nur Rasen, den er zu ersetzen hatte. Die Kraft, die er aufwandte, bezog er nicht aus den Armen, sondern aus seinem Innern. Nach wenigen Stichen trat ihm Schweiß auf die Stirn. Zwar stand die Sonne hinter einer Wolke, aber der Regen der Nacht hatte den Tag mit einem Film aus Feuchtigkeit überzogen.

Als Memory sich neben ihm auf den Boden legte und die Pfoten ausstreckte, stellte Hagen den Spaten beiseite und beugte sich hinab, um sie zu streicheln. Das abgemagerte Tier, das wurde ihm erst jetzt klar, war seit seiner Ankunft noch kein einziges Mal draußen gewesen. Wie die Mutter, die ihr Kind am liebsten an der Brust trug, hatte er wohl angenommen, dass es besser sei, Memory drinnen zu behüten.

Hagen kraulte sie hinter den Ohren, und Memory begann zu schnurren. Freilich war sie noch schwach, und als ein Schmetterling sich auf ihre Pfote setzte, rührte sie sich nicht. Selbst als die Katze den Luftzug schlagender Flügel auf der Nase spüren musste, blieb sie unbewegt liegen und verfolgte nur müde die Flugbahn.

»Jetzet, Hagen, wie lang han i Sie net gsäh?«, hörte er plötzlich eine heisere Frauenstimme. Abrupt nahm er die Hände aus Memorys Fell und richtete sich auf.

Frau Träuble war alt geworden. Schlohweiß hing ihr ein Kringel der Dauerwelle in die Stirn.

»Grüß Gott, Frau Träuble«, sagte er und merkte erst jetzt, dass er seit Tagen kaum mehr als Wortfetzen mit Lieferanten oder Kassiererinnen gewechselt hatte und einer richtigen Unterhaltung womöglich gar nicht gewachsen war. Auf Schwäbisch schob er nach, dass es über zehn Jahre her sein müsse, dass sie einander das letzte Mal gesehen hätten. Der Dialekt klebte ihm am Gaumen wie ein Kunststoffspielzeug, das man als Kind immer wieder in den Mund genommen hatte, das jetzt aber unnatürlich schmeckte und beim Sprechen behinderte.

»Wie lange sind Sie jetzt schon in Berlin?«

»Ich bin nicht mehr in Berlin.«

Frau Träuble hob die Augenbrauen.

»Ich bin wieder hier.«

Ihre Augenbrauen stiegen noch mehr, und Hagen wusste nicht, worüber sie staunte. Vielleicht über das »hier« in seinem schwäbischen Satz, diesen Fremdkörper, den er aus dem Hochdeutschen mit »doa hanna«, zumindest aber mit »doa« hätte übersetzen müssen.

»Hier?«, fragte Frau Träuble und zeigte mit einem erstaunlich langen, aber von Gicht verformten Finger auf Hagens Elternhaus. »Was haben Sie überhaupt in Berlin gemacht?«

»Studiert«, sagte Hagen zögerlich.

Wieder hob Frau Träuble die Augenbrauen: »Da habe ich aber etwas anderes gehört.«

Zu der Gegenfrage, die sich aufdrängte, fehlte Hagen der Mut.

Mit einem Mal schien ihm die Frau, der er gegenüberstand, nur wenig mit der Frau Träuble aus seinen Kindheitserinnerungen zu tun zu haben und dafür umso mehr mit seiner Nachbarin in Berlin. Wenn er und die Nachbarin einander im Treppenhaus begegnet waren, hatte diese ihn regelmäßig gefragt, ob der feine Herr denn auch schon wach sei und ob er wenigstens in diesem Monat den Briefkasten zu leeren gedenke. Manchmal hatte sie ihre Frage unterstrichen, indem sie ihm die Briefe unter die Nase hielt, die ihr das Jobcenter schickte und die sie offenbar selbst gerade unten geholt hatte.

Wenn er nach solchen Begegnungen die Tür hinter sich geschlossen hatte, dachte er das ein oder andere Mal an Frau Träuble. An seine Geburtstage in der Kindheit, an denen sie ihn über den Gartenzaun zu sich gewunken hatte. An den langen Weg aus dem eigenen Garten hinaus, die Straße hinab, die Querstraße hinunter, hinein in Frau Träubles Straße und ihren Garten. Ein Umweg, den er auf sich nehmen musste, weil der Vater ihm verboten hatte, über ihren spitzen Jägerzaun zu klettern. Frau Träuble hatte ihm dann immer zwei Mark und eine Packung Toffifee gegeben und ihn nach Hause zurückgeschickt. Er solle anständig sein und der Mutter keinen Kummer machen.

Und jetzt stand er nach all den Jahren wieder Frau Träuble gegenüber und fühlte sich, als wäre nicht nur er von Berlin nach Löwenau gezogen, sondern mit ihm auch die dicke Nachbarin mit ihrem asthmatischen Schnaufen.

»Sie, es geht mich zwar nichts an, aber wieso waren Sie eigentlich nicht auf der Beerdigung?«, fragte Frau Träuble jetzt.

Hagen spürte, dass er die Kontrolle über seine Mimik verlor. Er musste sich abwenden. Um der Bewegung einen Anlass zu geben, bückte er sich nach dem Spaten.

»Wir haben uns alle gefragt, wo Sie sind«, hörte er in seinem Rücken.

Mit einem Schleier vor den Augen wandte er sich zum Gehen. Als er den Fuß auf die erste Steinplatte setzte, ertönte ein heiseres Fauchen, dann ein schrilles Heulen wie das eines erschrockenen Kindes. Memory! Panisch wischte er sich die Augen und bückte sich, um das zuckende Bündel aufzuheben.

# VI

Erst der zweite Tierarzt war bereit, Memory zu operieren. Zu Dr. Pieper war Hagen mit der verletzten Katze im Korb erst gar nicht gefahren. Der erste Veterinär hatte abgewunken und auf zu große Risiken infolge des hohen Alters und des geschwächten Zustands verwiesen. Hagen meinte, dem zweiten angesehen zu haben, dass er etwas Ähnliches sagen wollte. Schließlich verabreichte er Memory aber doch zwei örtliche Betäubungen und schnitt ihr beide Hinterbeine auf, um darin Knochenstücke zu verdrahten und zu verschrauben. Es war gar nicht nötig, dass Hagen Memory festhielt. Sie schien in eine Apathie versunken, die Hagen noch mehr besorgte als ihre Knochenbrüche. »Osteoporose«, teilte der Tierarzt nach Abschluss der Operation mit. »Häufig Veranlagung, in diesem Fall wohl aber eher die Folge von Mangelernährung.«

Hagen hob die Hände. »Ich habe die Katze erst seit ein paar Tagen.« Dann brach ihm fast die Stimme. »Ich gebe mein Bestes, das können Sie mir glauben.«

Der Tierarzt legte ihm die Hand auf die Schulter. Hagen solle täglich nach den Verbänden sehen. Zudem vier Wochen Antibiotika ins Essen. Eine Wundinfektion würde Memory in diesem erbärmlichen Zustand wohl kaum überstehen. Dann bettete er die Katze in Hagens Arme und ermahnte ihn, das Tier mit den frisch operierten Beinen nicht zurück in den Korb zu quetschen, sondern im Auto auf dem Beifahrersitz zu positionieren und sehr vorsichtig zu fahren.

In einer Apotheke besorgte Hagen die verschriebenen Antibiotika, zu Hause legte er Memory schließlich auf die frisch bezogene Bettdecke des Vaters.

Die Erinnerung an Jochen, der ihm nach der Sache mit der Strafarbeit beim eulenäugigen Fahrenkrug Respekt gezollt hatte, bewog Hagen dazu, ihn zu kontaktieren.

In den letzten Jahren war der Kontakt völlig abgebrochen – Jochen war nie in Berlin gewesen und Hagen nie mehr in Löwenau. Darum nahm Hagen an, dass die Telefonnummer in seiner Handykontaktliste ohnehin nicht mehr aktuell war. Also schrieb er Jochen bei Facebook an. Einige Tage vergingen ohne Antwort, und Hagen vermutete schon, dass Jochen ihn ignoriere, weil er etwas über Hagen und seine Zeit in Berlin gehört hatte. Oder einfach, weil man das eben so machte, je älter man wurde und je länger der Zufall zurücklag, der einen einmal miteinander verbunden hatte.

Aber dann kam doch eine Nachricht. Jochen entschuldigte sich für die verspätete Antwort. Er sei nicht oft auf Facebook. »Aber schön, dass du dich meldest! Und ja, ich wohne noch immer hier. Oder besser gesagt: Aus dem Ich ist inzwischen ein Wir geworden, und zwar ein vierköpfiges.« Gern werde er mit Hagen ein Bier trinken. An welchen Ort Hagen denn gedacht habe?

Tatsächlich hatte Hagen zunächst daran gedacht, Jochen zu sich einzuladen. Aber je mehr Möbel geliefert und im Innern aufgebaut wurden und je mehr Hagen den Garten umgrub und den Rasen durch Borretsch und Spitzwegerich, Fenchel und Lauch, Radieschen und Kürbis ersetzte, desto fremder kam ihm sein Elternhaus vor. Es war, als würde er sich der eigenen Erinnerung nicht annähern, sondern sich noch weiter von ihr entfernen. Gegen dieses Gefühl halfen auch die roten Tongefäße nicht, die er mit Holzwolle gefüllt und, die Unterseite nach oben, im Garten aufgestellt hatte, um eine Armee aus Ohrenkneifern anzusiedeln, die Hagens Setzlinge gegen Ungeziefer verteidigen sollten.

Immerhin sahen manche Zimmer ihrem früheren Zustand schon zum Verwechseln ähnlich. Und er meinte auch, dass ein oder zwei Gemüsebeete im Garten den Beeten seiner Mutter entsprächen. Seit Tagen hatte er schwarze Erde unter den Fingernägeln. Die geröteten Nagelbetten schmerzten noch von seinem Versuch, die Erde mit der Wurzelbürste zu entfernen. Inzwischen trug er sie mit Stolz. Und wenn erst einmal die Hecken aus Liguster und Lebensbaum wieder stünden und zur gleichen Zeit wie früher ihren Schatten auf die Beete würfen, dann wäre die Illusion perfekt. Aber er hatte eben doch das Gefühl, sich genau darin zu bewegen: in einer Illusion. In einem Wachsfigurenkabinett des Vergangenen, in dem zwar jeder Eichenholztisch genau wie sein Vorgänger aus Eiche rustikal gefertigt war. Hagen erschien er aber wie aus Wachs gegossen, sobald er den Raum betrat. Vielleicht war es das Beseelte, das den Dingen fehlte, so wie man bei Madame Tussauds über die Illusionskraft von Lady Di und Charlie Chaplin staunen konnte, sie aber trotzdem vor allem als Tote empfand, weil etwas Gleichgültig-Erstarrtes um sie waberte.

Er schlug Jochen ein Treffen in der Kreisstadt vor, und sie verabredeten sich für das kommende Wochenende.

Nach dem Erlebnis auf dem Friedhof hatte Hagen im Internet nicht nur nach Jochen gesucht. Er hatte auch *Löwenau Asylbewerber* gegoogelt und war auf mehrere Zeitungsberichte gestoßen. Die älteren Berichte verkündeten, dass man in Löwenau ein Dutzend unbegleiteter Minderjähriger unterbringen wolle. Es werde noch nach einer geeigneten Unterkunft gesucht. In späteren Artikeln hieß es dann, die unbegleiteten Minderjährigen seien in der Kreisstadt untergekommen. Löwenau werde stattdessen volljährige Flüchtlinge aufnehmen, die Anzahl sei noch unklar. In den neuesten Berichten, auf die Hagen stieß, war von Geflüchteten aus Georgien, Indien, dem Irak, Gambia und Syrien die Rede, die in Löwenau aufgenommen worden seien. Offensichtlich hatte man die Fremden im Löwen untergebracht, dem aufgegebenen Wirtshaus nahe der Ortsmitte. Der Bürgermeister, der dem Gemeindeverbund aus Löwenau und den umliegenden Dörfern vorstand, sprach von einer Win-win-Situation für die Gemeinde. Der Artikel endete mit dem Hinweis, dass sich die nächste Gemeinderatssitzung ausführlich mit diesem Thema befassen werde und die Öffentlichkeit wie immer eingeladen sei, sich selbst ein Bild zu machen.

Hagen musste das heutige Datum und den Abstand zu dem Sitzungstermin auf dem Laptop nachsehen, so sehr waren ihm die Tage seit seiner Rückkehr nach Löwenau zu einem einzigen langen Wechsel aus Hell und Dunkel verschmolzen.

Er war nicht der Erste im Sitzungssaal der Christian-Morgenland-Mehrzweckhalle, aber offensichtlich der Einzige, der sich nicht auskannte. Wer außer ihm da war, steckte die Köpfe zusammen, schenkte sich Wasser aus den bereitgestellten grünen Sprudelflaschen ein oder blätterte in den eigenen Unterlagen.

Dass der kleine Mann mit der Glatze und dem buschigen Vollbart der Bürgermeister war, hätte Hagen auch begriffen, wenn er keine Bilder von ihm in der Zeitung gesehen hätte. Zwar wurde der Eintretende nicht von allen beachtet, aber einige erhoben sich doch, und so bildete sich eine kleine Gasse, durch die hindurch er sich den Weg zu seinem Platz bahnte, hier von einem Schulterklopfen begleitet, dort von einer Frage, die er lächelnd beantwortete.

Hagen wunderte sich über das flüssige Hochdeutsch, in dem der Bürgermeister die Sitzung eröffnete: »Ich darf zunächst alle Gemeinderätinnen und Gemeinderäte begrüßen. Ein besonderer Willkommensgruß gilt natürlich auch unserem Gast.«

Alle Köpfe drehten sich in Hagens Richtung. Wärme schoss ihm ins Gesicht. War er etwa der einzige Zuschauer? Hastig nickte er in die Runde, ohne jemanden anzusehen. Dann blickte er zu Boden.

Der Bürgermeister bedankte sich für das Erscheinen aller fünfzehn stimmberechtigten Mitglieder. Damit sei das Gremium beschlussfähig.

Hagen war zum ersten Mal auf einer Gemeinderatssitzung. Er staunte über die Gelassenheit, mit der die Anwesenden Tagesordnungspunkt für Tagesordnungspunkt miteinander besprachen. Zunächst ging es um die Ausgliederung eines Teils der gemeindeeigenen Elektrizitätswerke in eine noch zu gründende Gesellschaft. Der Antrag wurde einstimmig angenommen. Dann wies der Bürgermeister auf die Notwendigkeit hin, zu überprüfen, wie sich das

Pumpvolumen der Kläranlage in einem der Ortsteile erhöhen lasse. Anschließend besprach man eine mögliche Renovierung der sanitären Anlagen in der Grundschule, eine eventuelle Revision der zulässigen Höchstgeschwindigkeit in der Ortsdurchfahrt von Löwenau und den Vorschlag eines Gemeinderats, einen neuen Wanderweg auszuweisen, der auch in überregionalen Tageszeitungen beworben werden könne.

Hagen rutschte auf seinem Stuhl umher. Was war mit den Flüchtlingen? In der Zeitung war keine Tagesordnung abgedruckt gewesen. Und auch hier im Saal lag keine aus. War er umsonst gekommen? Am besten, er meldete sich zu Wort und brachte das Thema zur Sprache, egal ob es auf der Tagesordnung stand oder nicht. Sein Arm zuckte. Fast hätte er ihn erhoben. Schweiß brach ihm aus. Er schob die Hand unter den Oberschenkel und verlagerte sein Gewicht darauf, bis sie beinahe schmerzte.

Die Sitzung plätscherte dahin. Im Scherz wiesen manche Mitglieder auf die unterschiedlichen Fraktionszugehörigkeiten hin. Was zu beschließen war, beschloss man einstimmig.

Dann endlich kam der Bürgermeister zu Tagesordnungspunkt acht: Unterbringung der der Gemeinde zugewiesenen Asylantragsteller.

»Liebe Kolleginnen und Kollegen, vielleicht haben Sie es in der Zeitung gelesen: Ich habe dort von einer Win-win-Situation gesprochen. Sie wissen es: Der Löwen steht seit zwölf Jahren leer. Der Eigentümer hat seinerzeit den Gastronomiebetrieb eingestellt. Einerseits aus Altersgründen. Andererseits weil sich eine solche Wirtschaft heutzutage nicht mehr rentiert. Natürlich hat er keinen Pächter gefunden. Gleichzeitig ist das Objekt aber mit einer Restschuld von über hundertachtzigtausend Euro belastet. Die Sparkasse als Gläubigerin hat von einer Zwangsversteigerung abgesehen, weil der maximale Ertrag zu gering schien. Grundstückswert minus Abrisskosten. Man hat den Kredit abgeschrieben und auf eine mögliche spätere Nutzung gehofft. Hier haben wir das erste Win. Die Gemeinde zahlt dem Löwen-Eigentümer für jeden untergebrachten Bewohner die Fixsumme von dreihundertsechzig Euro. Damit konnte er die Tilgung seines Kredits bei der Sparkasse wieder aufnehmen. Das zweite Win ergibt sich daraus, dass der Gemeinde kein anderes Gebäude zur Verfügung steht, wir aber verpflichtet sind, die Mindestzahl von fünfzehn Geflüchteten aufzunehmen. Dank dem Löwen-Eigentümer haben wir uns erspart, die Turnhalle zu sperren oder Container aufzustellen.

Jetzt aber zu den neuen Erkenntnissen, deretwegen wir das Thema heute auf der Tagesordnung haben. Nach dem Ausbruch von allergischem Asthma bei zwei Bewohnern haben wir einen Gutachter bestellt. So hat sich gezeigt, dass die Bausubstanz marode ist. Zwei nicht tragende Wände im zweiten Obergeschoss sind großflächig durchgeschimmelt. Die Sporenbelastung in den angrenzenden Räumen ist enorm.«

Der Bürgermeister machte eine Pause. Hagen sah sich um. Niemand schien überrascht. Manche nickten oder blätterten nachdenklich in ihren Unterlagen.

Aus gesundheitlichen Gründen, fuhr der Bürgermeister fort, sei die Unterbringung der Flüchtlinge im Löwen mittelfristig nicht tragbar. Zwar sei der Grenzwert für die Sporenbelastung bislang nur in den drei genannten Räumen überschritten, und man habe durch rasche Umquartierung der betroffenen Bewohner vorläufige Abhilfe schaffen können. Allerdings signalisiere das Gutachten, dass zum einen weitere Mängel in der Bausubstanz nicht auszuschließen seien und dass zum anderen die Ausweitung der Durchschimmelung auf andere Bereiche drohe.

»Wie Sie aus den Unterlagen wissen, die Sie zur Vorbereitung auf diese Sitzung erhalten haben« – einige der Anwesenden nickten –, »ist eine Sanierung des Gebäudes sowohl aus Gründen der Zeit- als auch der Kapitalintensität nicht geboten. Aus diesem Grund werde ich den Antrag stellen, der Ihnen vorliegt. Zunächst haben wir aber Gelegenheit zu einer Aussprache.«

Ein dicker Mann, der selbst im Sitzen deutlich größer wirkte als die anderen, meldete sich zu Wort. Er hatte sich in der bisherigen Sitzung noch nicht geäußert, und als er jetzt zu reden begann, fiel Hagen auf, dass er der Erste hier war, der Schwäbisch sprach.

»Eins isch gwieß«, sagte er. Gesundheitsschutz gehe über alles. Aber dass der Antrag Container vorsehe, sei doch wirklich am falschen Ende gespart.

»Container haben zwei Vorteile«, warf der Bürgermeister ein. »Zeit- und Kostenersparnis.«

»Koschtenersparnis«, wiederholte der Dicke stirnrunzelnd. Die paar Kosten. Das seien doch alles Kleckerlesbeträge, wenn man sie gegen ein Menschenleben aufwiege. Oder eben nicht aufwiege. Ein Menschenleben lasse sich nicht in Heller und Pfennig oder, äh, in Euro und Cent aufwiegen. Und was die Zeitersparnis angehe, da wolle er doch mal sehen, ob es seinen Leuten nicht gelingen werde, ein Fünfzehnschlafzimmerhaus mit großem Gemeinschaftsraum, geräumiger Küche und einem halben Dutzend Bäder in Fertigbauweise hochzuziehen, »noch ehe ihr die vorgeschriebenen fünf Vergleichsangebote für die billigsten Container eingeholt habt«.

Der Bürgermeister hob beschwichtigend die Hand: »Eberhard, dass du uns einen Prachtbau hinstellen würdest, bezweifelt ja keiner. Aber wo kriegst du so schnell die Leute her?«

»Werkverträge. Leiharbeiter. Oder ich ziehe sie von meinen anderen Baustellen ab.«

»Du hast doch laufende Fristen.«

Jetzt mischte sich eine rothaarige Dame mit quadratischen Brillengläsern ein: Vielen Dank an Eberhard, aber was er vorschlage, stehe doch gar nicht zur Debatte. Dafür liege kein Antrag vor. Der Antrag laute auf Rodung der Gemarkung Lärchenwald II und auf Errichtung dreier Container à fünf Personen mit entsprechender Wasser-, Strom-, Gas- und Telekommunikationsversorgung.

Hagen spürte sein Herz bis in die Kieferknochen hinein pochen. Lärchenwald II? Das war doch … der Wald seiner Kindheit. Sein Wald, in dem er das Lager mit Alexander gebaut, zu dem er die Mutter an der Hand geführt hatte. Der Wald, in dem sie Salamander im Löwenbach gesucht hatten. In den er mit dem Kescher gezogen war, um Frösche zu fangen, die er anschließend im Gartenteich aussetzte. Der Vater hatte geschimpft, weil Froschfang verboten war. Jedes Quaken konnte die Nachbarn auf diese Ordnungswidrigkeit hinweisen. Aber die Frösche waren immer ruhig geblieben. Kein Quaken, weder tagsüber noch nachts. Und nach einigen Tagen waren sie meist verschwunden. Waren in den Lärchenwald abgewandert, zurück in die sumpfigen

Zwischenräume unter den Bäumen und zurück in die dauerhaften Pfützen, die sich dort nach der Schneeschmelze im März bildeten und bis in den Hochsommer hinein Bestand hatten. Da die Frösche partout nicht im Garten bleiben wollten, hatte er sich im Frühjahr nachmittagelang im Lärchenwald aufgehalten und beobachtet, wie die Kaulquappen schlüpften, wie sie zuerst an der Gallertmasse nagten, aus der sie gekommen waren und schließlich frei durcheinanderwuselten. Er hatte Molche gezählt. Bergmolch und Teichmolch. Er hatte Grasfroschpaare beobachtet, die weit nach der Paarungszeit noch immer huckepack am Rand der Tümpel saßen. Und dieser Wald sollte jetzt weichen? Gab es denn keinen Umweltschützer im Gemeinderat? Niemanden, der einen Froschparagrafen zitieren konnte?

Außer bei Hagen und dem dicken Bauunternehmer, den sie Eberhard nannten, schien sich nirgends Widerspruch zu regen. Stattdessen hakte die Rothaarige nach, wie die Finanzierung gestaltet werden könne. Die Zuschüsse von Kreis und Land seien ihr bewusst, sagte sie. Noch habe sie aber nicht verstanden, wie die Mittel, die die Gemeinde selbst zu erbringen habe, buchhalterisch einzuordnen seien. Ihr erscheine denkbar, dass man die Mittel durch ein Einmaldarlehen vorfinanziere und die Tilgung auf den Zeitraum von drei oder vier Haushaltsjahren umlege. Allerdings frage sie sich …

Hagen konnte nicht mehr zuhören.

Wie weiter?

Den Antrag abwarten?

Dem würden sie alle zustimmen. Er hatte ihre Einmütigkeit längst kennengelernt.

Sich zu Wort melden? Widersprechen? Von den Fröschen und Molchen erzählen, die in Lärchenwald II lebten und für immer ihre Heimat verlieren würden? Nein, damit würde er sich lächerlich machen. Allerdings hatten schon kleinere und unbedeutendere Tiere den Baubeginn von Milliardenprojekten verzögert.

Aber gab es denn unter den Gemeinderäten niemanden, der von sich aus gegen das Vorhaben war? Der sich dagegen wehrte, den Flüchtlingen den Löwenauer Wald zu opfern? Der sein Löwenau behalten wollte, wie es jetzt war? Oder gewesen war, bevor die Fremden kamen? Kannte denn niemand hier Paragrafen? Wollte niemand die Verteilung der Flüchtlinge infrage stellen? Dass die Gemeinde fünfzehn von ihnen aufnehmen musste. Und dass alle fünfzehn in Löwenau landen sollten? Kannte denn keiner das Dubliner Übereinkommen? Würde niemand den Verfassungsbruch anführen, von dem manche Parteien sprachen?

Und wenn er sich zu Wort meldete? Er wusste zwar nicht, wie die Paragrafen hießen. Aber er konnte doch erzählen, dass die Flüchtlinge sich am Löwenbach trafen, drei oder vier Männer und sogar eine Frau. Sie würden ihn auslachen. Und wenn er erzählte, dass unter den Flüchtlingen ein Schwarzer war, der auf das Grab seiner Eltern gespuckt hatte? Der sich auf dem Friedhof mit den Dorfjugendlichen traf und ihnen Drogen verkaufte? War er, Hagen Hartmann, tatsächlich der Einzige in Löwenau, der davon wusste?

Die Abstimmung riss Hagen aus seinen Gedanken. Der Antrag des Bürgermeisters auf eine Teilrodung von Lärchenwald II und die Errichtung dreier Wohncontainer wurde mit zwölf Ja-Stimmen und vier Enthaltungen angenommen.

Hagens Körper war plötzlich so schwer, als würde er in einen Strudel gezogen. Was danach gesagt wurde, prasselte auf ihn ein wie nachströmendes Wasser. Man besprach irgendwelche Termine, einen Markt und ein Turnier. Hagen konnte nicht mehr hinhören. Er fühlte sich wie ein Taucher, dessen Atemluft erschöpft war und der immer tiefer sank.

Plötzlich erhoben sich alle im Saal. Da Hagen sitzen blieb, stellte sich die rothaarige Gemeinderätin mit den quadratischen Brillengläsern vor ihn hin und legte ihm die Hand auf die Schulter wie eine mitfühlende Lehrerin nach der Mitteilung, die eigene Klasse werde aufgelöst.

»Und Sie sind der Herr …?«

»Hartmann«, sagte Hagen tonlos und ergriff ihre Hand.

»Täten Sie mir verraten, wo Sie hingehören?«

»Löwenau.«

Sie lächelte ihn aufmunternd an.

»Ich bin der Sohn von Klemens Hartmann.«

Bedauernd zuckte sie die Schultern.

»Und von Angelique Hartmann«, fügte er hinzu.

Wieder zuckte sie die Schultern. »Sie sind sicher neu hier. Kommen Sie doch einmal ins Sportheim sonntags. Da machen wir immer kleine Veranstaltungen, die besonders für die Fremden in unserer Gemeinde geeignet sind.«

# VII

»Also, ich hatte noch keine Probleme mit Asylbewerbern«, sagte Jochen und nippte an seinem Radler.

Weil er wegen seiner zwei kleinen Töchter immer so früh rausmüsse, wie er Hagen geschrieben hatte, hatten sie sich schon auf neunzehn Uhr verabredet und standen jetzt an einem Billardtisch im Gaming Saloon. Eine findige Geschäftsfrau hatte diese ehemalige Fabrikhalle im Industriegebiet der Kreisstadt mit Dartscheiben und Billardtischen, Spielautomaten und Tischhockey ausgestattet. Um sie herum klackerten die Queues. Im abgetrennten Raucherbereich sah man Schwaden aufsteigen.

»Ich hatte bisher auch keine Probleme«, sagte Hagen. »Oder eben doch.« Der Schwarze, der auf das Grab seiner Eltern gespuckt habe. Und derselbe, der den Jugendlichen in seinem Heimatdorf Drogen verkaufe. Natürlich seien das nicht seine Probleme im engeren Sinne. Aber er fühle sich doch bedrängt. Oder gefährdet. Auch wenn man ihm äußerlich nicht zu nahe komme.

Jochen zuckte die Achseln. In der Kindergartengruppe seiner Tochter seien syrische Drillinge. Drei Mädchen mit wilden Zöpfen und niedlichen Zahnlücken. Niemand könne sie unterscheiden. Die Erzieherinnen nicht. Und auch die Mutter habe es zugegeben. Es gehe das Gerücht, dass selbst die jeweils Dritte die anderen beiden nicht unterscheiden könne. Jedenfalls habe die Mutter bei einem Büfett im Kindergarten arabische Teigwaren mitgebracht, mit irgendetwas gefüllt, Kichererbsen oder Bulgur, und das sei doch mal etwas gewesen. Etwas ganz anderes als der ewige Wurstsalat und die ewigen Buletten. Er sei sowieso längst Vegetarier. Seit er Marathon laufe, habe er kein Gramm Fleisch mehr gegessen. Beim Kochen kein Problem – seine Frau koche für sich und die Mädchen mit Fleisch, und er esse einfach von allem, bis auf das Fleisch eben.

»Aber dass die im Gemeinderat einfach weggucken, wenn einer in ihrem Dorf dealt«, unterbrach Hagen.

»Was willst du von Politikern schon erwarten?«, sagte Jochen. Bei seiner ersten Wahl habe er sich für die FDP entschieden, weil er es so ungerecht fand, dass man ausgerechnet denen, die am meisten leisteten, am meisten wegnehme. Das müsse die Bundestagswahl 2005 gewesen sein. Aber dann habe er gehört, dass es ungerecht wäre, diesen Starken weniger wegzunehmen, weil dann die, die nichts für ihr Weniger könnten, noch weniger hätten. Also habe er beim nächsten Mal die Linke gewählt. Aber dann habe er gehört, dass es ungerecht sei, die Linke zu wählen, weil dort welche säßen, die früher gewollt hätten, dass man auf die Leute an der Mauer schieße. Da habe er gar nicht mehr gewählt. Aber dann habe er gehört, es sei undankbar, überhaupt nicht zu wählen, weil die Demokratie ein Geschenk an uns alle sei. Jetzt wähle er immer die Tierschutzpartei, hüte sich aber sorgsam davor, deren Parteiprogramm zu lesen.

Hagen nickte langsam.

Jochen zuckte die Achseln: »Isch doch so.« Dann nippte er wieder an seinem Radler und setzte das Queue an, um endlich die zweite der vollen Kugeln, die ihm zugefallen waren, zu versenken. Obwohl Jochen noch schlechter spielte als er, war Hagen sicher, dass er verlieren würde.

»Hast du nie das Gefühl, dass in dem, was dich umgibt, deine Heimat immer kleiner wird?«, fragte er, nachdem die von Jochen angespielte Kugel an drei Banden abgeprallt und schließlich in der Mitte des Tischs liegen geblieben war.

Jochen richtete sich wieder auf und sah ihn lange an. »Du könntest dich mal mit dem Christoph treffen. Der klopft auch solche rechten Sprüche wie du«, sagte er dann.

»Das sind doch keine rechten Sprüche!«, protestierte Hagen mit schwacher Stimme.

Jochen lachte grimmig. »Das sagen sie alle.«

Als Hagen die Partie nach einer quälenden halben Stunde gewonnen hatte, setzten sie sich an einen der Tische fernab der Spielgeräte. Zu Hagens Verwunderung wollte Jochen noch nicht gehen, sondern bestellte sich ein zweites Radler. »Man kommt so selten raus«, sagte er, als müsse er sich entschuldigen. »Aber für dich muss das hier ein schlechter Witz sein – du bist doch das Berghain und die ganzen Berliner Schuppen gewohnt, oder? Wie lange warst du jetzt in Berlin?«

»Dreizehn Jahre.«

»Und jetzt wieder in Löwenau. Respekt. Da bist du doch nach einem Tag schon der einsamste Mensch im Flecken.«

Hagen schüttelte den Kopf. Er sei jeden Tag im Garten. Und es gebe so viel am Haus zu tun.

»So klingt aber kein Wahlberliner«, lachte Jochen.

»Ich weiß nicht, ob ich jemals ein Berliner war. Oder die Wahl hatte.«

Er dachte an den Brief, mit dem er sich in Tübingen für Geschichte und Rhetorik hatte immatrikulieren wollen.

Ein kleines Auto, ein Lupo oder Panda, hätte genügt, um ihn jeden Tag von Löwenau in den Hörsaal und zurück zu bringen. Als der Vater die Adresse auf dem Kuvert las, zerriss er den Brief so unmittelbar vor Hagens Gesicht, dass Hagen den Luftzug spürte. Und danach noch einmal und noch einmal, immer angestrengter, schließlich mit zusammengekniffenen Augen, bis die Finger die fransigen Reste nicht mehr fassen konnten und Hagens Sehnsucht, in der Nähe zu studieren, in kleinen Fetzen vor ihm auf dem Boden lag. Das Studium sei der Fuß, den man in das Tor zur Welt stelle – und jeder, der schon einmal in Tübingen gewesen sei, wisse: Ein Tor zur Welt gebe es dort nicht. Aber der Vater habe doch auch hier im Süden studiert, wandte Hagen ein. Eben. Ein Berliner, der in Stuttgart studiert. Und darum werde er, Hagen, der Löwenauer, in Berlin studieren. Punktum. Basta. Hagens Berechnungen, wonach Anschaffung, Versicherung und Sprit für einen Panda nur einen Bruchteil dessen ausmachten, was ein Studium in Berlin koste, wischte der Vater aus der Luft wie ein störendes Insekt. Und Hagens Wunsch, nach einem Jahr eisiger Einsamkeit in Berlin den Studienort zu wechseln, beschied er mit dem Hinweis, die Indios schickten ihre Kinder nackt in den Urwald, um aus Muttersöhnchen Männer zu machen, da könne Hagen sich glücklich schätzen, dass man ihm ein beheiztes Zimmer mit Blick auf den Görlitzer Park biete.

Bevor Jochen sich verabschiedete, schickte er Hagen per Whatsapp die Handynummer seines Arbeitskollegen Christoph. »Ihr würdet euch sicher gut verstehen«, wiederholte er. Als er um kurz vor neun aufbrach, war die Sonne noch nicht einmal untergegangen. Morgen gehe es wieder früh aus den Federn, sagte er. Und ihm fielen schon die

Augen zu. Zum Abschied präsentierte er die Handflächen als Zeichen des Bedauerns.

Hagen stand noch eine Weile neben dem Mini und blickte vom Gaming Saloon hinunter auf die Dächer der Kreisstadt. Er hatte immer gewusst, dass der Tag in seinem Leben käme, ab dem er sich in Opposition zu Zeit und Zeitgeist fühlen würde. Aber dass dieser Tag so früh kommen würde, hatte er nicht für möglich gehalten.

# VIII

Hagen hatte Angst, dass Memory nicht mehr zu Kräften kommen könnte. Weil er allerdings noch mehr Angst hatte, sie würde sich zu einer Gartenhecke schleppen, dahinter verschwinden und einige Grundstücke weiter verenden, klickte er sich durch die Onlineangebote und bestellte schließlich ein Katzengeschirr mit Leine für 24,99. Der Tag würde kommen, an dem Memory wieder zu Bewegung bereit war, und er wollte vorbereitet sein. Mehr Sorgen bereitete ihm, dass auch der Tag käme, an dem Memory sterben würde.

Schon vor einigen Tagen hatte er gegoogelt, wie lange Katzen fortpflanzungsfähig blieben, und erleichtert festgestellt, dass es bei ihnen, anders als beim Menschen, keine Wechseljahre gab. Allerdings, so hatten die Artikel gemahnt, stelle Trächtigkeit für Katzen in hohem Alter eine enorme Belastung dar. Darum, so hatte Hagen sich vorgenommen, würde er den netten Tierarzt, der Memory operiert hatte, um seine Meinung bitten, ob man ihr eine Schwangerschaft zumuten könne. Sobald Memorys Beine verheilt wären, würde er sie zur Sprechstunde bringen.

Aber was, wenn der Tierarzt eine Schwangerschaft gestattete? Sollte Hagen dann bei Nachbarn klingeln und um ihren Kater bitten? Oder alles dem Zufall überlassen? Wenn man sich auf den Zufall verlassen könnte, müssten ja überall in Löwenau Memorys Nachkommen umherstreunen. Oder hatte der Vater nach jeder Geburt dasselbe gemacht wie damals in Memorys zweitem Jahr bei den Hartmanns, als Hagen in der dreizehnten Klasse gewesen und Memory direkt nach Erreichen der Geschlechtsreife trächtig geworden war?

Vielleicht hätte der Vater es lieber nicht in Hagens Beisein getan. Vielleicht fand er auch, dass es eine wichtige Lektion für Hagen sei. Jedenfalls hatte Hagen zusehen müssen, wie der Vater Memory im Haus einsperrte und ihre vier Kätzchen in einen Pappkarton legte. Unter Hagens Protest trug er sie zur Regentonne hinter der Garage, nahm den Deckel ab und hob das erste der strampelnden Wesen in die Höhe. Alle vier hatten die Augen noch geschlossen, aber sie spürten offenbar, dass etwas Bedrohliches geschah, und kullerten hilflos umeinander wie Vogeljunge. Ohne auf Hagens Flehen zu achten, drückte der Vater das erste Kätzchen unter Wasser. Wasser schwappte über den Rand der Regentonne und klatschte auf die Waschbetonplatten. Ein fauliger Geruch stieg auf.

Fluchend krempelte der Vater den Hemdärmel hoch und tunkte das arme Tier noch tiefer. Als er schließlich das tote Kätzchen aus dem Wasser zog und neben den Pappkarton mit seinen lebendigen Geschwistern warf, lief Blut an seiner Hand hinab. Er verschwand in der Garage und kehrte mit einem Klappspaten zurück. Dann nahm er das zweite Kätzchen aus dem Karton. Es war in einem Wurf mit drei orangen Katzenkindern das einzige gewesen, das genauso schwarz-weiß gemustert war wie Memory, seine Mutter. Hagen sprintete los. Die Mutter saß im Wohnzimmer und blätterte in einem Ratgeberbuch. Der Vater bringe die Jungen um, berichtete Hagen atemlos. Sogar das schwarz-weiße Kätzchen, das ganz nach der Mutter geraten sei, wolle er ertränken. Wenigstens dieses eine, das doch so offensichtlich zu Memory gehöre, solle er ihr lassen.

Als sie bei der Regentonne ankamen, lag das schwarz-weiße Kätzchen längst reglos an der Seite seines orangen Bruders neben dem Pappkarton. Der Vater hielt inzwischen das dritte Tier unter Wasser, zog es fluchend heraus, griff sich den Klappspaten und drückte es damit erneut tief in die faulige Tonne. »Klemens«, rief die Mutter, und ihr Körper verriet, dass sie nicht wusste, ob sie sich nach den Leichnamen auf den Waschbetonplatten bücken oder nach dem Arm ihres Mannes im fauligen Wasser der Regentonne greifen sollte. Hagen stellte sich vor, wie das Kätzchen unter der Oberfläche nach Luft rang, vielleicht einige unbeholfene Schwimmbewegungen machte und immer wieder mit dem Kopf gegen den Klappspaten stieß. Mit der blutenden Hand hob der Vater den Leichnam aus dem Wasser und warf ihn zu den anderen. Als er nach dem vierten Katzenbaby griff, das die Mutter aus dem Karton genommen hatte und schützend in ihrem Arm hielt, roch es um die Tonne herum längst nach Katzenurin. Vor Angst hatten die strampelnden Kätzchen sich eingenässt.

Jochens Kollege Christoph wohnte in einem der Dörfer östlich der Nagold, wo sich der Landkreis schon in Richtung Stuttgart öffnete und urbanisierte.

Die Dörfer auf der hiesigen Seite der Nagold – Dörfer wie Löwenau – waren von Waldgebieten umschlossen, lagen zwischen Burgen und Feldern, boten Blicke hinein ins Innere des Schwarzwalds, in seine sich verengenden Täler, in denen die Bäche entsprangen, die von Westen her die Nagold tränkten.

Wer diese Dörfer kannte und sich dennoch in einem der Gäudörfer östlich der Nagold niederließ, konnte das unmöglich aus ästhetischen Gründen tun. Die Gäudörfer zogen sich an Durchgangsstraßen entlang mit ihren Tankstellen und Lagerhallen und Fitnessstudios und mittelständischen Handwerksbetrieben.

In einem solchen Dorf wohnte auch Christoph. Jochen und er hatten ihre Ausbildung zum Bürokaufmann in unterschiedlichen Betrieben gemacht, sich aber direkt nach Ausbildungsende kennengelernt, als Jochen bei Schnauzer Schlauchventilfertigung GbR übernommen und gleichzeitig Christoph eingestellt worden war. Das erzählte Christoph, während er im Gemüsefach seines Kühlschranks nach Bier wühlte. Hagen hatte ursprünglich nach laktosefreier Milch fragen wollen, sich dann aber mit einem Blick auf Christophs Bizeps und seine hollywoodreifen Kieferknochen geschämt und in ein Alpirsbacher Radler eingewilligt, das Christoph eigentlich für Frauenbesuch besorgt hatte, wie er sagte.

Anfangs seien sie, Jochen und er, häufig in der Mittagspause einen Döner essen gegangen oder hätten nach Feierabend einige Bier getrunken, erzählte Christoph weiter. Beide deutlich über der Promillegrenze, seien sie danach auf Feldwegen heimgefahren, die von der Polizei garantiert nicht kontrolliert wurden. Aber seit Jochen Vater und spätestens seit er Vegetarier war, sei der private Kontakt zwischen ihnen eingeschlafen. Außerdem habe es Meinungsverschiedenheiten gegeben, als Merkel damals die Schleusen öffnete. Jeden Tag habe das ganze Büro die

Bilder von dieser Menschenflut besprochen. Gut, manch einer habe sich zurückgehalten. Aber Jochen und er hätten immer fleißig mitdiskutiert.

Jochen habe zu denen gehört, die immer wieder das Leid in Syrien betonten, das Leid in den Flüchtlingslagern in der Türkei und in Jordanien. Das Leid auf dem Weg über das Mittelmeer. Den Hitzemarsch zur ungarisch-österreichischen Grenze.

Er, Christoph, und andere hätten dagegen die Verletzung des Dublin-Verfahrens angeprangert. Die fatale Lockwirkung, die Merkels Politik habe. Die Handyvideos, die in Arabien und Afrika kursierten und in denen es heiße, jeder Flüchtling erhalte in Deutschland eine eigene Wohnung und ein Auto. Sie hätten vorgerechnet, dass man mit dem Geld, das man in Deutschland für die Versorgung eines einzigen Asylbewerbers verbrenne, in den Herkunftsländern bis zu einhundert Menschen vor Ort versorgen könne. Und das hätten ja nicht sie sich ausgedacht, das habe ein amerikanischer Professor berechnet. Jedenfalls sei in all den Meinungsgefechten zwischen Jochen und ihm etwas kaputtgegangen. Aber das kenne Hagen ja sicher, dieses Zerbrechen von Freundschaften während der Flüchtlingskrise.

Hagen schüttelte den Kopf. Bei ihm war nichts zerbrochen. Er hatte die Flüchtlingskrise damals nicht einmal richtig wahrgenommen. Sie war nur wie ein Film zu ihm durchgedrungen, der täglich im Fernsehen wiederholt wurde. Sein Leben hatte die Flüchtlingskrise nie erreicht. Er hatte keinerlei Meinung zu ihr gehabt.

Wohl habe er Meinungen gehört, sagte er zu Christoph. Das Gebot christlicher Nächstenliebe, auf das sich die Kanzlerin berufen habe. Den totalen Kontrollverlust, von dem ihre eigene Partei gesprochen habe. Dass man doch wissen müsse, wer in das eigene Land einreise. Beide Meinungen hatte er hingenommen als das, was sie waren: Ausschnitte der Wahrheit mit eigener Berechtigung.

»Jetzt aber ist die Flüchtlingskrise auch zu meiner Krise geworden«, fuhr er fort und erzählte von seiner Begegnung auf dem Friedhof.

Christoph ballte die Fäuste. Im Weiß der Fingerknöchel wurden Narben sichtbar. »Sie spucken auf unsere Gräber.«

»Dass er genau auf das Grab meiner Eltern gespuckt hat, war sicher Zufall.«

»Sie spucken auf Gräber, als müssten sie sich rächen.«

»Wie ist es bei euch hier?«, fragte Hagen und zeigte aus dem Fenster. Draußen zog sich Christophs Gäudorf an der Bundesstraße zwischen der Kreisstadt und Stuttgart entlang. In Christophs Nebenstraße wechselte die Ampel ihre Farben für niemanden.

»Bei uns? Bei uns war schon vorher Kuffnuckistan. Nur dass jetzt noch die Rapefugees dazugekommen sind.« In seinen Mundwinkeln hatte sich so viel Speichel gesammelt, als ob in seinem Inneren etwas schäume, das nun aus ihm herausdränge. Hagen musste wegsehen.

»Und was machen wir jetzt?«, fragte er mit belegter Stimme.

Christoph zuckte die Schultern. »Gar nichts mache ich. Hab im Kopf schon alles durchgespielt. In eine Partei eintreten. Aber die bewirken alle nichts. Selber eine gründen. Das bewirkt noch weniger. Springerstiefel kaufen und einfach mal rübermarschieren. Aber dann nehmen sie dich fest, und du stehst in der Zeitung, weil du dein Land verteidigt hast, und die Asylanten lachen dich aus und halten weiter ihre schmierigen Hände auf, und du fährst ein und darfst Tüten kleben jahrelang.« Das habe er hinter sich. Mit achtzehn, neunzehn, da sei er mit Böhse-Onkelz-Shirt und Springerstiefeln Zecken jagen gegangen. Mit drei Kumpels hätten sie den Bauwagen im Nachbarort zerstört. Da hätten sich immer die Kiffer getroffen. Zum Gläserrücken und lauter so Hokuspokus. Zu viert hätten sie zwölf Leute in ihre Einzelteile zerlegt. Gut, drei seien Mädchen gewesen, die hätten sie in Ruhe gelassen. Nur weggestoßen, wenn sie sich einmischen wollten. Aber aus den neun Linksfaschisten hätten sie Bioabfall gemacht. Obwohl die Bullen gekommen und mit ihren Einsatzwagen über die Felder geheizt seien, hätten sie sich rechtzeitig verpisst. Aber zwei Tage später habe es dann doch an der Tür geklingelt. Eine von den Zecken hatte gepetzt. Dann Verhandlung wegen schwerer Körperverletzung, Sachbeschädigung und so weiter. Die anderen drei hätten Jugendstrafen kassiert, aber ihm habe die Richterin anderthalb Jahre gegeben.

»Krass«, sagte Hagen. Seine Hände waren feucht.

»Na ja, und jetzt hat mich einer von denen angeschrieben, ob wir was machen sollen gegen die Kanaken. Ich habe ihm gesagt: *Da kannst du nicht einfach hingehen und drei, vier Jungs von denen aufs Maul hauen. Das musst du richtig machen. Strukturen aufbauen.* Aber das kann der nicht. Der spricht nur die Sprache der nackten Gewalt. Und ich mache da nichts mehr. Oder würdest du da mitmachen?«

»Wobei?«, fragte Hagen.

»Strukturen aufbauen. Das Ganze groß aufziehen.«

»Ich?«, sagte Hagen. »Ich will doch nur mein Dorf zurück.«

Christoph schien gar nicht auf seine Antwort geachtet zu haben. »Früher«, fuhr er fort, »gegen die Zecken, das war harmlos. Aber die jetzt, die sind überall. Bald reißen sie die Kirchen ab und bauen ihre Moscheen dahin. Und die Volkszertreter und Mietmäuler in Berlin, die geben ihnen die Schaufel in die Hand.«

Hagen wusste nicht, was er sagen sollte, aber Christoph fuhr von allein fort: »Nee, nee, du, ich mache da gar nichts mehr. Fünfmal die Woche Training. Aber das mache ich für mich.« Mit ernstem Blick zeigte er vor: Bizeps. Trizeps. Quadrizeps. Die Adern am Hals. Die Kuhle am Schlüsselbein, über der sich der Nacken türmte. Klar, sagte er, am Wochenende auch mal ein Kampf. Aber nur, weil's Spaß macht. Mit der anderen Scheiße habe er nichts mehr zu tun. Ein paar Jahre müsse er noch durchhalten, dann haue er hier ab.

»Wohin willst du denn?«, fragte Hagen überrascht.

»Kanada«, sagte Christoph. In seiner Hand öffnete sich ploppend das zweite Bier. »Oder Schweden. Eigentlich am liebsten Island. Aber da ist das Wetter so kacke.«

»Und was machst du dann dort?«

»Nichts. Angeln. Ein ehrliches Volk genießen. Das sich nicht selbst belügt und selbst abschaffen will.«

»Und wovon willst du leben?«

Christoph grinste. »Von meinen Investments.«

Seit sechs Jahren sei er an der Börse aktiv. Erst völlig ohne Plan. Pennystocks habe er gekauft, von denen es in irgendwelchen viralen Newslettern hieß, das Unternehmen dahinter stehe kurz vor dem Durchbruch. Big Data aus Kanada. Oder Silberminen an der Börse Toronto. Oder eine Revolution in der Payment-Software. Daraus sei aber nie etwas geworden. Meistens Totalverlust nach wenigen Wochen. Das habe Methode. Zwei, drei Scammer täten sich zusammen. Dann kauften sie eine leere Hülle, das heißt, eine Aktiengesellschaft, die schon an der Börse gelistet sei, bei der das zugrundeliegende Unternehmen im Prinzip aber nicht mehr existiere. Zusätzlich würden sie zum Beispiel einige Hektar wertlosen Bodens in Neufundland oder Nova Scotia erwerben, vorzugsweise in einem Gebiet, in dem man früher einmal Gold oder Silber oder andere Edelmetalle gefunden habe. Dann würden sie Verbreitungswege anzapfen. Blogger, die auf das neue, angeblich so vielversprechende Unternehmen hinwiesen. Börsendienste, die Plätze in ihrem Newsletter verkauften, und so weiter und so fort. Auf diese Weise trieben die Drahtzieher dieses Nepps die Börsenkurse hoch, und auf dem All-Time-High würden sie die eigenen Aktien verkaufen und sich aus dem Staub machen. Wobei das Aus-dem-Staub-Machen eigentlich gar nicht nötig sei, denn leider sei das alles legal.

»Heute frage ich mich, wie ich am Anfang darauf reinfallen konnte.«

»Und was machst du jetzt besser als damals?«

»Von da bis heute war es ein weiter Weg. Nach einem Jahr an der Börse hatte ich meine gesamten Ersparnisse aus meinen ersten sieben Berufsjahren verzockt. Die letzte Kohle habe ich für ein Tradingseminar ausgegeben.«

Sechs Tage am Stück habe er in Frankfurt in einer Jugendherberge übernachtet, um Geld zu sparen, weil das Seminar so teuer gewesen sei. Achttausendfünfhundert Euro. Und weil der Chef ihm so schnell nicht freigegeben habe, habe er sich bei der Arbeit krankmelden müssen. Danach habe er bei vier verschiedenen Ärzten um ein Attest gebettelt. Erst als er dem vierten von Magenkrämpfen erzählte, die ihn jede Nacht um den Schlaf brächten, habe er eines erhalten.

In Frankfurt habe er gelernt, was Daytrading bedeutet. Und den Unterschied zum Newstrading. Dann habe man den Umgang mit verschiedenen Derivaten geübt: Turbo-Bull-Optionsscheine. Knock-out-Zertifikate. Futures. CFDs. Und natürlich Risikomanagement. Ganz wichtig: den größten Fehler von allen zu vermeiden – einen Trade ohne Ausstiegsszenario einzugehen. Wer ein Papier kauft, muss wissen, was er tut, wenn dieses Papier einbricht.

»Die meisten kaufen in Panik nach. Die fangen morgens um neun mit tausend Euro in einem Rohöl-Future an, haben am Nachmittag dreißigtausend Euro nachgeschossen, um ihren Einstiegskurs zu verbilligen, und am Abend sitzen sie mit roten Augen vor den Trümmern ihrer Existenz. Und dann geht die Tür auf: *Schatz, wie war dein Tag?*« Christoph lachte. »Das lernst du dort. Dass es so nicht geht. Aber trotzdem passiert es immer wieder.«

»Und bei dir?«

»Ich habe einige Anlaufzeit gebraucht. Aber dann bin ich profitabel geworden. Inzwischen mache ich an einem guten Tag auch mal zweitausend Euro mit einem einzigen Trade. Turbo-Bull-Optionsscheine sind meine Spezialität. Ganz wichtig: Wenn etwas gut gelaufen ist, sofort die Kohle rausziehen und streuen. Streuen, streuen, streuen. Das ist das A und O. Manche denken, sie könnten nur reich werden, wenn sie einmal in ihrem Leben eine riesige Chance identifizieren und dann alles auf diese eine Karte setzen. Dabei ist das der sichere Weg, arm zu werden. André Kostolany hat gesagt: *Ich kann Ihnen nicht sagen, wie man schnell reich wird;*

*ich kann Ihnen aber sagen, wie man schnell arm wird: indem man nämlich versucht, schnell reich zu werden.*«

Hagen kratzte sich am Kopf.

»Mein Geheimnis ist: Ich will gar nicht reich werden«, fuhr Christoph fort. »Ich will nur frei sein. Darum bin ich nicht so gierig wie andere. Ich habe nicht jeden Tag das Gefühl, dass ich Kopf und Kragen riskieren muss.«

Obwohl er zwei Radler getrunken hatte, wählte Hagen auf der Rückfahrt den Weg durch die engen Gassen der Kreisstadt. Anders als die hässlichen Gäudörfer in Christophs Gegend war die Kreisstadt um ein Zentrum herum errichtet worden, das allerdings zusehends verfiel. Vor den abgeklebten Fenstern der Ladengeschäfte blieben die Bürgersteige leer. Nur über den Marktplatz schlenderten zwei dunkelhaarige Männer mit grau melierten Schnurrbärten, die Hände auf dem Rücken verschränkt. Sie hatten das Zentrum erobert, ohne auf Gegenwehr zu stoßen. Im zweiten Gang nahm Hagen Anlauf für den letzten Hang des Schwarzwalds, der sich direkt ab hier, dem Marktplatz der Kreisstadt, erhob, als hätte er das Entstehen einer Großstadt zu seinen Füßen verhindern wollen.

In seinen ersten Monaten in Berlin hatte er sich immer gefragt, wo das Zentrum dieser betonierten Hydra sei, der Marktplatz, an dem man das Gefühl hätte, die Stadt einmal beim Kopf packen und ihr ins Gesicht brüllen zu können. Zusehends verstand er aber, dass es ein solches Zentrum nicht gab, und so war er in der Wohnung geblieben und hatte sich tagsüber Wälder ausgemalt, die sich unten vor der Haustür in alle Richtungen ausdehnten und die ihn mit ihrer grünen Hand beschirmten, sobald er aus der Tür trat. In den Nächten holte ihn das schlechte Gewissen ein, der Gedanke an das Geld, das man ihm für das Studium überwies, und daran, dass eine Rückkehr erst nach Studienende möglich wäre, und er setzte sich an den Schreibtisch. Irgendwann hatte dieser Rhythmus aus Tagtraum und Nachtarbeit ihn aber so beschädigt, dass er täglich mit Krämpfen auf der Toilette saß und auf die graue Rückseite der Künstlerlofts im Innenhof blickte. Da beschloss er, dass es auch in Berlin einen Ort geben müsse, an dem er frei sein konnte, und er entdeckte, dass er nahe einem ehemaligen Kopfbahnhof wohnte, aus dem man einen Park gemacht hatte. Nach der Teilung Berlins hatte der Bahnhof seine Funktion verloren, weil der Zugverkehr zwischen West-Berlin und dem ehemaligen Ziel in Sachsen eingestellt worden war. Hagen schnürte die Schuhe und folgte den stillgelegten Gleisen über den Landwehrkanal ins ehemalige Ost-Berlin, wo sie weiter vorgaben, diesen einsamsten Ort mit der Welt zu verbinden. Nur war ihr Holz morsch, ihr Eisen verrostet, ihr Schotter überwuchert. Es war, als führten ihn diese Gleise aus untergegangenen Zeiten vorbei am letzten DDR-Wachturm am Schlesischen Busch hinein in ein Berlin, das ihm näher war. Im Winter ging Hagen früher los, um die Reflexionen der untergehenden Sonne im Schnee, der unter seinen Stiefeln knirschte, nicht zu verpassen. Im Sommer ließ er den Tag ziehen, die Dealer und Rastafari den Park verlassen, die Boarder und Biker, die Rucksacktouristen und Raucher, ehe er oberhalb des stinkenden Streichelzoos die sich leerende Anlage betrat, und allein, die Hände auf dem Rücken, letzter General einer geschlagenen Armee, auf der Brücke den Kanal überquerte. Hier schon durchbohrten die nutzlosen Gleise den märkischen Sand, um auf der Treptower Seite offen dazuliegen wie Werkzeuge eines primitiven Jahrhunderts, die nicht einmal Schatzsucher anlockten. Nur manchmal kam ihm im Gefunzel der ostigen Laternen dann noch eine Bomberjacke entgegen, die sich keine Mühe gab, den anlaufenden Mastiff oder Staffordshire zurückzuhalten. Und gelegentlich verließ er den einsamen Bahndamm, um am Schlesischen Busch bei Moritz & Molle, nachdem die Sonne schon untergegangen war, die erste warme Mahlzeit des Tages zu essen, Currywurst und Schrippe für zwei achtzig, kein Bier, danke, und zu genießen, dass niemand außer ihm an der Imbisstheke lehnte und dass dieser Niemand genauso schweigsam war wie er selbst.

Wenn er dann, zurück in Kreuzberg, die getunten Zweisitzer vor den Shisha-Bars und den Salted-Caramel-Eisdielen sah und die quietschenden Reifen auf dem Kopfsteinpflaster der Reichenburger Straße hörte, war endlich der Zeitpunkt erreicht, an dem er sich wieder auf die Einsamkeit der Wohnung freuen konnte.

# IX

Auf den letzten Metern seines Heimwegs nach dem Besuch bei Christoph musste Hagen den Wagen anhalten. Am Rand des Lärchenwalds parkten nämlich zwei Traktoren. Mit klopfendem Herzen stieg er aus und befühlte die Motorhauben. Beide waren nicht wärmer als die Luft des späten Abends. Wie lange standen die Fahrzeuge schon hier? Womöglich seit Wochen, und er hatte sie auf dem Weg zu Christoph nur übersehen? War es denkbar, dass ihm zwei Traktoren direkt am Waldrand nicht aufgefallen waren? Oder hatte er auf dem Hinweg die andere Straße genommen, die direkt ins Nagoldtal hinabführte? Verdammt, er hatte doch nur zwei kleine Radler getrunken!

Hagen schaltete die Taschenlampenfunktion seines Handys ein. Dann tapste er vorsichtig, fast schwankend, in Richtung Wald. Seine Blicke suchten den Boden ab. Sägespäne waren keine zu entdecken. Er trat zurück und hielt Ausschau nach Lücken zwischen den Bäumen. Nichts. Ein urwüchsiger Wald oder eben ein sorgsam gepflegter Wald, den er als Kind für urwüchsig gehalten hatte, weil der Förster den Heidelbeersträuchern und den niedrigen Ebereschen, den grünen Bodendeckern und Moosen und Flechten erlaubte, die vielen Föhren und die wenigen Lärchen, die dem Wald seinen Namen gegeben hatten, von allen Seiten zu umschließen.

Er leuchtete die einzelnen Bäume ab. Eine Weile entdeckte er nichts Auffälliges, aber dann stieß er auf ein schlankes Ensemble aus Lärchen, auf die man ein rotes Kreuz gesprüht hatte, als hätte ein römischer Statthalter ihren Tod beschlossen. Sein Herz hämmerte gegen die Rippen. Das musste doch nichts heißen, oder? So schnell konnte sich ein deutsches Bauvorhaben unmöglich abspielen. Mit den Markierungen hatte man sicher nur vorgearbeitet. Und auch für die Traktoren am Waldrand konnte es zahlreiche Erklärungen geben.

Man würde ihm doch wenigstens noch einige Wochen lassen, in denen er sich von seinem Lärchenwald verabschieden konnte. So unmenschlich konnte doch niemand sein.

Die ganze Nacht lag er wach. Memory schlief neben ihm und schnarchte manchmal sanft. Stundenlang streichelte er die kleine Katze, und wenn er bisweilen zu sich kam, fragte er sich, ob sein Streicheln ihrem Fell schaden könne. Ob Memory unter der Bewegung seiner Hand weniger werden, ob er sie ins Verschwinden streicheln könne.

Am nächsten Morgen setzte er sich, nachdem er Memory in die Küche getragen und mit ausreichend Nass- und Trockenfutter versorgt hatte, mit einer großen Portion angewärmter Milch und seinem Laptop an den Wohnzimmertisch. Wie früher in Berlin trank er direkt aus dem Topf.

Als er nach einigen Stunden den Laptop zuklappte, wusste er, dass es unmöglich war, alles auf die Schnelle zu verstehen. Auch Christoph hatte ja erzählt, dass er ein sechstägiges Seminar besucht und dennoch Jahre gebraucht habe, um profitabel zu werden.

Das hieß aber auch, dass Christoph jetzt wusste, wie all das funktionierte.

»Kein Problem«, schrieb Christoph. »Manche verlangen für ihre Tipps Kohle, aber bei mir kriegst du alles für umme. 🙂 Ich bin zurzeit Gold long, Vierfachhebel. WKN A1JF88. Außerdem ein Weizen-Future an der CME. WKN MA50K5. Und natürlich meine Dauerposition: Tesla long, Hebel acht. WKN A1JL65. Viel Erfolg! 🤑 PS: Immer nur kleine Positionen. Nur Geld, auf das du verzichten kannst. Nicht dass du morgen ohne Haus und Hof dastehst.«

Auf seine Nachfrage erhielt Hagen zur Antwort, long bedeute, dass man auf einen langfristigen Anstieg des Underlyings wette, also des zugrundeliegenden Werts. Gold long bedeute also, dass Christophs Knock-out-Zertifikat dann im Wert steigen würde, wenn der Preis von echtem Gold sich erhöhte. Vierfachhebel bedeute wiederum, dass der Preisanstieg bei echtem Gold mit dem Faktor vier multipliziert werde. Stiege Gold um zehn Prozent, würde Christophs Zertifikat um vierzig Prozent steigen. Größere Chance bedeute aber auch größeres Risiko, erfuhr Hagen. Fiele der Goldpreis nämlich, würde auch das Zertifikat im Wert sinken. Und zwar multipliziert mit vier. Und zwar so lange, bis die sogenannte Knock-out-Schwelle erreicht wäre. Dort würde Christoph ausgeknockt. K. o. Alles futsch. Kohle am Arsch. 👻 Darum sei Risikomanagement so fucking wichtig. Stoppkurs unter den Einstiegskurs legen und bei Anstieg gegebenenfalls nachziehen. Oder eine Trailing-Stop-Loss-Order. Prozentzahl angeben. Fertig.

Ach so, und WKN sei die Abkürzung für Wertpapierkennnummer. »Auf Gold gibt es Hunderte, wahrscheinlich

Tausende Zertifikate. Aber die WKN ist individuell. Also: Viel Erfolg!«

Hagen zögerte. Man konnte das alles bestimmt auch irgendwie googeln, und er wollte Christoph nicht jetzt schon wie ein Kind am Rockzipfel hängen, denn wahrscheinlich würde er ihn in den nächsten Tagen noch brauchen. Wenn er aber googelte, statt Christoph zu fragen, würde er womöglich ausgerechnet das für ihn Entscheidende überlesen.

Also schrieb er: »Und was ist die CME? Und vor allem: Wie fange ich jetzt an? 🙈«

»Die CME ist die Chicago Mercantile Exchange. Die größte Terminbörse der Welt. Dort wird im wahrsten Sinn des Wortes die Zukunft gehandelt. Futures und Optionen. Die großen Jungs sichern sich dort gegen Preisschwankungen ab. Der Daimler hat Angst, dass nächstes Jahr Stahl zu teuer sein könnte? Also kauft er sich Stahl-Futures, die ihm die Preise von heute garantieren.«

»Danke. Und wie fange ich jetzt an?«

»Na, einfach kaufen.«

»Aha. 😃 Und wo?«

»Na, in deinem Depot. 😃«

»Ach so. 😃 «

»Du, Hagen, hör mal, wenn du nicht mal weißt, wo man Wertpapiere kauft, ist es vielleicht keine besonders gute Idee, wenn du direkt mit Derivaten anfängst.«

»Es ist noch kein Millionär vom Himmel gefallen.«

Von dem freundlichen Herrn von der Sparkasse erfuhr Hagen am Telefon, dass sein Vater ein Wertpapierdepot geführt hatte – offiziell habe es auf beide Eheleute gelautet. Dieses Depot sei zwar nicht aufgelöst, aber es lasse sich nicht einfach so auf Hagen umschreiben. Am besten sei wohl, Hagen komme zu einem Gespräch vorbei und lasse sich beraten. Bei der Gelegenheit könne man auch ein Depot auf seinen Namen eröffnen und die Bestände aus dem elterlichen Depot übertragen.

Sie vereinbarten einen Termin für den nächsten Tag.

Den Rest des Tages verbrachte Hagen damit, endlich alle Unterlagen durchzusehen, die er nach seiner Heimkehr aus den Ordnern des Vaters und dem, was sonst in seinem Arbeitszimmer herumlag, zusammengesucht hatte.

Einen Erbschein hatte er noch von Berlin aus im Amtsgericht der Kreisstadt beantragt. Damit hatte er sich bislang das nötige Geld besorgt und die Abbuchungen für all die Möbel veranlasst, die jetzt wie Menhire einer untergegangenen Zivilisation in den Zimmern standen.

Nachdem er einige Zeit in den Unterlagen des Vaters gestöbert hatte, unterbrach er sich und fuhr den Laptop hoch. Er musste eine Excel-Tabelle anlegen, wenn er jemals einen echten Überblick gewinnen wollte.

Die Eltern waren Kunden von vier Banken gewesen, verkündete die Tabelle, als Hagen endlich fertig war. Außerdem hatten sie vor einigen Jahren vier Doppelgaragen in Stuttgart-Möhringen gekauft, die an acht Einzelpersonen vermietet waren. Anhand der Kontoauszüge konnte Hagen erkennen, dass der Vater die Miete schon zweimal erhöht hatte.

Auf das Wertpapierdepot, von dem der Sparkassenangestellte am Telefon gesprochen hatte, fand Hagen keinerlei Hinweise. Womöglich hatte der Vater es nur online geführt. Hagen war zu unruhig, um in der Kladde oben nachzusehen, ob dort ein Passwort für ein Aktiendepot vermerkt war. Vielmehr drängte es ihn nach draußen.

Es dämmerte bereits, als er am Waldrand ankam. Die Traktoren standen unverändert. Da es gestern schon dunkel gewesen war, konnte er nicht mit Sicherheit sagen, ob sie heute bewegt worden waren. Über die Reifenabdrücke im Boden war etwas Gras gewachsen. Keine Sägespäne auf der Lichtung. Und an den Bäumen nichts bis auf die roten Markierungen.

Zum ersten Mal seit vielen Tagen schloss Hagen die Haustür mit dem Gefühl auf, es sei vielleicht doch noch nicht alles verloren.

# X

Als er von dem Termin bei der Sparkasse zurück war, notierte sich Hagen, was der freundliche Herr erklärt hatte. Zwischen seinen Erklärungen hatte er Hagen nacheinander Wasser, Cola und Hagebuttentee angeboten. Es hatte zwar Milch gegeben, aber leider nur laktosehaltige.

Das Haus war seit Jahren schuldenfrei. Der Vater hatte es sehr schnell abbezahlt.

Im Depot, das auf die Eltern lautete, lagerte lediglich ein Deka-Fonds. Ein hauseigenes Produkt, wie der Sparkassenmensch gesagt hatte. Der Fonds notierte zwar vierundvierzig Prozent im Minus. Das ließ aber, wie Hagen erfuhr, keinerlei Rückschlüsse auf die Qualität des Produkts zu. Schließlich war der Fonds von einem sachverständigen Team der Deka, des Frankfurter Wertpapierhauses der Sparkassengruppe, zusammengestellt worden. Eine defensive Kombination aus Staatsanleihen und einer Auswahl deutscher Aktien aus dem Mittelstand. Die perfekte Mischung aus Risikoarmut und Renditereichtum.

Hagen hatte dem Vorschlag zugestimmt, an Ort und Stelle ein Depot auf seinen Namen zu eröffnen, das hauseigene Produkt dorthin zu übertragen und das Depot der Eltern aufzulösen.

Dass er nicht ebenfalls an hauseigenen Produkten interessiert war, schien den freundlichen Herrn etwas zu enttäuschen, und als Hagen von der vierfach gehebelten Wette auf Weizen und dem Gold-Future – oder war es umgekehrt gewesen? – erzählte, verwies der freundliche Herr immer wieder auf Statistiken, die das bessere Abschneiden institutioneller Anleger gerade im Derivatemarkt belegten. Er habe da ein ganz wunderbares Produkt für Hagen, sehr großzügige Abstände zu den Knock-out-Schwellen, eine todsichere Angelegenheit, auch und gerade für Anfänger geeignet. »Gold long«, warf Hagen ein, der froh war, sich wieder zu erinnern. Zum Thema Gold habe er ein speziell auf Kunden wie Hagen zugeschnittenes Produkt, das die Deka schon seit vielen Jahren sehr erfolgreich vertreibe. »Weizen-Future und Tesla long«, sagte Hagen strahlend. Auf sein Gedächtnis war Verlass.

Der freundliche Sparkassenmensch hatte Wort gehalten. Hagen konnte sich tatsächlich in sein neues Depot einloggen. Schnell fand er sich zurecht.

Er tippte die Wertpapierkennnummer für das Gold-Dingsbums ein, die Christoph ihm geschickt hatte.

Es erschien ein Fenster: »Produkte dieser Anlageklasse entsprechen nicht Ihrem Erfahrungsprofil und sind daher für Sie nicht handelbar.« Darunter leuchtete ein Feld: »Erfahrungsprofil bearbeiten.«

Minutenlang klickte Hagen sich durch Fragen, die sich nach der Anzahl seiner Trades mit bestimmten Anlageinstrumenten erkundigten. Nachdem er sich bei jeder Frage eine Zahl ausgedacht hatte, die ihm ausreichend hoch erschien, musste er mit einer TAN bestätigen, dass er alle Felder wahrheitsgemäß ausgefüllt habe und sich des Totalverlustrisikos bewusst sei.

Dann endlich kaufte er.

Gold long. Zweitausend Euro.

Weizen-Future. Zweitausend Euro.

Tesla long. Zweitausend Euro.

Die Wertpapiere wurden sofort in sein Depot eingebucht. Fasziniert beobachtete er anschließend, wie die Prozentangaben und absoluten Zahlen unaufhörlich blinkten. Grün verhieß ein positives Ergebnis und Rot ein negatives. Die Zahlen wechselten von Rot zu Grün und zurück wie Ampeln, die viel zu schnell für jedes Auto waren. Mal schien sich ein Minus auszuweiten, und die Zahlen kletterten vom hohen Zweistelligen ins niedrige Dreistellige, nur um postwendend den ganzen Weg zurückzumarschieren und plötzlich triumphierend grün zu blinken. Es war die Schlacht seiner Armee, der grünen, gegen eine fremde, die rote.

Als Hagen sich am nächsten Morgen in sein Depot einloggte, war er sechshundertvierunddreißig Euro reicher. Sechshundertzweiundvierzig. Sechshundertachtundzwanzig. sechshundertfünfunddreißig. Die Zahlen blinkten unaufhörlich. Aber gut: Mehr als sechshundert Euro in einer Nacht. Mehr als zehn Prozent.

Er musste herausfinden, was der Lärchenwald kostete. Erst wenn er dessen Preis kannte, konnte er ausrechnen, wie viel er investieren musste, um möglichst rasch an diese Summe zu gelangen.

Am besten rief er bei der Gemeinde an. Die im Rathaus konnten ihm doch sicher ausrechnen, wie viel er zu zahlen hätte. Obwohl – eher würden sie ihn auslachen. »Junger Mann«, würden sie sagen, »dieser Wald steht nicht zum

Verkauf. Dieser Wald wird morgen gerodet, junger Mann. Und wenn nicht morgen, dann übermorgen. Dieser Wald muss weichen. Containern weichen. Wir müssen unsere Flüchtlinge versorgen. Durchschimmelung im Löwen. Da wollten Sie auch nicht wohnen, die ganze Luft voller Sporen. Da möchte ich Sie mal sehen, wenn Sie keine Luft kriegen nachts, weil die Fäulnis in den Wänden hockt.«

Nein, ein Anruf würde nicht helfen. Eher musste er die im Rathaus mit einer Summe konfrontieren. Musste ihnen das Geld unter die Nase halten. Mehr als der Wald wert war. Sodass sie nicht Nein sagen konnten. Sondern bereit waren, gemeinsam zu überlegen. Sieben Ortsteile hatte die Gemeinde. Da gab es doch sicher auch andere Möglichkeiten. Für ein sumpfiges Waldstück erhielt man nicht alle Tage ein solches Angebot.

Aber welches Angebot genau?

Er googelte und stieß auf ein Interview mit einem Experten für Waldpreise in Brandenburg. Zwischen vierzig Cent und einem Euro zwanzig kostete ein Quadratmeter Wald dort offenbar. Föhrenwald war am günstigsten, erfuhr er. Teilweise nur fünfunddreißig Cent den Quadratmeter. Gut bewachsener Wald mit viel Furnierholz konnte durchaus auch über zwei Euro kosten, las er weiter.

Hagen seufzte. Für Baden-Württemberg musste er vermutlich den doppelten Preis ansetzen. Zum Glück war der Lärchenwald sumpfig und bestand vor allem aus Föhren. Fünfunddreißig bis vierzig Cent, wiederholte er in Gedanken. Mal zwei. Siebzig bis achtzig Cent. Etwas Inflation dazu – der Artikel war schon fünf Jahre alt. Sicherheitshalber also ein Euro pro Quadratmeter. Was trotzdem gar nicht so teuer klang.

Dann googelte er nach Karten, auf denen er die Waldfläche vermessen konnte. Wie sich zeigte, war der Lärchenwald viel weniger symmetrisch geschnitten, als Hagen vermutet hatte. Er bestand aus geometrischen Körpern, deren Namen er nicht kannte. Um die genaue Quadratmeterzahl auszurechnen, hätte er auf Rechenoperationen zur Flächenbestimmung zurückgreifen müssen, von denen er nicht einmal wusste, ob sie existierten. Ihm blieb nur die Schätzung.

Nachdem er eine Weile vor sich hingerechnet und mit Fingern und Lineal Längen am Bildschirm abgemessen hatte, erhielt er ein Ergebnis, das er zweimal unterstrich. Nach seiner Schätzung war der Lärchenwald zweiundzwanzig Hektar groß. Zweihundertzwanzigtausend Quadratmeter. Also zweihundertzwanzigtausend Euro.

Wieder googelte er.

Zweihundertzwanzigtausend Euro.

Plus fünf Prozent Grunderwerbssteuer.

Plus zwei Prozent Notarkosten und Grundbucheintrag.

Zweihundertzwanzigtausend Euro.

Plus elftausend.

Plus viertausendvierhundert.

Ergebnis: zweihundertfünfunddreißigtausendvierhundert Euro.

Hagen ließ den Stift fallen, lehnte sich zurück und sah aus dem Fenster.

Zweihundertfünfunddreißigtausendvierhundert Euro. Und er hatte über Nacht gerade einmal sechshundert Euro gemacht. Er rief die Taschenrechnerfunktion seines Handys auf. Wenn er in einer Nacht zweihundertfünfunddreißigtausendvierhundert Euro Gewinn machen wollte, musste er … seinen Einsatz um den Faktor dreihundertzweiundneunzig erhöhen. 2,35 Millionen waren nötig. Für zwei Nächte noch immer 1,175 Millionen. Und selbst für zehn Nächte waren es noch zweihundertfünfunddreißigtausend Euro pro Nacht. Geld, das er nicht hatte. Und die Zeit drängte.

# XI

Hagen hatte nachgedacht.

Der genaue Beginn der Abholzung im Lärchenwald ließ sich im Internet nicht finden. Den allmorgendlichen *Schwarzwaldkurier* hatte er inzwischen abbestellt, genauso wie das Magazin für Inneneinrichtung und modernes Wohnen, das die Mutter abonniert hatte.

Hagen war sicher, dass ihm bis zur Abholzung kaum noch Zeit blieb. Im günstigsten Fall einige Wochen, im schlechtesten Fall wenige Tage. Inzwischen vermied er sogar, auf dem Weg zum Einkaufen am Lärchenwald vorbeizufahren. Stattdessen nahm er die doppelt so lange Strecke über das Nagoldtal.

Jede Stunde, die der Lärchenwald ohne Hagens Unterstützung überleben musste, verengte ihm die Brust. Gegen den zähen Strom der Berliner Jahre war die Zeit in Löwenau ein reißender Sturzbach. Und da Hagen nicht das nötige Startkapital von mehreren Millionen hatte, um über Nacht mithilfe von Christophs Tipps die Kosten für den Lärchenwald einzuspielen, konnte nur ein Kredit helfen.

Wenn er allerdings ohnehin einen Kredit aufnahm, dann musste das kein Kredit für die Börse sein. Er konnte einfach direkt den Erwerb des Waldes per Kredit finanzieren.

»Auf wie viel beläuft sich Ihr monatliches Einkommen?«, fragte der freundliche Herr von der Sparkasse am Telefon.

»Ich habe kein monatliches Einkommen.«

»Sehen Sie, dann können wir keinen Kredit vergeben.«

»Ich kann Ihnen mein Haus als Sicherheit anbieten. Außerdem habe ich vier Doppelgaragen in Stuttgart-Möhringen geerbt. Alle gut vermietet.«

»Der Wald würde uns als Sicherheit genügen. Aber um den Kredit zu tilgen, braucht es eben ein monatliches Einkommen. Denn ich nehme nicht an, dass Sie den Wald bewirtschaften wollen. Und selbst wenn, brauchten Sie die entsprechenden Maschinen. Und die sind teuer. Dafür brauchten Sie direkt den nächsten Kredit. Außerdem sind die Preise für den Quadratmeter Wald parallel mit den Immobilienpreisen enorm gestiegen. Selbst bei geschickter Bewirtschaftung können Sie mit dem bisschen Holz, das Sie von Ihren zweiundzwanzig Hektar verkaufen, kaum Gewinn erzielen. Sie würden fünfhundert Jahre lang tilgen. Oder tausend.«

»Und wenn ich Ihnen verspreche, dass ich mir ein monatliches Einkommen verschaffe?«

»Welche Berufsausbildung haben Sie denn?«

»Ich habe studiert.«

»Und in welchen Berufen haben Sie schon gearbeitet?«

»In keinem so direkt.«

»Sie, hören Sie zu«, sagte der freundliche Herr von der Sparkasse und klang auf einmal gar nicht mehr so freundlich, »wie wäre es, wenn Sie erst einmal einige Jahre arbeiten gehen? Und wenn Sie dann ein regelmäßiges Einkommen haben, melden Sie sich noch einmal bei uns, und dann sehen wir, was sich machen lässt.«

Dann ist es zu spät!, wollte Hagen sagen, aber ihm fehlte die Kraft. Der Lärchenwald war verloren. Auf einmal war ihm, als stünde er wie ein Pilz auf einer Lichtung. Aus allen Richtungen heulten Motorsägen auf. Und dann fielen Bäume. Föhren und Lärchen prasselten auf ihn ein. Ihre nackten Stämme knallten aufeinander, um kurz noch einmal emporzuschnalzen, ehe sie wie Leichen in einem Massengrab liegen blieben.

Ohne ein Wort zu sagen, legte Hagen auf.

Die Börse schien der einzige Ort zu sein, an dem er Geld verdienen konnte, ohne dass man ihm Fragen stellte. Berufsausbildung und monatliches Einkommen waren hier bedeutungslos. Die roten und grünen Zahlen zuckten für jeden, der bereit war, das Risiko einzugehen.

Er öffnete den Laptop und googelte: *Schnell Geld vermehren Börse.*

Einige Minuten später hatte er sich festgelesen. In einem Artikel über Marginkonten. Ein Marginkonto schien die Möglichkeit zu eröffnen, mit dem Vierfachen des vorhandenen Kapitals Wertpapiere zu kaufen.

Er kaute an der Unterlippe.

Wenn er mit dem Vierfachen seines Kapitals das Tesla-Dingsbums kaufte, dann hätte er seinen Hebel gehebelt. Hebel vier mal Hebel acht gleich Hebel zweiunddreißig. Falls er alles richtig verstanden hatte, hieß das: Wenn Tesla ein Prozent stieg, musste er nur einen echten Euro einsetzen, um zweiunddreißig Euro zu erzielen. Und wenn er hunderttausend echte Euro einsetzte, würde er 3,2 Millionen erzielen.

3,2 Millionen! Der Lärchenwald war gerettet. Löwenau war gerettet! Er war gerettet! Vergiss die zweihundertirgendetwastausend, die du dir ausgerechnet hast! Er würde dem Bürgermeister, wenn er im Rathaus anriefe, glattweg eine Million für den Lärchenwald bieten. Und wenn der überrumpelt war und nach Worten rang, würde er sofort auf zwei Millionen erhöhen. Den Überraschungseffekt ausbauen. Ein Ja erzwingen. Wer bei einer Million sprachlos war, konnte bei zwei Millionen nicht Nein sagen.

Die nächsten Stunden verbrachte er damit, sich ein Marginkonto einzurichten.

Die Sparkasse bot keine Marginkonten an, hatte er herausgefunden. Auf die Schnelle blieb nur ein Online-Anbieter. Kurz las er Erfahrungsberichte und entschied sich dann für eine amerikanische Bank, die auch für deutsche Kunden zugänglich war. Er musste sich eine App herunterladen, die für ihn in der Telefonzentrale des amerikanischen Brokerhauses anrief. Im Gespräch musste er seinen Personalausweis vor der Handykamera biegen und drehen, bis die freundliche Dame am anderen Ende ihm endlich glaubte, dass sich hinter dem echten Wunsch auch ein echter Mensch verbarg.

Beim Abschied bat er darum, sein Marginkonto so schnell wie möglich freizuschalten.

Man tue grundsätzlich, was man könne. Zeit ist Geld, das sei das Motto ihres Hauses. Aber einige Stunden müsse Hagen sich schon noch gedulden.

Zeit ist Geld, wiederholte er in Gedanken. Wenn die wüssten. Zeit ist Leben!

Die Stunden bis zur Kontoeröffnung verbrachte er damit, Geld zu zählen.

Zwischendurch ging er Memory suchen, die sich inzwischen wieder selbstständig im Haus bewegte. Er nahm die Katze in den Arm und knuddelte sie.

»Memory«, flüsterte er, »Memory, morgen sind wir reich. Nur einen Tag lang. Aber der eine Tag reicht uns.«

Er musste die Katze absetzen, um sich selbst mit den Handflächen gegen die Oberschenkel zu trommeln, so aufgeregt war er. Adrenalin peitschte durch seine Adern. Hätte er Memory nicht freigegeben, er hätte sie womöglich vor Aufregung zerquetscht.

Dann kehrte er an den Wohnzimmertisch zurück. Bei vier Banken waren seine Eltern Kunden gewesen. Zweiundsiebzigtausendvierhundert Euro lagen auf diesen Konten. Er würde das gesamte Geld abziehen und auf sein neues Marginkonto überweisen. Oder sollte er eine Reserve zurückbehalten? Nein, er brauchte keine Reserve. Wenn Tesla nur ein Prozent stieg, würde er mehr als drei Millionen erhalten. Gut, er hatte nur zweiundsiebzigtausend Euro zur Verfügung statt hunderttausend. Aber damit kam er noch immer über zwei Millionen. Eine Million würde er dem Bürgermeister für den Wald überweisen. Maximal zwei. Den Rest würde er behalten, um davon zu leben. Und dieser Rest würde ausreichen, oh ja. Selbst bei ein paar Steuern.

Als das Marginkonto endlich eröffnet war, wies er von überall Sofortüberweisungen an. Allerdings nur sechzigtausend Euro. Etwas Geld musste er doch zurückbehalten, denn es konnte jederzeit etwas mit Memory geschehen. Ein Mann ganz ohne Geld war ein Mann ganz ohne Vernunft.

Dann überlegte er kurz.

Gold long?

Weizen-Future?

Tesla long?

Nein, nicht alle drei. Das war unvernünftig. Das Gold-Dingsbums hatte lediglich einen Hebel von vier. Und wie genau der Gewinn beim Weizen-Future zustande kam, hatte er von Anfang an nicht verstanden.

Also Tesla long. Mit den kompletten Sechzigtausend. Das war am vernünftigsten. Dann hatte er nach einem Tag das Geld zusammen. Morgen würde er beim Bürgermeister anrufen. Verdammt, morgen war Samstag. Egal, der Bürgermeister stand sicher im Telefonbuch. Er würde ihn privat anrufen. Wenn man für einen Wald, der wahrscheinlich nur dreihunderttausend Euro wert war, eine oder gar zwei Millionen erhielt, konnte man schon mal eine Überstunde am Wochenende machen.

Dass die amerikanische Plattform behauptete, er verfüge nicht über die nötige Erfahrung, um das gewünschte Wertpapier zu kaufen, war er schon gewohnt. Er füllte das Erfahrungsprofil aus. Und heute war, was er angab, nicht einmal mehr völlig gelogen.

Dann kaufte er das Tesla-Dingsbums. Allerdings durfte er nur vierzigtausend Euro einsetzen. Zwanzigtausend Euro musste er als Margin of Safety hinterlegen. Die Schaltfläche über der Zahl verlor ihre Farbe. Die Amerikaner hatten das Kapital geblockt. Die übrigen vierzigtausend Euro setzte er komplett ein. Die Software erklärte ihm, dass er das Vierfache dazukaufen dürfe. Also kaufte er das Tesla-Dingsbums für zweihunderttausend Euro. Seine vierzigtausend plus die hundertsechzigtausend, die die Amerikaner ihm borgten. Bei der TAN-Eingabe merkte er, dass er die Finger nicht stillhalten konnte. Der Puls schlug bis in die Kuppen. Morgen hatte er die Kohle! Danke, Christoph! Danke, Tesla! Danke, Amis!

Nachdem er noch einige Minuten auf die Zahlen und Prozente gestarrt hatte, die hinter seiner Tesla-Position zuckten, riss er sich gewaltsam los. Es tat ihm nicht gut, solche Schwankungen zu verfolgen. Es gab Sekunden, in denen er hohe vierstellige Beträge verlor. Die Zahlen auf dem Bildschirm schnippten von einer grünen Viertausend zu einer roten Dreitausend und wieder zurück, als bekämpfte in der Software ein wütender Teufel die Schöpfung der Welt.

Inzwischen hatte Hagen seiner Katze die Verbände abgenommen. Eigentlich hatte er sie nur erneuern wollen, aber die Wunden waren so gut verheilt, dass er sie womöglich gar nicht bemerkt hätte, hätte er nicht jeden Tag nach ihnen gesehen.

Außerdem hatte Memory endlich zugenommen. Vielleicht hatte es geholfen, dass sie so viel auf Vaters schwerer Decke gelegen war. Vielleicht war auch die Umstellung von laktosefreier Milch auf handelsübliche entscheidend gewesen. Eigentlich hatte sich diese Umstellung aus einem Missgeschick ergeben. Im Supermarkt hatte er danebengegriffen und den Irrtum erst bemerkt, nachdem sowohl er als auch Memory reichlich davon getrunken hatten. Während er mit pfeifenden Gedärmen auf der Toilette gesessen war, hatte Memory die Milch offenbar gut vertragen und sogar nach mehr verlangt, indem sie ihn immer wieder zu dem entsprechenden Napf führte.

Die ersten Tage nach der Operation hatte er sie zum Katzenklo tragen müssen. Und da er nie genau wusste, wann es an der Zeit war, trug er sie an manchen Tagen Dutzende Male auf dem Arm, bis sie schließlich ihr Geschäft verrichtete. Am Anfang war es so wässrig, dass es sich nicht mit der Schaufel herausheben ließ. Er wuchtete dann das gesamte Katzenklo zur Mülltonne, und nicht einmal das

Luftanhalten half gegen den stechenden Geruch. Dann schlug er die Mülltonne mit alten Zeitungen aus, kippte die stinkende Streu hinein und versuchte, sie mit Zeitungspapier zu bedecken, ohne Memorys Ausscheidungen zu berühren.

Nach der Umstellung auf laktosehaltige Milch war der Kot endlich fester geworden, und Hagen konnte ihn mit der Schaufel herausheben und direkt in eine Mülltüte geben, die er gut verschnürt im Hausmüll verstaute und erst mit dem übrigen Müll in der Tonne draußen entsorgte.

Wenn sie sich allein im Haus bewegte, hatte Hagen mittlerweile seine Angst überwunden, dass Memory ihm verloren gehen könnte. Im Garten fühlte er sich aber noch immer wohler dabei, sie an der Leine zu führen.

Auch jetzt hatte er Memory die Leine angelegt.

Auf der Treppe, die von der Terrasse hinab zum Rasen führte, saß ein Schmetterling, und Hagen beobachtete erfreut, wie Memory verharrte, vorsichtig schnuppernd die Schnauze annäherte und dann, als der Schmetterling eilig losflatterte, sogar mit der Tatze nach ihm schlug.

Es war ein heißer Tag. Die Sonne stach Nadeln in Hagens Nacken. Er zog Memory in den schmalen Schatten eines Fliederbusches, der übersüß roch wie eine in der Sonne zerlaufene Torte.

»Isch des in Berlin so üblich, dass man Katzen an der Leine ausführt?«, rief plötzlich Frau Träuble über den Zaun.

»Das dürfen die Berliner gern machen, wie sie wollen«, sagte Hagen. »Ich habe mit denen nichts mehr am Hut.«

»So, so«, sagte Frau Träuble und lehnte die schweren Taschen, die sie in der Hand gehalten hatte, gegen die schattige Hauswand. »Wie lange sind Sie eigentlich wieder bei uns in Löwenau?«

Hagen zuckte die Achseln. »Ich habe nicht mitgezählt. Aber einige Wochen sind es auf jeden Fall.«

»Und da müssen Sie immer noch nix schaffen?«

Hagen sah sich vor Frau Träuble stehen, wie sie ihm von oben herab zwei Mark und eine Packung Toffifee in die feuchten Kinderhände legte, begleitet von der Ermahnung, er solle der Mutter keinen Kummer machen.

»Haben Sie überhaupt was gelernt?«

»Ich habe in Berlin studiert.«

»Und was, wenn man fragen darf?«

»Wie viel Zeit haben Sie?«, fragte Hagen und probierte ein Lächeln, das auf Frau Träuble keinerlei Eindruck machte.

»In Berlin klappt doch auch nix, oder?«, fragte sie stattdessen, erwartete aber offensichtlich keine Antwort, sondern fuhr direkt fort: »Der ewige Flughafen. Überall Chaos. Besetzte Häuser. Und immer Proteste. Aber jetzt könnten wir solche Leute auch mal brauchen. Es ist eine Sauerei, was die mit den schönen Bäumen da hinten machen.«

Sie zeigte über Hagens Haus hinweg in Richtung Lärchenwald. Dann kam sie näher, senkte die Stimme und zischte hinter vorgehaltener Hand: »Und alles für die Ausländer, gell!«

Hagen stockte der Atem. »Wieso, was machen die mit den Bäumen?«

Frau Träuble machte eine Geste mit der Handkante, als fegte der Herrgott seine Geschöpfe vom Planeten. »Und ein Lärm ist das. Ich sag's Ihnen. Sonst haben sie es immer mit Mittagsruhe und Rasenmähen und keine Glasflaschen nach neunzehn Uhr, aber für die Ausländer wird den ganzen Tag gesägt. Sie, ich bin bloß im Auto vorbeigefahren.

Ich war ja einkaufen« – sie deutete auf die Taschen an der Hauswand – »aber das ist sogar hinter geschlossenen Scheiben laut. Da zählen plötzlich keine Juchtenkäfer und Zauneidechsen und Südseewarane mehr, die sie sonst immer schützen wollen. Für die Ausländer wird den ganzen Tag durchgesägt.«

In Hagens Ohren rauschte es. Memory presste ihren Kopf gegen sein Schienbein, wie um ihm Halt zu geben.

»Ich muss leider gehen«, sagte er tonlos.

»Ich muss auch rein. Der Doktor hat's gesagt. Keine Sonne zwischen elf und fünfzehn Uhr. Die haben mir doch da was rausgeschnitten. Seither kein Tageslicht mehr, zumindest kein Mittagslicht. Früher waren wir ja ohne Hut draußen. Da hat man sich nichts dabei gedacht. Aber jetzt mit dem ganzen Ozonloch und dem Klimawandel und was es da alles gibt. Der Doktor hat auch gemeint …«

Hagen konnte nicht mehr zuhören. Er war den Weg zwischen den Beeten rückwärts gegangen und hatte dabei unaufhörlich genickt. Aber jetzt würde er bald bei der Terrasse ankommen, und dort musste er sich umdrehen, um nicht gegen die Stufen zu stoßen. Um nicht umzufallen und für immer liegen zu bleiben.

»Ade, Frau Träuble«, rief er. Mitten in ihren Wortschwall hinein. Er hörte sie etwas sagen. Er wusste nicht, ob es eine Antwort war, ein Gruß ihrerseits oder ob sie einfach weiterredete. Dann schloss er die Terrassentür hinter sich.

Vielleicht hatte Frau Träuble sich ja getäuscht.

Vielleicht hatte sie die Traktoren am Waldrand gesehen und nur vermutet, dass Holzfällarbeiten im Gange wären.

Vielleicht war das, was sie für ein Motorsägengeräusch hielt, in Wahrheit aus dem Radio gekommen.

Oder es waren tatsächlich Waldarbeiter zwischen den Bäumen gewesen. Und die hatten tatsächlich mit der Motorsäge gearbeitet. Sicher gab es einen Baum, den man schon länger hatte entfernen wollen. Schädlingsbefall war denkbar. Oder Lichtraub. Für einen gesunden Wald war doch wichtig, dass genügend Licht auch in die untersten Stockwerke fiel. Kein Wunder also, dass ein, zwei Waldarbeiter mit der Motorsäge auftauchten und versuchten, für etwas Ordnung zu sorgen.

Er eilte die Treppe ins Obergeschoss hinauf. Zum Lärchenwald zu fahren, um zu sehen, ob Frau Träuble recht hatte, wagte er nicht. Aber oben gab es ein Zimmer, aus dessen Gaubenfenster man ein Stück Lärchenwald hinter den Nachbarhäusern sehen konnte.

Mit aufeinandergebissenen Zähnen trat er ans Fenster und sah sofort: Mitten in der dichten Wand des Lärchenwaldes klaffte eine Lücke. Und in diese Lücke hinein neigte sich genau in diesem Augenblick ein Baum wie ein Grashalm im Wind. Ein Baum, an dessen unterem Ende offensichtlich kleine Ameisenmenschen standen, die an ihm sägten und zerrten und rüttelten, weil irgendjemand es ihnen befohlen hatte. Der Bürgermeister. Der Gemeinderat. Wandelnde Leitzordner, das Hirn voll Paragrafen, ein Ziffernblock im Brustkorb.

Er öffnete das Fenster. Und horchte. Lauschte. War der Wald zu weit weg? Die Kettensäge zu leise? Oder war dieses leise Surren, das er auch schon am Vormittag gehört hatte, das Geräusch der mordenden Motoren?

Er schloss das Fenster. Was jetzt? Seine Finger trommelten gegen die Scheibe. Gegen den Fensterrahmen. Gegen seine Schläfen, als denke er nicht schnell genug.

Dorthin. Es ihnen sagen. Hört auf! Packt ein! Geht weg! Sich zwischen die Bäume stellen. Sodass sie nicht weitermachen konnten, ohne ihn zu töten. Die Männer zum Aufhören zwingen. Oder mit den Bäumen sterben.

Hagen ging ins Erdgeschoss. Stand im Wohnzimmer. Unentschlossen. Stieg die Treppe hinauf. Blickte aus dem Fenster. Sah den nächsten Baum wackeln. Öffnete. Hörte das Surren. Schloss das Fenster. Stieg die Treppe hinab. Suchte Memory. Nahm sie auf den Schoß. Stand auf, ohne an sie zu denken. Tröstete sie kurz über ihren Schreck hinweg. Ignorierte die Wunden, die ihre Krallen in das Fleisch seiner Schenkel gebohrt hatten.

Irgendwann dämmerte es. Wie oft war er die Treppe hinauf- und wieder hinabgestiegen? Er stand oben am Fenster. Kein Baum wackelte mehr. Kein Surren, wenn er hinaushorchte.

Jetzt konnte er es wagen.

Der Wald seiner Kindheit war ein Trümmerfeld. Die Ameisenmenschen hatten Stämme geschleift. Bahnen gezogen durchs Unterholz. Baumstammstapel geschichtet. Tote Lärche auf toter Föhre auf toter Lärche auf toter Föhre. Wie viele Frösche mochten sie aufgescheucht, wie viele Insekten vertrieben haben? Wie viele Dachsbauten freigelegt? Wie viele Nester zerstört?

Die Ameisenmenschen hatten den Lärchenwald so zurückgelassen, wie es sich gehörte. Dieses war links geschichtet, jenes rechts. Selbst die Anordnung der Sägespäne auf dem Waldboden schien beabsichtigt. Und sie hatten alles so zurückgelassen, dass jeder sah: Morgen würden sie wiederkommen. Und wenn nicht morgen, dann übermorgen.

Hagen ging die Wege ab, die die Ameisenmenschen gegangen waren. Ihre kleinen, fleißig gebahnten Henkerspfade, auf denen sie Befehle ausgeführt hatten. Die Perfidie: Wenn man ein Tier tötete, roch es nach Verwesung. Wenn man einen Wald tötete, roch es nach frischem Holz. Nach süßem Harz. Nach jungem Bernstein.

Hagen wehrte sich dagegen, mit ganzer Lunge einzuatmen. Hier war ein Wald gestorben. Er wollte ausatmen. Trauern. Rache schwören.

Was jetzt? Wie weiter?

Sich setzen und nachdenken? Auf einer der Baumleichen? Im frischen Harz, das geräuschlos wie Blut geflossen war?

Und wenn er den Bürgermeister morgen dennoch anriefe? Wenn er sein Angebot machte? Dem Bürgermeister eine Million bot? Zwei Millionen? Alles, was er bis morgen haben würde? Oder wenn er den Bürgermeister bat, bis übermorgen zu warten? Übermorgen hätte er wahrscheinlich doppelt so viel. Vier Millionen. Konnte der Bürgermeister da Nein sagen?

»Hören Sie, junger Mann«, würde der Bürgermeister sagen. »Das ist ein Gemeinderatsbeschluss. Ich bin da gebunden. Das ist das Organ. Ich bin nur der Vollstrecker. Und die Holzfällarbeiten haben schon begonnen. Das haben Sie gesehen, gell? Dass da von Wald keine Rede mehr sein kann. Dass das schon Baugrund ist. Dass da unsere Container hinkommen. Für unsere Geflüchteten. Das haben Sie gesehen, gell?«

Und dann? Was antworten? Dass hier mehr als ein Wald zerstört wurde? Eine ganze Kindheit! »Wenn wir so anfangen, dann können wir nie wieder irgendwo bauen. Es gibt keinen Fleck in diesem Land, an dem nicht irgendein Kind gespielt hat.«

Irgendein Kind? Er, Hagen, hatte hier gespielt. Mit der Mutter war er hier gewesen. Seine kleine Hand in ihrer großen. Ihr zärtlicher Blick auf seinen tastenden Schritten. Nur interessierte das niemanden. Er war nicht wichtig für Löwenau. Löwenau war nur wichtig für ihn.

Aber vielleicht würde der Bürgermeister sich darauf einlassen, wenn er ihm eine andere Fläche als Ausgleich vorschlug. Er, Hagen Hartmann, würde der Gemeinde den Lärchenwald abkaufen. Und im Gegenzug würde er einen Standort für die Flüchtlingscontainer beschaffen. In einem anderen Teilort. Wenn dieser Standort ohnehin schon der Gemeinde gehörte: wunderbar! Nur zu! Baut! Und wenn nicht, dann würde er den Standort dem rechtmäßigen Besitzer abkaufen. Koste es, was es wolle. Keiner sollte sich beschweren, dass er sich lumpen ließe. Er würde den Besitzer ordentlich entschädigen. Vielleicht musste man ihm einige Tage Zeit geben, bis sein Tesla-Dingsbums ihm das Geld beschafft hatte. Aber dann würde er jeden Preis zahlen.

Und danach? Wieder aufforsten. Rekonstruieren, welcher Baum wo gestanden war. Und dann einen Fachmann holen. Der die richtigen Setzlinge hatte. Der wusste, wie man diese Setzlinge vor hungrigen Rehen schützte. Der wusste, wie man die sumpfigen Flächen vor Austrocknung bewahrte, jetzt, wo man sie jeglichen Schattens beraubt hatte.

# XII

Der gestrige Abend hatte zwei Teile gehabt.

Den ersten Teil verbrachte Hagen mit dem Eimer im Lärchenwald und suchte, so kindisch das zu dieser Jahreszeit auch war, nach Fröschen, die er retten und in den heimischen Gartenteich tragen wollte, wie um sich selbst zu beweisen, dass längst nicht alles verloren sei. Natürlich fand er keinen einzigen Frosch, weder in den letzten Lachen des Sommers, deren schmierigen Grund er mit den Händen abtastete, noch unter den Steinen, die er umdrehte, und auch nicht in den Mooskissen, die noch immer hier standen, als könnten sie den nackten Boden vor den röhrenden Baumaschinen der Ameisenmenschen schützen. Dabei musste er gegen das immer stärker in seinem Innern aufsteigende Gefühl ankämpfen, dass die einzigen Frösche, die es im Lärchenwald noch geben konnte, die Frösche seiner Kindheit, die Frösche seiner Erinnerung waren. Wie kein anderes Lebewesen schienen sie ihm der Grobheit der menschlichen Natur ausgesetzt, die nichts so lassen wollte, wie es war. Sie trugen keinen Panzer, sie trugen keinen Pelz. Er empfand ihre Hilflosigkeit, als wäre es seine eigene. Nackt und schutzlos boten die Frösche ihre Haut den Zeitläuften dar und nahmen alle Veränderungen ungefiltert in sich auf, die ihre Umwelt ihnen zumutete. Sie waren wie ewige Kinder, die im Stadium des Verletzlichen verharrten, weil sie nichts Äußeres auszubilden vermochten, das sie vor den Zumutungen des Lebens beschirmte.

Den leeren Eimer stellte er neben den heimischen Gartenteich, als dürfe er hoffen, am nächsten Morgen doch einige schüchterne Froschpaare darin zu finden, die die Nacht hineinzaubern würde.

Den zweiten Teil des Abends beugte sich Hagen über die größte Landkarte der Gemeinde, die er in den Bücherkisten der Eltern im Keller gefunden hatte.

Es gab so viele Standorte, die infrage kamen. Wie war der Gemeinderat nur darauf gekommen, ausgerechnet den Lärchenwald in Löwenau abzuholzen?

Zwölf mögliche Standorte fand er. Und das ganz allein. An einem einzigen Abend. In vier der sechs Teilorte, die die Gemeinde abgesehen von Löwenau umfasste, konnte man die Flüchtlingscontainer nach Hagens fester Überzeugung aufstellen. Allein in einem Teilort an fünf Stellen!

Er hatte alle Standortvorschläge in einer Excel-Tabelle aufgelistet und im Internet sogar die Geokoordinaten dazu herausgesucht. Diese Tabelle würde er dem Bürgermeister per E-Mail schicken, sobald dieser sich für eine Alternative zum Lärchenwald offen gezeigt haben würde.

Die Sonne kletterte über die Wälder empor, und es war nun endlich nicht mehr zu früh, um den Bürgermeister anzurufen. Bevor er anrief, musste Hagen noch überprüfen, wie sich sein Tesla-Dingsbums seit gestern Nachmittag entwickelt hatte, um grob zu wissen, welche Summe er aufbieten konnte.

Er loggte sich bei der amerikanischen Bank ein. Und erstarrte. Ein Strich unter dem Reiter *Depot* behauptete, dass keine Positionen vorhanden seien. Und unter *Verrechnungskonto* verkündete eine rote Zahl ein Minus von hundertsechsundzwanzigtausend Euro. Die zwanzigtausend Euro Margin of Safety waren verschwunden, ausgebucht. Die Schaltfläche darüber war blass unterlegt.

Hagens Hände waren plötzlich ganz weich. Seine schweißnassen Finger glitten wie auf Seife über das Touchpad, als er versuchte, auf *Depot* zu klicken. Die Funktion war nicht verfügbar. Man war offensichtlich der Meinung, dass es dort nichts anzuzeigen gebe. Und jetzt? Dort anrufen und um Aufklärung des Irrtums bitten? Sie fragen: Wo ist mein Tesla-Dingsbums? Tesla long? Wie hieß das überhaupt? Er musste den Namen finden. Die Wertpapierkennnummer. Der Whatsapp-Thread mit Christoph! Dort musste die Nummer stehen. Wo war das Handy? Er stieß die Schlafzimmertür so energisch auf, dass Memory von Vaters schwerer Decke plumpste und sofort unter dem Bett verschwand.

Hagens Finger wischten über das Display. Christoph, Christoph, Christoph! Zurück ins Wohnzimmer. Den Laptop vor Augen. Wie hieß das alles? Hier war Christoph. Hier der Thread. Mit dem feuchten Daumen nach oben. Hier stand es: Tesla. WKN A1JL65.

Er würde einfach Christoph anrufen. Rief ihn an.

Schon klingelte es.

»Servus«, sagte Christoph.

»Ähm«, sagte Hagen. Wie hieß das? Was wollte er fragen?

»Du, es passt gerade nicht so gut«, sagte Christoph. »Ich bin nicht allein.«

»Mein Geld ist weg«, stieß Hagen hervor. »Nur ein Minus ist noch da. Ich habe das Tesla-Dings gekauft. Für zweihunderttausend Euro. Alles weg. Nur noch ein Minus auf dem Konto.«

»Was?«, rief Christoph. »Zweihunderttausend Euro? Warte, ich gehe mal eins weiter.« Hagen hörte Schritte und etwas, das wie eine Tür klang, die sich schloss. »Jetzt noch mal«, sagte Christoph mit gedämpfter Stimme.

Und dann erfuhr Hagen, was ein Margincall war. Christoph versuchte, alles so einfach wie möglich zu erklären. Anscheinend durfte die Bank die Wertpapiere ihrer Kunden einfach verkaufen. Und zwar, wenn ein größerer Verlust eintrat. Damit sicherte sich die Bank gegen Verluste ab, die so groß waren, dass der Anleger sie nicht ausgleichen konnte. Und bei Hagen war offensichtlich gestern ein so rasanter Kursrutsch eingetreten, dass die automatische Verkaufsorder der Bank erst gegriffen hatte, als Hagen schon im Minus gewesen war.

»Mal sehen, was Tesla gestern so gemacht hat«, sagte Christoph. »Ich habe nämlich nicht viel mitgekriegt. Damenbesuch. Du verstehst.« Er lachte heiser.

Einige Sekunden war es still. Dann wieder Christoph: »Oha. Der Staat Kalifornien hat mit der Schließung der Fertigungsanlage gedroht. Wegen Steuerunklarheiten. Und Elon Musk hat daraufhin getwittert: *Die Jungs von der Behörde sollten sich mal entspannen und kräftig einen durchziehen.*« Er lachte kurz. »Aber für dich ist das natürlich nicht witzig«, fügte er hinzu.

»Und für dich?«

»Ich bin vorgestern ausgestiegen. Sechshundert Euro an vier Handelstagen. Das reicht mir völlig.«

Unter Christophs Anleitung navigierte Hagen dann ins Postfach rechts oben auf der Startseite seines Depots.

Genau wie von Christoph angekündigt, fand er dort drei ungelesene Nachrichten. Eine Begrüßung als Neukunde, eine Kaufabrechnung und eine Nachricht mit dem Betreff *Margincall.*

Hagen las Christoph vor, was dort stand: Ein rasanter Kursverlust habe zum automatischen Abverkauf seiner Positionen geführt. Durch ein Kursgap. Hagen unterbrach sich. Christoph kam zu Hilfe: Ein Gap sei eine Lücke im Kursverlauf. Diese Lücke entstehe, weil zu bestimmten Preisen niemand kaufe und der Kurs dann unmittelbar von einem hohen auf einen viel niedrigeren Stand absacke. Hagen fuhr fort: Durch ein Kursgap sei ein geldwerter Gesamtverlust entstanden, der durch Einzug der Margin of Safety nicht habe gedeckt werden können. Er sei daher dazu aufgefordert, einen Barausgleich für den entstandenen Verlust vorzunehmen. Dieser Barausgleich habe unverzüglich zu erfolgen, spätestens jedoch innerhalb der folgenden zehn Werktage.

Die Füße auf dem Tischchen, den Hinterkopf an der Sofalehne, starrte Hagen ins Leere. Immer wieder versuchte er, seine Gedanken zu sammeln. Immer wieder nahm er Anlauf.

Sein Geld war weg. Die Tesla-Position auch.

Jetzt brauchte er neues Geld. Noch mehr als zuvor.

An dieser Stelle schweifte er ab. Sah den Lärchenwald vor sich. Die gestapelten Baumleichen. Die Sägespäne auf dem Waldboden. Er roch das Harz, als wehte der Geruch durchs Wohnzimmer.

Dann ermahnte er sich. Was jetzt? Denk nach!

Und wenn er die Garagen in Stuttgart-Möhringen verkaufte? Wie viel mochte man für eine Garage bekommen?

Zehntausend Euro? Zehntausend mal acht? Das war nicht genug. Außerdem dauerte es sicher viele Wochen, vielleicht Monate, einen Käufer zu finden. Mit ihm zum Notar zu marschieren. Einen Vertrag aufzusetzen. Und dann würde es noch einmal dauern, bis das Geld auf seinem Konto war. Und er es der amerikanischen Bank überweisen konnte, um seine Schulden zu begleichen.

Was dann? Das Haus? Niemals! Die Erinnerungen an die Mutter. Sein ganzes Leben hing daran. Alles danach Geschehene wirkte wie ein Gegenentwurf zu diesem einzigen echten Leben. Berlin war ein Irrtum gewesen. Ein langer, quälender Irrtum.

Und wenn er nicht zahlte? Sondern Privatinsolvenz anmeldete? Dann würden sie ihn einsperren. Und alles pfänden. Die Garagen. Und das Haus. Sie würden ihm das Haus amputieren. Wo – und vor allem: wozu? – sollte er, ein verstümmelter Obdachloser, dann leben?

Er suchte nach Memory. Es half nicht, sie zu streicheln. Im Gegenteil – es machte ihn noch trauriger. Dieses Haus war nicht nur seine Heimat. Es war auch Memorys Heimat. Er hatte Memorys Heimat verspielt. Verzockt. Über Nacht hatte er alles preisgeben. Einem einzigen dummen Tweet von Elon Musk. Und der Drohung einer Behörde. Warum hatte er nicht auf Christoph gehört? Streuen, streuen, streuen. Stattdessen hatte er alles auf eine Karte gesetzt. Und verloren.

Dass er am Abend besoffen war, konnte Einbildung sein oder Folge des Eierlikörs. Wie das eines Teenagers hatte sein Herz am elterlichen Schnapsfach gepocht. Mit den elfenbeinfarbenen und minzgrünen Flaschenhälsen hinter dem Glas der Vitrine wirkte dieses Schnapsfach wie ein Vivarium in dem toten Glasschrank. Den Impuls, alles auf einmal zu trinken, überwand er spätestens, als er den quietschenden Verschluss vom serbischen Marillengeist schraubte. Allein die Verdampfung stach in der Nase, als hätte er sich einen Tankstutzen ins Gesicht gerammt. Nachdem er unter dem Benzingeruch des österreichischen Strohrums ins Taumeln geraten war, öffnete er den bitteren Gin mit den vergilbten Beefeatern auf dem Etikett nur noch der Vollständigkeit halber. Der Eierlikör hatte ihn schließlich gerettet.

Jetzt hing er rücklings vom Sofa herab und fühlte sein Gehirn gegen die Schädeldecke schwappen. Obwohl sie auf dem Kopf stand, bewegten sich an der Nachrichtensprecherin im Fernsehen nur Lippen und Augenlider. Die öffentlich-rechtliche Frisur hing wie angeklebt am Blouson, während sie weiterlas. Ob sie etwas zur Hamas oder zu den Taliban oder Al-Shabab oder Al-Qaida verkündet hatte, hatte er schon wieder vergessen, als er sich schnaubend vom Sofa schob und den betäubten Leib auf dem Fliesenboden wendete. Dann richtete er sich mit knackenden Gelenken auf und drohte dem Flatscreen: »Ruhe hier! Verdammte Scheiße!«

Hagen war wütend. Trostlos wütend. Feuerscharf stieg etwas seine Gedärme hoch und ballte ihm die Fäuste.

Dann lag er wieder erschöpft auf dem Sofa und schloss abwechselnd das linke und das rechte Auge. Der Tisch und die Stühle waren verwackelt wie in einem Homemade-Video seiner Eltern aus den Neunzigern.

Da lag er jetzt. Das hatte er davon. Von seiner Geburt. Und dass er immer weitergemacht hatte. Wie der Mond, der sich seit Jahrmillionen jeden Abend ans Firmament leimte, als ob das irgendetwas bewirken könnte außer fünf Meter Tidenhub. Wie der Mond erschien auch er, Hagen, alle vierundzwanzig Stunden neu. Hier bin ich wieder, man braucht mich nicht.

Immer hatte er weitergemacht. In der Schule. Und in Berlin. Dreizehn Jahre lang. Dreizehn verschenkte Jahre. Das Leben vergeht schnell, wenn man nichts mit ihm zu tun haben will. Als die Eltern tot waren, war er hierhergekommen. Er hatte das Haus kaum wiedererkannt. Den sterilen Garten. Das kataloghafte Innere. Aber er hatte am Weitermachen festgehalten. Hatte Möbel gesucht. Die Beete umgegraben. Memory gerettet. Und jetzt? Jetzt musste er hier liegen und sich selber leidtun. Das hatte er davon. Schulden bis unter den letzten Dachziegel. Keinen Wald mehr und bald kein Haus.

Dass er sich aufrichtete, um Eierlikör nachzugießen, ließ seine Gedärme aufstöhnen. Die Flasche war leer. Er wankte zum Schnapsfach. Dann eben Marillengeist. Mit angehaltenem Atem schenkte er sich ein, kniff die Augen zusammen und trank. Der Geist brannte in der Speiseröhre wie Lava, die, selbst als er schon mehrmals geschluckt hatte, noch immer zwischen seinen Zähnen zu brodeln schien.

Und wer war schuld an alledem? Die Fremden im Löwen. Die hatten doch – oder hatte er? Hatte er nicht! Er hätte nicht gemusst, wären sie nicht. Gekommen. Angerückt. Einmarschiert. Ohne einen Schuss abzugeben, hatten sie ihn vernichtet. Hatte er sich ruiniert. Seinen Stammbaum gefällt.

Er wankte zur Tür. Griff sich Schuhe. Streifte sie über. Setzte sich auf die Treppe. Rutschte hinunter. Kicherte. Zog sich wieder hoch. Band die Schuhe. Verfehlte den einen

Bändel mit dem anderen. Fluchte. Stand schwankend auf. Machte Licht. Sah in den Spiegel. Prostete sich zu, ohne Glas in der Hand. Seine Augen waren ganz klar. Er war nicht besoffen. Oh nein, er nicht. Ein bisschen angetrunken vielleicht. Ein bisschen. Vielleicht. Dann ging er. Zog die Tür zu. Klopfte die Taschen erst ab, als er längst um die Ecke gebogen war. Der Schlüssel war da. Verdammter Glückspilz. Einmal im Leben. War etwas da. Und wenn es nur ein Schlüssel war.

Dass den Löwen Stille umgab, schien ihm, als wollte das Haus der Fremden das Tosen in seinem, Hagens, Inneren verhöhnen. Die Asymmetrie zwischen den Fremden, die alles bekamen, und ihm, dem man alles nahm, setzte sich bis in die Nachtruhe fort. Die verdammten Kamele. Hatten ihm alles genommen. Und schliefen jetzt seinen Schlaf. Er stolperte. Stufen, die er nicht kannte. Ihre Stufen. Ein Busch, der seine Wade zwickte wie ein Wüstenhund. Ihr Busch. Ihre Stufen und ihr Busch. Ansonsten überall Fenster. So viele Fenster. Sein Nacken schmerzte vom Blick hinauf. Dann fiel er. Hörte sich selbst beim Fallen zu und wusste nicht, ob er das Klatschen der Äste schon gehört hatte, ehe sie ihm die Wangen zerschrammten.

Er nahm einen Stein. Einen großen. Den größten. Es gab nur den einen. Aber der war groß. Er schnaufte. Stöhnte. Versuchte, sein Atmen zu unterdrücken. Musste aufstoßen. Das Geräusch rollte durch die sternklare Nacht. Der Stein war schwer. Zu schwer, um ihn von hier aus zu werfen. Er musste näher ans Fenster. Keuchend schleppte er ihn zur Hauswand hin. Seine Füße verhakten sich im Gestrüpp. Über ihm spiegelte sich der Mond im Fenster. Er biss die Zähne zusammen. Dann führte er den Stein mit beiden Armen am Körper entlang. Schwankte. Schwenkte. Ließ los. Tock. Klack.

Etwas stach in Hagens Hinterkopf. Etwas Spitzes. Ah. Er richtete sich auf. Wollte sich aufrichten. Es gelang nicht. Was war das Schwere, das ihn zurückhielt? Er biss die Zähne zusammen, um sich selbst auf den Bauch sehen zu können. Da lag der Stein auf seiner Brust. Er stöhnte laut. Plötzlich raschelte es. Dann verdunkelte sich der Himmel. Jemand war vor den Mond getreten. Hagen musste hier weg. Wieder versuchte er, sich aufzurichten. Mit malmenden Zähnen sank er zurück. Der Mond war wieder da. Die andere Person hatte ihn freigegeben, war an Hagens Seite getreten und kniete jetzt neben ihm.

»Langsam«, sagte eine sanfte Stimme.

Hagen spürte Hände, die seine Rippen streiften. Dann fühlte er sich auf einmal ganz leicht. Mühelos hob er den Kopf. Der Stein lag neben ihm. Eine sanfte Hand griff unter sein Haar. Endlich ließ dieses Stechen nach. Er richtete sich auf – und blickte in Augen, die im Mondschein grün schienen.

»Alles in Ordnung?«

Hagen wollte nicken, aber etwas in seinem Innern strömte nach oben. Plötzlich verschwamm die Nacht um ihn. Wie in größter Müdigkeit öffnete er die Lippen und erbrach sich. Die Speiseröhre brannte. Die Nase triefte. Er schämte sich.

Dann endlich war es vorbei.

»Alles in Ordnung?«, wiederholte die junge Frau.

Er hob den Blick, um ihre Augen zu sehen. Da stieg ihm der scharfe Geruch seines Erbrochenen in die Nase. Der

Würgereiz kehrte zurück. Aber kein Inneres mehr, das nach außen strömte. Sein Würgen ging in Röcheln über. Und dann kam es doch. Der Magen zuckte in schnellen Konvulsionen. Die Speiseröhre pumpte. Lauwarmer Brei ergoss sich über Hagens Oberkörper.

Als endlich nichts mehr heraufdrängte, ließ er sich zurücksinken.

»Nein«, rief die junge Frau. »Nicht einschlafen!«

Sanft zog sie an seiner Hand. Hagen ließ sich ziehen. Dann half er mit.

Die Deckenleuchte im Waschkeller erinnerte an den Mond vor der Tür. Ein Mond, wie Kinder ihn mit Wachsfarben malen. Und er, Hagen, war das Strichmännchen daneben, das in der abkühlenden Feuchte des stinkenden Hemds verharrte, die Gliedmaßen vom Körper abgespreizt. Hagen sah sich um. Auf einem Regal standen Wäschekörbe, leere und volle. Die Waschmaschine hinter dem wallenden Rock der Grünäugigen prahlte mit einem Miele-Aufdruck. »Soll ich da reinsteigen?«, fragte er schleppend. Ihr Lachen setzte im selben Moment ein, in dem sie auf ihn zutrat. Auf ihren Wangen zeigten sich symmetrische Grübchen.

Dass sie sich abwandte, als er mit hölzernen Fingern das Hemd aufknöpfte, gab ihm die Gelegenheit, sie zu betrachten. Die Andeutung von Kurven, die sich unter dem weiten Stoff verloren wie eine Landstraße in fernem Gebirge. Wer war er, dass er ein Mädchen betrachtete, als habe er es gemacht. Aber wie sie da stand in Glockenrock und Rüschenbluse, als habe man sie für eine barocke Tragikomödie ausstaffiert, trieb ihm Wärme in die Brust. Was anders an ihr war, ließ sich nicht sagen, das ungeahnte Grün der Augen oder die Tiefe der Grübchen, Rock und Bluse ganz fremd in der Zeit.

Auch als er ihr das Hemd reichte, vermied sie es, ihn anzusehen. Dass der halb Entblößte zum Betrachter der Bekleideten wurde, berauschte sein waberndes Hirn noch einmal. Er führte ihr das Hemd so zwischen Daumen und Zeigefinger, dass keine der feuchten Stellen ihre Hand streifen konnte.

Erst als er sie Waschpulver auf dem Stoff verreiben und den Wasserhahn aufdrehen sah, begriff er, dass die Waschmaschine zwei halbnackte Stunden mit der schönen Kostümierten bedeutet hätte. Sein Herz tremolierte an den Rippen.

»Was haben Sie so spät in den Büschen gemacht?«, fragte sie über die Schulter und wandte sich ihm halb zu, sodass er endlich wieder den Scherenschnitt ihrer Wange unter dem vollen Haar sehen konnte.

Dass die Frage höchstens rhetorisch sein konnte, stand fest. Sie wollte ihn testen. Und jetzt? Die Rückkehr des Vollrauschs vortäuschen?

Man könne sich doch duzen, schlug er statt einer Antwort vor. Er sei Hagen.

»Adana«, sagte sie und lächelte vorsichtig über die Schulter, den Blick auf den Boden gerichtet. Dann wandte sie sich wieder seinem Hemd unter dem Wasserstrahl zu. Wo er sich besudelt hatte, schäumte sie Waschmittel auf und rieb es in die Fasern. Der Stoff summte in ihren Händen eine traurige Melodie, während chemischer Lavendel durch den Raum waberte.

Was er vor dem Haus gemacht habe, fragte sie noch einmal über die Schulter.

»Dummheiten«, antwortete er und erschrak über die prompte Antwort. Heute sei nicht sein Tag gewesen, schob er hastig nach.

»Und wessen Tag war es?«

Hagen lachte. Sollte er von den toten Bäumen erzählen? Vom Margincall und der bevorstehenden Zwangsversteigerung seines Elternhauses? Dann besann er sich. »Kennst du das Gefühl, alles verloren zu haben?«, fragte er lediglich.

»Ja, kenne ich«, sagte Adana.

Dann schwiegen sie in das Rauschen des Wassers hinein.

»Du bist schön«, sagte Hagen plötzlich und ohne dass er es hatte kommen sehen.

Adana lächelte. »Du bist betrunken.«

»Morgen bin ich nicht mehr betrunken, aber du bist immer noch schön.« Dieser Satz ließ ihm das Blut in den Kopf schießen. Woher nahm er eine solche James-Bond-Rhetorik? Hätte sie sich nach ihm umgedreht, er hätte sein Gesicht in den Händen vergraben müssen. Wahrscheinlich wagte er all das nur zu sagen, weil er inzwischen begriffen hatte, dass sie sich nicht umdrehen würde, solange er kein Hemd trug. Wenigstens schien sie alles, was er sagte oder tat, mit seinem Zustand zu entschuldigen.

Jetzt hielt sie sein Hemd prüfend gegen das gelbe Mondlicht an der Decke. Dass er, nachdem sie die Arme hatte sinken lassen, nach dem Hemd griff, ließ sie schmunzeln. Es sei doch noch ganz nass, sagte sie und winkte ihm, sie hinauszubegleiten. Der echte Mond draußen war von dickbäuchigen Wolken verschluckt worden, und Hagen sehnte sich zurück nach dem wachsfarbenen Kindermond im Waschkeller. Der hätte Adana weiter für ihn beleuchtet, während sie jetzt sein Hemd auswrang, um es anschließend durch die Luft zu wedeln und schließlich gegen die Hauswand zu klatschen, ehe sie es prüfte.

»Es ist viel zu feucht für diese kalte Nacht«, sagte sie, und Hagen wollte widersprechen, dass die Nacht doch sehr mild sei mit Wolken, die die Erde warmhielten wie einen Säugling, aber da war Adana schon zur Kellertreppe geeilt und bedeutete ihm mit einer Geste, dass er sich nicht von der Stelle rühren solle. Sie kehrte mit einem zweiten Stück Stoff zurück, viel dunkler als Hagens Hemd, und reichte es ihm hin. Als er es übergestreift hatte, hatte sich der Mond gerade aus dem Wolkeninnern zurückgekämpft, sodass die hellen Buchstaben auf Hagens Brust sein milchiges Licht reflektierten. »I'm unique«, las Hagen vornübergebeugt, und der Schwindel kehrte zurück, sodass er ins Schwanken geriet. Adana lachte wie eine Mutter, die sich über die Tollpatschigkeit ihres Babys entzückt, und hielt ihm sein nasses Hemd hin, als könne ein Gewicht in der Hand ihn stabilisieren.

Dass sie ihn heimbegleiten würde, war für ihn keine Frage gewesen. Eher schien es ihm Teil ihrer Fürsorgepflicht zu sein. Tatsächlich neben ihr zu gehen nahm ihm dann aber doch den Atem.

Sie wartete noch, bis er den Schlüssel ins Schloss gesteckt hatte, obwohl er ihr unterwegs zweimal hatte schwören müssen: Ja, er habe den Schlüssel. Ja, er habe die Taschen abgeklopft, als er gegangen sei. Ja, er habe ein Bett, das er irgendwie finden werde.

»Gute Nacht«, rief sie, und erst jetzt überlegte er, was das für ein Akzent sei, der in all ihre deutschen Wörter drang. Dieser Akzent, der aus den Vokalen Brücken spannte zwischen den Konsonanten. Der die Silben aneinanderreihte, als verdiene es jede einzelne, betont zu werden, als sei sie die einzige. Dieser Akzent, als ob eine Geige ein Paukenkonzert spielte.

Er wollte sie fragen. Aber da war sie schon verschwunden.

Hagen wurde durch Adanas Hand geweckt. Er räkelte sich. Ihre Finger streichelten seinen Hals. Er lächelte. Ihre Hand streifte seine Brust. Er roch ihr Haar. Spürte die Wärme ihrer Hände, die seine Finger umschlossen. Fühlte ihre Lippen auf seiner Haut. Ließ sich küssen. Den Daumen der rechten Hand, den Daumen der linken. Ließ in sich die Spannung wachsen. Einmal würde sie seine Hände freigeben, und dann würde er Adanas zarten Körper in die Arme schließen, ihr honigweiches Haar küssen, sein Gesicht an ihrem Hals betten, sie in sich aufnehmen. Da sang sie plötzlich. Einen einzigen hellen Ton. Einen Ton, der viel zu grell war für ihre zarte Stimme. Der Ton dröhnte in seinen Ohren. Er verzog das Gesicht und richtete sich auf.

Vaters Bett war leer. Wieder ertönte die Türklingel.

Hagen torkelte von der Matratze, hinein in die Hausschuhe und hin zur Tür.

Es war Adana.

Sie sah an ihm hinab. Halb belustigt, halb beschämt.

Er folgte ihrem Blick, ehe sie sich abwandte. Zu den klobigen Hausschuhen des Vaters, die ihm viel zu groß waren, trug er nur Boxershorts.

»Hi«, sagte er und spürte eine ungeheure Verlegenheit.

»Guten Morgen«, sagte sie.

Schweigen. Hagen sah angestrengt zur Seite.

»Geht es dir besser?«, fragte Adana.

Hagen überlegte. »Ich weiß noch nicht. Ich war noch nicht wach.«

»Oh, entschuldige«, sagte Adana.

»Nein, nein.« Hagen hob abwehrend die Hände.

Gestern Abend hätte er wahrscheinlich geantwortet, dass er sich gern von ihr wecken lasse. Aber jetzt kam ihm nichts über die Lippen. Nicht einmal anzusehen wagte er sie.

»Komm doch rein«, sagte er schließlich, den Blick abgewandt, als hätte die Einladung der Haustür gegolten.

Adana antwortete nicht. Also musste er sie ansehen.

Als sein Blick sie traf, huschten ihre grünen Augen zur Seite. Auf ihren Wangen deuteten sich die Grübchen an.

»Ich will nicht stören«, sagte sie.

Und dann, nachdem sie Luft geholt hatte, als müsse sie Mut einatmen: »Aber wir könnten spazieren gehen.«

»Gut«, antwortete Hagen kurzentschlossen, trat einen Schritt auf sie zu und griff nach der Haustür in seinem Rücken.

»Vielleicht«, begann sie und sah an ihm auf und ab, »vielleicht …«

»Ah, ja!« Hagen schlug sich gegen die Stirn. »Natürlich.«

Als er zum zweiten Mal vor die Tür trat, brannte auf seiner Zunge noch der Pfefferminzgeschmack der Zahnpasta, die er eher im Mund verrieben als zum Putzen verwendet hatte. In die Achseln hatte er Deo geschmiert, beinahe mit derselben Bewegung ein Hemd übergestreift und anschließend Hose, Socken und Schuhe übergezogen, aufgescheucht wie ein Schulbub, den die Mutter aus dem Schlaf gerissen hat.

»Wohin gehen wir?«, fragte er.

Adana beschrieb einen Halbkreis mit der Hand. »Löwenau«, sagte sie.

Hagen lachte. Dann gingen sie los. Adana blieb einen halben Schritt hinter ihm zurück, sodass er das Gefühl hatte, sich ständig umdrehen und merkwürdig über die Schulter sprechen zu müssen. Am liebsten hätte er gefragt, ob sie nicht neben ihm gehen wolle.

Sie durchquerten Hagens Siedlung. So langsam, wie Hagen hier noch nie gegangen war. Er passte sich Adanas Tempo an. Und obwohl er immerfort, wenn sie etwas sagte, daran dachte, was er darauf antworten könnte, und, wenn er sprach, daran, wie lächerlich sie wohl fand, was er sagte, nahm er doch mehr wahr als sonst. Drei Häuser weiter hatte man einen Gartenteich in den Boden eingelassen. Eine Plastikform, in zwei Stufen gegossen, in deren Mitte eine Seerose verblühte. Um sie herum trieb ein halbes Dutzend Goldfische auf dem Rücken. Ein Haus weiter bemerkte er, dass im zweiten Obergeschoss das einzige Fenster mit Brettern vernagelt worden war.

Es fiel ihm schwer, nicht von diesen Dingen zu sprechen, die er wie Botschaften aufnahm. Umso verzweifelter zwang er sich, Adanas Fragen zu beantworten. Ob er gestern noch etwas gegessen habe. Ob sein Kopf dröhne. Ob er häufiger so viel trinke.

Als sie um die nächste Ecke bogen, wurde in der Ferne die Lücke zwischen den Wipfeln des Lärchenwalds sichtbar.

Hagen konnte nicht mehr zuhören. Er unterbrach Adana mitten im Satz. Sie hatte davon gesprochen, wie wichtig es sei, auf sich selbst achtzugeben.

»Siehst du das?«, fragte er und streckte den Arm nach ihr aus, als müsse er sie auf seine Höhe ziehen, damit sie den Lärchenwald erkennen könne. Sofort zog er den Arm zurück.

»Den Wald?«, fragte sie.

»Oder was davon übrig ist«, sagte er. Und dann platzte alles aus ihm heraus: Dass er in Löwenau aufgewachsen sei. Dass er in diesem Wald als Kind gespielt habe. Ein Lager hätten sie gebaut. Amphibien hätten sie beobachtet. Amphibien, das seien Frösche und Molche. Eigentlich auch Kröten und Salamander, aber die habe es dort nicht gegeben. Das heißt, Salamander vielleicht schon, aber nur unten im Löwenbach. Gesehen habe er sie nie.

Ob Adana wisse, was Frösche seien.

Er imitierte einen Frosch.

Sie lachte. Ja, sie kenne das Wort.

Frösche und Molche hätten sie dort beobachtet, wiederholte er. Gut, und auch gefangen. Aber nicht, wie sie vielleicht denke. Sie seien keine Tierquäler gewesen. Noch nie habe er ein Wesen gequält. Behutsam habe er die Lurche in den Garten der Eltern getragen und dort in die Freiheit entlassen. Nicht ganz uneigennützig natürlich. Selbstverständlich sei er jeden Tag nach der Schule in den Garten gerannt und habe nachgesehen, was seine Frösche und Molche machten. Ob sie gelaicht hatten. Ob irgendwo Kaulquappen strampelten. Ob ein Molch mit klickendem Geräusch die Wasseroberfläche durchbrach, um nach Luft zu schnappen. Ob ein kleines Froschmännchen ein duldsames Weibchen von hinten umklammere. An der Hand habe er die Mutter in den Garten geführt, um ihr ein solches seltenes Paar zu zeigen.

Er sah Adana an. Sie schmunzelte.

Jedenfalls sei der Lärchenwald sein Wald gewesen, sagte er matt. Ein Leben lang. Bis gestern.

Und dann dachte er daran, wer Adana war. Dass man die Bäume für sie gefällt hatte. Für sie und ihresgleichen.

Kurz sah er ihr ins Gesicht, vielleicht auf der Suche nach etwas, das ihn trösten würde. Oder zumindest nach etwas, das er verachten konnte.

»Der Wald war mein Ort fürs Herz«, sagte Adana. »Seit Frühling ist in Löwenau, bin ich fast jeden Abend an den Waldrand spaziert, habe mich in den Schatten gesetzt und den Vögeln zugehört.« Etwas in ihrem Gesicht flackerte auf. »Weißt du, wie sie heißen?«, fragte sie und sah ihm zum ersten Mal, seit sie ihren Spaziergang begonnen hatten, in die Augen.

Dort, wo noch alle Bäume standen, ließen sie sich nieder. Vorn klaffte die Rodung.

Natürlich hatte Hagen sich eine Menge Vögel zugetraut. Eichelhäher und Specht. Meise und Kleiber. Spatz und Amsel. Aber es war ungeahnt schwer, Vogellaute zuzuordnen, wenn man die Tiere nicht sah. Immer wieder tschilpte und geiferte, krächzte und zwitscherte es. Das einzige Vogelgeräusch, das Hagen sicher erriet, war das Tocktocktock des Spechts am Baumstamm.

Adana kannte keinen Specht. Sie kannte auch keinen Eichelhäher und keinen Kleiber. Dass ein Vogel den Baumstamm kopfüber hinablaufen konnte, davon hatte sie noch nie gehört. Das wolle sie auch können, flüsterte sie. Alle Wege rückwärtsgehen. Rückwärts in der Zeit.

»Woher kommst du?«, fragte Hagen.

»Aus dem Irak. Ich bin Jesidin.«

Sie ließ eine Sekunde verstreichen, und da er nicht gleich antwortete, fragte sie mit der Routine einer Callcenteragentin: »Weißt du, was das ist?«

Hagen wiegte den Kopf.

»Nicht genau«, sagte er.

Und dann erfuhr er, dass es früher in der Türkei Jesiden gegeben hatte, in Syrien und im Irak. Dort, wo diese drei Länder aneinanderstießen, befand sich der angestammte Siedlungsraum dieses kleinen Volkes. Aber aus der Türkei waren die meisten Jesiden vertrieben worden, lange vor Adanas Geburt. Und aus Syrien hatten sich die meisten Jesiden zurückgezogen. So kam es, dass Deutschland mittlerweile das Land mit den zweitmeisten Jesiden auf der Welt war. Nur im Irak gab es mehr. Aber die waren in Bedrängnis. Der sogenannte Islamische Staat hatte ihre Dörfer vermint. Ihre Männer hingerichtet. Ihre Frauen vergewaltigt. Auch wenn Amerikaner, Kurden und die irakische Armee die Glaubenskämpfer zurückgedrängt hatten, hausten doch noch viele Jesiden in Lagern am Nordrand des Irak, in Kurdistan.

»Das hast du wohl schon oft erklären müssen?«, fragte er.

»Ich versuche, es so zu erzählen wie eine Geschichte aus einem Buch. Dann bleibt es mir fremd.«

Sie blickte traurig auf die Ameisen, die über das Moos zu ihren Füßen wimmelten. Am liebsten hätte Hagen den Arm um sie gelegt. Um diese weite Bluse mit dem Rüschenkragen, die ihre schmalen Schultern verbarg.

Tocktocktock.

»Ein Specht«, sagte Hagen erleichtert.

Adana rang sich ein Lächeln ab. »Specht«, wiederholte sie.

»Es ist so süß, wie du das sagst. Mit dem langen e, als würdest du Anlauf nehmen für das schwierige ch.«

Adana sah ihn warm an. Hastig wandte er den Blick ab.

»Gestern Abend warst du nicht so schüchtern«, sagte sie.

»Gestern Abend war ich besoffen.«

»Was ist passiert?«, fragte sie.

Er holte tief Luft. Dann erzählte er alles. Oder nicht ganz. Dass seine Eltern verunglückt seien. Dass er ihr Haus geerbt habe. Und dass dieses Haus sich selbst entrückt sei. Ein anderes Haus, als er in Erinnerung gehabt habe. Und er erzählte, dass er den Lärchenwald habe retten wollen. Dass dieser Wald, wie sie wisse, seine Heimat sei. Ein Teil seiner Heimat. Dass er geplant habe, der Gemeinde den Wald abzukaufen. Einen anderen Standort für die Flüchtlingscontainer vorzuschlagen. Dass er nicht genügend Geld gehabt habe. Und dass er deshalb Tesla long gewesen sei. »Bitte frag nicht«, er wisse selbst nicht, was das bedeute. Jedenfalls habe der Chef von Tesla etwas getwittert, und dann sei alles zusammengebrochen und sein Geld jetzt weg. Stattdessen ein Minus auf dem Konto und nur noch zwei Wochen oder eigentlich zehn Werktage, um dieses Minus auszugleichen. Aber er habe kein Geld mehr, und das Einzige, was ihm noch übrig bleibe, sei, das Elternhaus zu verkaufen. Genau das könne er aber nicht. Wenn er dieses Haus verkaufe, habe er gar nichts mehr. Gar nichts aus der einzigen Zeit, die ihm etwas bedeute.

Je länger er sprach, desto schwerer fiel ihm das Sprechen. Sein Kopf sank herab. Er hatte einen Grashalm abgerissen, der aus einem Mooskissen zu seinen Füßen wuchs, und auf das Kitzeln geachtet, das dieser Grashalm auf seinen Unterarmen auslöste. Mit Schrecken stellte er plötzlich fest, dass das Hemd, das er bis zu den Ellbogen aufgerollt hatte, das Hemd von gestern war. Darum hatte es überall, wo sie bisher gewesen waren, nach Waschmittel gerochen.

Adana legte den Arm um ihn. Unwillkürlich zog er den Kopf ein. Brachte den Ellbogen zwischen sich und Adanas

Arm. Versuchte, sie vor einer Berührung mit seinem vollgekotzten Hemd zu bewahren. Auch wenn sie es gestern in der Hand gehabt, auch wenn sie es überhaupt wieder benutzbar gemacht hatte. Er schämte sich. Noch mehr, als ihm klar wurde, dass ihr dieses Hemd offenbar nichts ausmachte.

»Ich weiß, wie du dich fühlst«, sagte sie, und da schämte er sich noch viel mehr. In sich sah er eine Wüste entstehen. Verminte Dörfer. Wäscheleinen mit zurückgelassenen Rüschenblusen.

»Ich vermisse ihn auch«, flüsterte sie.

»Wen?«, fragte er und drehte ihr den Kopf zu.

»Den Wald. Deinen Lärchenwald.«

Sie holte tief Luft.

»Als ich nach Deutschland gekommen bin, haben mir die Wälder Angst gemacht. Bäume gibt es bei uns auch: Granatapfelbäume. Dattelbäume. Maulbeerbäume. Sie stehen einzeln zwischen Sträuchern und Felsen. Aber keine Wälder. Meine erste Zugfahrt durch Deutschland: Ich dachte, der Wald macht sein Maul auf und verschluckt mich.«

Hagen sah ihr in die Augen und nickte.

»Aber dann habe ich ihn lieb gewonnen«, fuhr sie fort. »Jeden Tag habe ich mir einen Wald rund um Löwenau ausgesucht und bin dort hinspaziert. Und dann ist der Lärchenwald mein Liebling geworden. Als Eberhard meinen Freunden im Löwen gesagt hat, dass sie in Container umziehen werden, habe ich nicht begriffen, dass dafür mein Wald sterben muss. Das habe ich erst erkannt, als ich die gefällten Bäume gesehen habe.«

»Du wohnst gar nicht im Löwen?«

»Zuerst ja. Aber es hat immer Probleme gegeben. Jetzt

wohne ich bei einer älteren Dame gegenüber. Sie hat mich bei sich aufgenommen. Und sie nimmt nicht einmal Miete. Sie sagt, sie ist froh, dass ich da bin. Wir kochen und backen zusammen. Sie gibt mir Bücher. Sie hilft mir mit den Wörtern. Nachher gehe ich zu ihr und sage: Specht. Eichelhäher. Kleiber.«

Hagen lachte. »Da wird sie staunen. Sag ihr noch: Zilpzalp. Zaunkönig. Zeisig. Und Zwergammer.«

Jetzt war es Adana, die lachte. »Zappzapp?«

Schmunzelnd übten sie die Namen der Vögel, damit Adana ihre Gastgeberin beeindrucken konnte.

Dann fragte Hagen: »Was für Probleme hat es gegeben?«

Adana sah ihn verwundert an.

»Die Probleme im Löwen, deretwegen du ausgezogen bist.«

Sie winkte ab. »Reden wir lieber über dich. Wie wir dein Haus retten können.«

»Das werden wir nicht retten. Entweder ich verkaufe es. Oder sie stecken mich ins Gefängnis, weil ich meine Schulden nicht bezahle. Und dann verkaufen sie es, ohne mich zu fragen.«

»Du darfst nicht so schnell aufgeben«, sagte Adana. »Wenn ich so schnell aufgegeben hätte wie du, würde ich jetzt nicht hier sitzen. Wir Jesiden haben zweiundsiebzig Fermane überlebt. Und sind immer noch da.« Stolz ballte sie die Fäuste.

»Was ist ein Ferman?«

»Wir sagen, dass man zweiundsiebzig Mal in der Geschichte versucht hat, uns zu ermorden. Das Volk der Jesiden auszurotten. Die Osmanen. Die Kurden. Und der Islamische Staat. Sie alle haben es versucht. Aber es ist ihnen nicht gelungen. Wir sind immer noch da.« Trotz blitzte in ihren Augen wie ein in die Abendsonne gereckter Schild.

»Wow«, sagte Hagen. Und dann: »Entschuldige. Das war das Dümmste, was ich sagen konnte.«

»Nein«, sagte sie, »sag, was du sagen musst.« Dann erhob sie sich, wischte sich mit den Ärmeln ihrer Bluse über die Augen, klopfte den langen Rock ab und lächelte tapfer. »Komm, wir gehen.«

# XIII

»Miro«, sagte der drahtige junge Mann mit dem kurzen Haar. Er reichte Hagen bis zur Schulter.

Als Hagen begriffen hatte, dass Adana ihn mit in den Löwen nehmen wollte, hatte er sich gesträubt. Er sah eine Gruppe von Afrikanern und Arabern vor sich, die mit dem Finger auf ihn zeigten oder, schlimmer noch, auf Adana zeigten.

Aber Adana lachte ihn aus, duldete keinen Widerspruch und schob Hagen durch die Tür. Der Eingangsbereich des Löwen sah aus wie ein Stillleben aus den Achzigerjahren. Aus der Zeit gefallen wie ein Harald-Juhnke-Sketch. Hölzerne Treppengeländer in schlechter Auflösung, dazu Treppenstufen aus verharztem Kunststein mit Kanten und Löchern. Milchiges Licht aus Fenstern hoch oben, die man mit langen metallischen Stangen kippen konnte. Nur die grellen Sporthosen und EarPods, die an Haken von der Wand baumelten, erinnerten an die Gegenwart.

Zu Hagens Erleichterung trafen sie niemanden an, selbst nachdem Adana ein fragendes Hallo und danach sogar einzelne Namen durch die Gänge gerufen hatte.

Schließlich war doch noch Miro aus einem der Zimmer gekommen. Er trug ein dunkles T-Shirt, auf dem in weißen Buchstaben stand: »I'm unique.«

Noch immer wartete Miro auf Hagens Antwort.

Hagen kratzte sich verlegen am Kopf. Dann sagte er: »Hagen.«

»Hagen«, wiederholte Miro.

Als Adana sah, wie verdutzt Hagen dreinblickte, musste sie lachen. Miro hatte genauso geklungen wie er. War das zu glauben?

»Hast du das absichtlich gemacht?«, fragte er zögerlich.

»Hast du das absichtlich gemacht?«, antwortete Miro und runzelte dabei die Stirn. Den Kopf hielt er geneigt, die rechte Hand war in die Seite gestützt, die linke wies zögerlich auf sein Gegenüber.

Hagen sah an sich hinab. Dann löste er die rechte Hand vom Körper und ließ die linke sinken.

Als er aufblickte, sah Miro ihm prüfend mit am Körper herabhängenden Armen entgegen.

»Nun hör schon auf.« Adana lachte und stieß Miro sanft gegen die Schulter.

Plötzlich brach Miro in Lachen aus, machte einen Schritt auf Hagen zu, fasste seine Schultern und sagte: »Jetzt komm endlich rein.«

In Miros Zimmer roch es wie in einem Berliner Secondhandladen. Auf Hockern und Stühlen lag Kleidung verstreut. Miro teilte sich das Zimmer offensichtlich mit drei anderen.

An den Wänden hingen Bilder von Städten und Landschaften. Über einem der Betten meinte Hagen den schwarzen Würfel der Kaaba zu erkennen.

Miro ließ seinen schmalen Körper auf ein Bett fallen und wippte mit den Schenkeln so geschickt auf und ab, dass es aussah, als würde er von der Matratze immer wieder auf dieselbe Höhe zurückgeschleudert. Dazu machte er das Geräusch einer quietschenden Feder.

Nun musste auch Hagen schmunzeln. Sie setzten sich, nachdem Miro ihnen per Handzeichen zwei Plätze auf den umstehenden Betten angeboten hatte.

»Hier wohnst du?«, fragte Hagen, um erst gar keine Stille aufkommen zu lassen.

»Ja. Seit Neuestem. Wir wurden umquartiert. Wegen dem Schimmel in den Wänden.«

Hagen nickte. Dann erschrak er. Miro durfte auf keinen Fall erfahren, dass Hagen wegen der Löwen-Bewohner bei einer Gemeinderatssitzung gewesen war. Dass er von dem Schimmel wusste, hatte ihn hoffentlich noch nicht verdächtig gemacht. Traurig, dass er nicht einmal einschätzen konnte, ob solche Dinge Gesprächsthema im Dorf waren.

»Und woher kommst du?«, fragte Hagen schnell weiter, weil sich schon wieder bedrohliche Stille aufbaute.

»Bleibt sitzen«, sagte Miro und verschwand aus dem Zimmer.

»Er redet nicht gern über früher«, sagte Adana.

In Hagens Kopf tauchten Bilder auf. Miro, der gefesselt auf einem Stuhl saß, den Mund mit Klebeband verschlossen. Miro, der unter einem Stacheldrahtzaun durchkroch. Miro, der durch eine Stadt rannte, immer dichter verfolgt von Männern mit Schlagstöcken und Ketten.

»Er ist Kurde, so wie ich«, fuhr Adana fort.

»So wie du?«, fragte Hagen. »Ich dachte, du bist Jesidin?«

»Wir Jesiden sind Kurden. Zumindest reden wir Kurdisch. Die meisten von uns. Wir haben sehr viel mit dem kurdischen Volk gemeinsam. Die Kurden sind über viele Länder verstreut.«

»Kommt Miro auch aus dem Irak?«

»Nein, aus Georgien.«

In diesem Augenblick kehrte Miro ins Zimmer zurück. Die Tür öffnete er mit dem Fuß, denn in den Händen hielt er drei Tassen, die er jetzt verteilte. Die Tassen waren leer. Nur das Etikett eines Teebeutels hing über den Rand.

»Wasser kommt gleich«, sagte Miro und deutete zur Tür. Draußen rauschte ein Wasserkocher.

Nachdem sich das Rauschen zum Brodeln gesteigert hatte, holte Miro den Wasserkocher ins Zimmer und befüllte alle drei Tassen bis zum Rand. Hagens Tasse war so heiß, dass seine Finger rasch lahm wurden, weil er sie so verkrampft vor einem Kontakt mit dem heißen Porzellan zu bewahren versuchte.

Als er die Tasse auf den Boden stellte, stieg Pfefferminzgeruch auf.

»Trinkt ihr ganz normalen Tee?«, fragte er überrascht.

Miro und Adana sahen sich an. Dann lachten sie.

»Nein, unser Tee ist verhext«, sagte Miro. »Wenn du ihn trinkst, hast du drei Wünsche frei.«

»Eberhard bringt immer ein paar Packungen von Lidl, glaube ich«, sagte Adana.

»Du hast drei Wünsche frei«, wiederholte Miro. »Jetzt oder nie.«

Hagen dachte eine Weile nach. »Ich wünsche mir, dass Elon Musk nie wieder twittert«, sagte er. »Ich wünsche mir, dass Bäume auferstehen. Und eine Zeitreise.« Mit gesenktem Blick griff er nach seinem Tee und rührte darin mit dem Beutel herum, als habe man ihn ausschließlich für diese Aufgabe in den Löwen geholt.

»Ich habe Hagen mitgebracht, weil er ein Problem hat

und uns beiden keine Lösung einfällt«, sagte Adana, an Miro gewandt.

Hagen rührte weiter in seinem Tee.

»Darf ich?«, fragte sie. Hagen sah auf und nickte zögerlich.

Dann begann Adana zu erzählen. Sie sagte nichts von Hagens Eltern. Nichts vom Lärchenwald und nichts von gestern Abend. Sie sagte nur, dass Hagen an der Börse aktiv gewesen sei. Dass er Geld gebraucht und, statt Geld zu gewinnen, umso mehr verloren habe. Und dass er jetzt sein Haus verkaufen müsse, wenn er nicht schnell eine sechsstellige Summe auftreibe.

Jetzt war es Miro, der eine Weile mit dem Beutel in seinem Tee rührte.

»Der Bürgermeister«, sagte er dann. »Wir fragen den Bürgermeister.«

»Was soll denn der Bürgermeister da machen?«, fragte Adana.

»Er hat uns immer geholfen. Er hat dafür gesorgt, dass du bei Frau Gutgesell wohnen kannst. Er hat uns umquartiert, als oben der Schimmel entdeckt wurde. Und er hat erreicht, dass wir jetzt die Container bekommen.«

»Wollt ihr die Container denn?«

»Ich weiß nicht. Ich glaube schon. Besser als Schimmel. Aber eigentlich hatte ich auf ein richtiges Haus gehofft. Ein Haus mit Garten. Mit Bäumen, zwischen die ich meine Slackline spannen kann. Mit Trampolin und Swimmingpool und Pferdestall und einer schönen Prinzessin.« Miro grinste.

»Ich glaube nicht, dass der Bürgermeister Hagen Geld leihen darf.«

Miro neigte den Kopf. »Dumme Alte schweigen. Kluge Kinder fragen.«

»Was sagst du denn dazu?«, wandte Adana sich an Hagen.

Er zögerte. »Das Geld der Gemeinde darf er mir auf keinen Fall geben. Und ich glaube nicht, dass er privat so viel Geld hat. Und wenn doch – warum sollte er es mir überlassen?«

»Nicht überlassen, nur leihen«, sagte Miro.

»Glaubst du, dass er dir das Geld leihen würde?«, fragte Hagen.

»Mir?« Miro prustete. »In keinem meiner zweiundsiebzig Leben. Aber dir. Du bist ein Deutscher. Du hast ein Haus. Du kommst aus Löwenau. Dir wird er helfen.«

Hagen schüttelte ungläubig den Kopf. »Und wie soll ich es ihm zurückzahlen?«

»Jeden Monat gibst du ihm das, was von deinem Gehalt übrig bleibt.«

»Ich arbeite nicht.«

»Dann fängst du eben an.«

»Ich habe aber keinen Beruf.«

»Nicht?«, fragten Miro und Adana gleichzeitig.

Hagen sah zu Boden.

»Nie gehabt?«

Er schüttelte den Kopf.

»Und was hast du dann gemacht?«

»Studiert.«

»Und was?«

Zögerlich zählte Hagen auf: »Volkswirtschaft. Philosophie. Politikwissenschaft. Neuere und Neueste Geschichte. Verwaltungswissenschaft. Soziologie.«

»So viele Fächer?«, staunte Adana.

Hagen zuckte die Achseln. »Immer nur ein paar Semester.«

»Ein Universalgelehrter«, grinste Miro. »Glaubst du, dass du auf die Schnelle eine Stelle findest?«, hakte er nach. »Vielleicht unten in der Stadt? Dann könnten wir dem Bürgermeister sagen: Er sucht noch. Er hat quasi schon was gefunden. Bitte, einen kleinen Moment noch. Nächsten Monat kann die Rückzahlung beginnen.«

Hagen ließ den Kopf hängen. »Wir brauchen den Bürgermeister nicht zu fragen. Er wird mir nichts leihen. So läuft das in Deutschland nicht.«

Miro sah auf sein Handy. »Ich muss los. Und du kommst mit.« Sein Zeigefinger war genau auf Hagens Gesicht gerichtet.

»Wohin denn?«

»Das wirst du schon sehen.«

Er bückte sich und holte unter dem Bett eine Tasche hervor, aus der er ein enges Trikot, eine Leggins, ein Paar schwarze Schläppchen und eine genauso dunkle Strumpfhose zog. Prüfend roch er daran, tat, als fiele er rückwärts in Ohnmacht, schüttelte sich wie ein nasser Hund und stopfte dann alles in die Tasche zurück, um sie sich über die Schulter zu schwingen.

Noch unten vor der Tür setzte Hagen sich zur Wehr. Adana sah lachend zu, wie er beteuerte, er müsse dringend nach Hause, googeln, lesen, sich informieren, einen Ausweg finden, während der drahtige Miro ihn einfach am Ellbogen packte und nach Belieben durch den Flur bugsierte.

»Papperlapapp«, sagte er, und Hagen konnte sich nur

wundern, woher dieser georgische Kurde all die Ausdrücke kannte. »Die besten Ideen hat man immer, wenn man sich bewegt.«

Und mit diesen Worten schob er Hagen zur Tür hinaus.

# XIV

Sie nahmen die Strecke über die Felder. Ein Teil davon war früher Hagens Schulweg gewesen. Der Weg zur Grundschule. Immer hatte er ihn mit seinem grünen Pegasus-Rad zurückgelegt. Manchmal war Alexander, der heutige Schlüsseldienstler, neben ihm gefahren. Dann hatte Alex seine albernen Verliebtheiten weitergetratscht und Hagen ihm schweigend zugehört. Oder sie hatten sich über die Lehrerin oder einen der Mitschüler lustig gemacht.

Und plötzlich ging er diesen Weg zwischen zwei Kurden. Zwischen einer Jesidin und einem Georgier. Zwischen Adana und Miro.

Hinter Miro zu gehen, war ein Spektakel. Mal steppte er einige Schritte wie Fred Astaire. Dann eilte er ein paar Meter voraus, drehte sich zu ihnen um und zückte den Daumen, wurde aber von dem unsichtbar herannahenden Auto nicht beachtet und fiel, vom Fahrtwind erfasst, wie der kleine Tramp in den Staub. Solchermaßen lädiert, hinkte er die nächsten Meter, bis er Hagen und Adana entdeckte, sich zwischen ihre Körper hängte und unvermittelt, ohne dass es wehtat, auf ihre Schultern schwang. Von dort sprang er in einem Salto ab und landete so, dass ihm die in die Luft geworfene Sporttasche direkt in die ausgestreckten Arme fiel.

Hagen fragte sich, ob Adana jetzt auch von ihm ein Kunststück erwarte. Aber dann wurde ihm klar, dass er sich, egal wie er es anstellte, ohnehin nur blamieren würde, ganz davon abgesehen, dass ihm nicht einmal ein Kunststück einfiel, das er hätte vorzeigen können.

Vor dem Sportheim parkten zwei Handvoll Autos, einige mit dem Kennzeichen des Nachbarlandkreises, wo viele beim Daimler beschäftigt waren, bei Bosch oder mittelständischen Zulieferern der Automobilindustrie.

Hagens Herz begann, heftig zu schlagen. Früher hatte der Vater sich gewünscht, dass Hagen in den örtlichen Fußballverein eintrete. Hagen hatte, wenn der Vater dieses Thema ansprach, nicht reagiert, bis der Vater ihn eines Tages einfach ins Auto beorderte und hier am Sportheim absetzte. Hagen werde, sagte er, schon Freude entwickeln, wenn er erst einmal den Rasen unter sich spüre, den Ball am Fuß, den Schweiß auf der Stirn. Und wenn nicht, dann müsse er eben endlich lernen, sich zu bemühen im Leben, sich zu gedulden. Er, der Vater, werde ihn wieder abholen, und er erwarte kein Lamentieren, sondern einen Sohn, der etwas aus sich mache.

Als Hagens Mitschüler von der Umkleidekabine zum Trainingsplatz liefen, bemerkten sie den ungewöhnlichen Besucher, der, die langen Arme um den Leib geschlungen, im Nieselregen stand und nicht wusste, wohin er blicken sollte. Allein und in kleineren Gruppen kamen sie heran und riefen ihm Gehässigkeiten ins Gesicht, fragten, ob er sich als Eckfahne bewerben wolle, und Thomas, Hagen sah es noch genau vor sich, trat mit erhobener Hand auf ihn zu: »Schlag ein!« Hagen spürte, dass etwas nicht stimmte, und machte sich dennoch zum Einschlagen bereit, aber da zog der andere die Hand weg, und alle lachten.

Hagen hatte nicht gewusst, wohin mit sich, aber da war zum Glück die Mutter gekommen, hatte sich herübergebeugt, die Beifahrertür aufgestoßen und ihn wortlos einsteigen lassen.

War es eine gute Idee, jetzt mit Miro und Adana das Sportheim zu betreten? Wie viele aus der damaligen Fußballmannschaft mochten da sein?

Als Hagen als Letzter der drei eintrat und vorsichtig in den Innenraum spähte, stellte er fest, dass er auf den ersten Blick niemanden kannte. Einige Mütter waren in Gespräche vertieft, und Kinder jagten einander um Tische und Stühle. Mädchen mit Pippi-Langstrumpf-Zöpfen. Buben, deren wild abstehendes Haar verriet, wie sie heute Nacht auf dem Kopfkissen gelegen waren. Auch Jugendliche waren da, einige Mädchen am Beginn der Pubertät, die aber in einem eigenen Kreis fernab der tobenden Kinder standen, beim Lachen Zahnspangen erkennen ließen und sich dann schnell die Hand vor den Mund hielten.

Unsicher blickte Hagen sich um. Immer wieder fing er die Blicke einzelner Mütter auf, die versuchten, unauffällig zu ihm herüberzusehen.

»Wo ist Miro?«, flüsterte er Adana zu.

»Er zieht sich um«, sagte sie und führte Hagen zu einer Reihe Stühle, die er hinter einem Pulk tollender Jungen noch gar nicht bemerkt hatte.

Als Miro in schwarzen Leggins, schwarzen Ballerinas und schwarzem Trikot zurückkehrte, sorgte eine Mutter für Ruhe. Sie stellte sich in die Mitte, ruderte mit den Armen, die Hände trichterförmig um den Mund gewölbt, winkte den anderen Müttern, rief und zischte, bis Stille einkehrte.

Trotzdem hörte man noch die hellen Rufe einzelner Buben, die sich gegenseitig in die Rippen boxten und lachend die schmerzenden Stellen rieben.

Endlich saßen alle, und Miro begann als Vogel Strauß. Den Rumpf hatte er zwischen die Beine geklemmt, sodass er zum dicken Unterleib des Laufvogels wurde. Der Arm war der Hals, die Hand der Kopf, die Finger der Schnabel. Ein ungehorsamer Schnabel. Die Kinder kreischten, als dieser Schnabel vor ihnen auftauchte und in ihren Taschen nach Erdnüssen suchte.

Nachdem er sich sattgegessen hatte, legte Miro ein Ei. Wo hatte er den weißen Stoff nur die ganze Zeit aufbewahrt, der ihm jetzt aus dem Unterleib plumpste? Unter dem Trikot? Oder gar im Mund? Natürlich musste Miro brüten, Eier brauchten Wärme. Aber wie langweilig war das Leben eines brütenden Straußes! Immer wieder sah er auf die imaginäre Uhr an seinem Straußenbein. Gähnte. Reckte sich. Watschelte schließlich davon und erbat sich von einer der Mütter gestenreich ein Handy. Damit rief er einen Straußenfreund an und unterhielt sich in Donald-Duck-Stimme. Die Kinder stießen vergnügte Schreie aus.

Dann tauchte Miros Gesicht zwischen seinen Beinen auf, und durch sie hindurch fragte er, wer auch einmal ein Vogel Strauß sein wolle. Die Kinder kicherten aufgeregt. Manche klatschten. Einige meldeten sich sofort.

Miro versammelte die Freiwilligen um sich und bildete sie zu Straußenvögeln aus. Den Kopf zwischen die Beine. Nein, tiefer. Den ganzen Rumpf. Und jetzt den Arm hoch. Nein, nicht mit der Schulter den Oberkörper wieder zwischen den Beinen hervorziehen, nur weil der Arm emporsteigt. Ja, so. Genau so. Viel besser. Sehr schön.

Inzwischen war die Tür aufgegangen und ein großer dicker Mann eingetreten. Hagen erkannte sofort, dass es der Bauunternehmer war, den die anderen Eberhard nannten. Der auch gegen die Container im Lärchenwald gewesen war, sich dann aber für eine Siedlung in Festbauweise ausgesprochen hatte.

Die Kinder beachteten Eberhard nicht, sie waren ganz in Miros Bann. Aber durch die Mütter ging Bewegung. Die Ersten kamen auf Eberhard zu und umarmten ihn. Er verteilte Küsse.

Die Vogel-Strauß-Einlage war beendet. Die Kinder saßen wieder, und Miro war jetzt ein Fußballspieler. Nervös kaute er Kaugummi, während die Hymne ertönte. Dann ging er die Reihe der Gegenspieler ab und klatschte allen elf in die Hände. Schiedsrichter und Assistenten wünschte er mit doppeltem Handschlag viel Erfolg. Das Spiel lief. Es war Miro, der den Einwurf ausführte, dann den Ball mit der Brust stoppte, den Gegenspieler per Übersteiger alt aussehen ließ und schließlich doch von hinten umgegrätscht wurde. Den fälligen Freistoß führte er natürlich selbst aus, und er war auch der Torwart, der zwar zum Lattenkreuz segelte, aber zu spät kam. Tooooor! 1:0. Es war Miro, der sich freute. Der seine Kappe in die Luft warf. Die Nebenfrau mit Bier übergoss. Die Fäuste ballte. Dem Himmel dankte. Gleichzeitig war es Miro, der sein Unglück kaum fassen konnte. Aufstampfte. Die Kappe zu Boden warf und darauf herumtrampelte. Es war auch Miro, der nicht länger zusehen konnte. Der auf zwei Fingern pfiff und einen Spieler zu sich beorderte. Ihm Anweisungen gab und anschließend auf den Hintern klatschte.

»Na, was war das für eine Sportart, Kinder?«

»Fußball«, hallte es Miro entgegen.

»Und wer von euch kennt eine andere Sportart, die er gern einmal nachmachen würde?«

Manche Kinder grübelten. Manche riefen wild durcheinander. Manche meldeten sich direkt.

Als Erstes trat ein Mädchen mit rotem Haar und einer bunten Brille auf, deren eine Seite abgeklebt war. Sie kurbelte mit ihren Händen am Kopf entlang.

»Hä?«, riefen einige Kinder.

»Schwimmen!«, riefen andere.

»Ach so«, machten die Ersten.

»Schwimmen«, rief auch Miro und klatschte mit dem Mädchen ab. Sie wollte sich schon setzen, aber da hielt er sie zurück und zeigte ihr, dass sie viel früher beginnen könne. Sitzt die Badehose? Jetzt raus aus den Badelatschen. Ein großer Schritt auf den Startblock. Oh Gott, die Angst vor dem Wasser. Einmal durchatmen. Die Badehose sitzt noch immer? Gut. Die Hände über dem Kopf zusammenführen. Das wird ein Jahrtausendsprung. Lieber doch nicht. Nase zuhalten und ganz schnell hinein. Wasser spritzt in alle Richtungen. Jetzt erst die kurbelnden Bewegungen neben dem Kopf. Das Mädchen ahmte nach, was Miro vormachte. Lachend imitierten auch viele der Sitzenden seine großen Gesten.

Die nächsten Kinder zeigten Basketball. Und Tennis. Und E-Gaming. Und Volleyball.

Und dann, plötzlich, stand Miro vor Hagen.

»Du bist dran«, sagte er grinsend und deutete mit dem Zeigefinger auf Hagens Brust.

Hagen sah sich um, als säße jemand hinter ihm. »Ich?«, fragte er dann. Verwundert bemerkte er, dass die Kinder lachten.

»Lieber nicht«, sagte er leise.

Miro begann, in die Hände zu klatschen. Dazu skandierte er Hagens Namen.

Bald machten alle Kinder mit: »Ha-gen, Ha-gen.« Allerdings hatten die meisten seinen Namen wohl nicht richtig verstanden oder kannten ihn gar nicht, sodass das, was Hagens brausenden Kopf flutete, eher wie *Garten* oder *Gaga* klang.

Auffordernd hielt Miro ihm die Hand entgegen. Hagens Herz klopfte gegen die Rippen. Wenn er einfach sitzen blieb, würde Miro irgendwann aufgeben müssen. Die Kinder riefen immer lauter: »Ga-ga. Ga-ga.« Alle Mütter sahen zu Hagen herüber. Er schluckte. Spannte die Oberschenkel, um aufzustehen. Und ließ sich wieder zurücksinken. Da fing er einen Blick von Adana auf. Aufmunternd lächelte sie ihm zu. Und so erhob er sich schließlich seufzend.

Für den Fall, dass genau so etwas passieren würde, hatte Hagen sich schon zu Beginn des Spiels eine Sportart zurechtgelegt, die er imitieren würde. Als er jetzt mit weichen Knien in der Mitte stand, begann er sofort. Er hielt die Hände vor der Brust, wippte leicht in den Knien und zog die Oberschenkel in kurzen Abständen ein wenig nach oben.

»Hä?«, machten die Kinder.

Er wiederholte seine Bewegungen.

»Hä?«, wiederholten die Kinder.

Da hob Hagen die Hand. »Noch mal neu«, rief er in die Runde.

Mit dem Schuhlöffel schlüpfte er in die Reitstiefel. Setzte sich den Hut auf den Kopf. Nahm sich die Peitsche. Von der Seite näherte er sich dem Pferd, streichelte dessen

Nüstern und führte es zum Parcours. Mit einer Zweischrittkombination schwang er sich in den Sattel. Nervös tänzelte das Pferd unter ihm auf der Stelle. Dann ging es los. Sanft gab Hagen die Sporen. Sie beschleunigten. Das erste Hindernis. Hagen riss das Zaumzeug hoch. Sie segelten über die Balken. »Wiihiihii«, machte das Pferd. Und mit flatternden Lippen: »Pfffffrrr.«

Die Kinder kreischten vor Lachen. »Reiten«, riefen einige.

Auch Miro lachte. Per Handzeichen deutete er an, Hagen dürfe sich wieder setzen.

»Wollt ihr noch eins sehen?«, rief Hagen übermütig.

»Ja«, riefen die Kinder.

Hagen erstarrte. Er hatte sich keine zweite Sportart überlegt. Kurz stand er ratlos. Aber dann griff er sich einen Hochsprungstab aus Luft. Als er nach allen Vorbereitungen, dem Ein- und Ausatmen, dem langen Anlauf, dem Schwung in die Höhe, dem Hohlkreuz und dem langen Flug schließlich tatsächlich auf dem Boden landete, applaudierten die Kinder lachend und riefen: »Stabhochsprung.«

Hagen verbeugte sich. Auf dem Weg zurück zu seinem Platz stolperte er über den Stab aus Luft, der nach seiner Landung zur Seite gerollt war. Gerade noch konnte er sich, den Körper lang gestreckt, an seinem Stuhl abfangen und vollführte zwei Liegestütze, eher er unter dem eigenen Gewicht zusammenbrach und sich wie ein Frosch auf der Wetterleiter vom Boden hochquälen musste.

Die Kinder lachten und trampelten mit den Füßen. Er fing ein Lächeln von Adana auf. Der dicke Bauunternehmer nickte anerkennend herüber.

Erst nachdem Miro noch ein Mundorchester gegründet und ein Konzert aus Ploppen und Schmatzen und Zischen und Hohlwangentrommeln mit den Kindern aufgeführt hatte, das sogar im Kanon funktionierte, war sein Auftritt beendet.

Mütter strömten auf ihn zu, um sich zu bedanken. Die Gespräche wurden immer wieder von Kindern unterbrochen, die sich an seine Hände hängten und versuchten, ihn zurück in die Mitte des Raums zu ziehen, wo er ihnen vermutlich noch etwas zeigen sollte. Andere Kinder stellten sich einfach stumm direkt vor ihn und blickten zu ihm auf, als würden sie, den Kopf im Nacken, den Eiffelturm bewundern.

Adana und Hagen sprachen nicht viel miteinander. Ihnen genügte es, dem Treiben zuzusehen. Es war, als wären alle im Raum durch ein unsichtbares Band verknüpft und Adana und Hagen durch etwas Zweites, noch Stärkeres als dieses Band. Hagen wusste nicht, wie er dieses Zweite nennen sollte. Aber es fühlte sich an, als würde dieser Augenblick sie für immer aus der Masse der nur zufällig in Zeitgenossenschaft lebenden Menschheit herausheben.

Schließlich brachen erste Mütter mit ihren Kindern auf. Miro gelang es, sich aus den Gesprächen zu lösen und den Weg zu dem dicken Bauunternehmer zu bahnen, der mit verschränkten Armen in der Ecke saß. Ihre Umarmung sah lustig aus, denn der Bauunternehmer überragte Miro so gewaltig, dass dieser sich auf die Zehenspitzen stellen musste und es trotzdem nicht schaffte, sein Kinn über die Schulter seines Gegenübers zu recken. Stattdessen schmiegte sich Miros Gesicht an dessen Brust, in die ein dunkler Schweißfleck aus der Achselhöhle hineinragte.

Miro und Eberhard lehnten nebeneinander an der Fensterbank, ein dicker alter Kater und ein junges Kätzchen. Sie lachten. Eberhard schlug Miro auf die Schulter. Dann wurden sie ernst. Sie sahen zu Hagen und Adana herüber. Eberhard fragte etwas, mit dem Kopf in ihre Richtung deutend. Miro nickte. Miro gestikulierte. Miro schmunzelte. Auch Eberhard schmunzelte. Aber schließlich schüttelte er den Kopf.

Hagen hatte den Laptop mit ins Schlafzimmer genommen. Durch die Rollladenritzen fiel kein Mondlicht, so wolkig war die Nacht. Auch das Leselicht hatte er gelöscht.

Nur der Computer leuchtete wie eine Insektenfalle, und tatsächlich schwirrten winzige Mücken um den Bildschirm. Die Lüftung brummte schwerfällig.

*Jesiden*, tippte Hagen in die Browserzeile. Dann las er. Alles war, wie Adana es gesagt hatte. Jesiden als kurdischstämmige Volksgruppe. Irak, Syrien, Türkei. Ethnisch-religiöse Minderheit.

Dann dieser Satz: Die Jesiden praktizieren eine strikte Endogamie. Obwohl er ahnte, was der blau unterlegte Begriff bedeutete, folgte er mit klopfendem Herzen dem Hyperlink.

# XV

Es war Memory, die Hagen weckte. Staubiges Licht quoll durch die Ritzen und verriet, dass die Sonne schon am Himmel klebte.

Memory rieb ihren Kopf in der Mulde von Hagens Hand. Er spürte ihr zerbrechliches Ohr zwischen seinen Fingern. Schon wollte er sich Memory zuwenden, sie unter dem Kinn kraulen, fragen, ob sie Hunger habe. Da kehrte die Erinnerung zurück, und alles an ihm erschlaffte. Er sah zur Decke. Dann schloss er die Augen wieder.

Längst waren seine letzten Tage in diesem Haus angebrochen. Wer würde es ersteigern? Und wer hier einziehen? Wohlhabende Leute wahrscheinlich. Eine kleine Familie. Oder ein älteres Ehepaar, Pensionäre mit Sehnsucht nach Landluft.

Wo würde er dann wohnen? Sollte er sie fragen, ob sie ihm das Obergeschoss vermieteten? Oder in die Kreisstadt ziehen? Nach Berlin zurückkehren?

Je länger er nachdachte, desto schwerer wurde alles an ihm. Ihm war, als sinke er ein in dieses Bett. In die Laken aus toxischen Gedanken.

Wie sollte er das Haus verlassen? Würden sie ihn hinaustragen, weil er sich weigerte, es zu verkaufen? Ihm Handschellen anlegen und ihn abführen? Bevor es so weit war, musste er alles fotografieren. Jedes Zimmer. Aus allen

Perspektiven, die möglich waren. Den Garten auch. Und Memory, wie sie neben ihm im Bett lag. Mit Selbstauslöser würde er dieses Bild machen. Und dann Panoramaaufnahmen. Das Grundstück von der Straße aus betrachtet, die Garage, das Haus, der Garten. Auch von der Rückseite. Ein Foto von oben würde ihm nicht gelingen. Er erschrak. Er wusste nicht einmal, wie das Haus von oben aussah. Eine Drohne kaufen, um von oben zu fotografieren? Auf die paar Hundert Euro kam es nun auch nicht mehr an.

Was würde aus dem Grab werden? Sollte er kommen? Dieses Gefühl, wie ein frühdementer Kurgast mit dem Bus in das Dorf zu reisen, das einmal seines gewesen war. In dem sein Elternhaus stand. Das man ihm unter den schweißig klammernden Fingern gepfändet hatte. Wenn er nicht kam, um es zu pflegen, würde das Grab verwahrlosen.

Aber all das musste er nicht heute entscheiden. Er hatte jetzt Zeit, viel Zeit. Denn alles war verloren. Er drehte sich um und kniff die Augen zusammen.

Als er zum zweiten Mal an diesem Vormittag erwachte, war Memory energischer. Sie stand vor dem Bett und pfienzte. Hagen gab nach.

In der Küche füllte er ihre Näpfe und Unterteller auf. Endogamie war eine Falle, aus der es kein Entkommen gab. Weil Adana Jesidin war, durfte sie nur einen Jesiden heiraten. Und weil Hagen nicht als Jeside geboren war, konnte er auch keiner werden. Melek Taus, der höchste Engel der Jesiden, der Stellvertreter Gottes auf Erden, pflanzte jedem jesidischen Kind bei seiner Geburt einen göttlichen Funken ein. Wer diesen Funken nicht hatte, war kein Jeside. Und konnte es auch niemals werden.

Nachdem Memory zu fressen begonnen hatte, legte Hagen sich wieder ins Bett. Es musste Mittag sein, denn die Sonne stach jetzt von oben durch die Ritzen des Rollladens wie ein Soldat, der sich über einen Kameraden beugt und mit dem Bajonett prüft, ob dieser noch am Leben sei. Wütend stand Hagen auf und ließ den Rollladenmotor brummen, bis sämtliche Ritzen verschwunden waren.

Zum dritten Mal geweckt wurde er, weil es an der Tür klingelte. Hagen schlug die Augen auf und starrte ins Dunkel. Wieder klingelte es. Er drehte sich auf die Seite. Ein drittes Klingeln.

Seufzend erhob er sich, zog sich das Hemd über, das vor dem Bett auf dem Boden lag, und schlurfte zur Tür.

Draußen stand Adana. »Ich habe dir eine Whatsapp geschrieben«, sagte sie.

»Die habe ich nicht gelesen.«

»Ich weiß.«

Sie hielt ihm etwas in Alufolie Verpacktes hin.

»Für mich?«, fragte er verblüfft.

»Ofenschlupfer«, sagte sie.

»Ofenschlupfer?«

»Kennst du nicht? Das ist doch eine schwäbische Spezialität. Habe ich mit meiner Frau Gutgesell gemacht.«

Neugierig faltete er die Alufolie auseinander, unterbrach sich aber und bestand darauf, dass Adana wenigstens heute hereinkomme. Sie könnten gemeinsam die Ofenschlupfer probieren.

»Die habe ich schon probiert«, sagte sie, folgte ihm aber ins Wohnzimmer.

Adana nahm Platz, und Hagen verschwand in die Küche.

Als er nach den Tellern oben im Küchenschrank griff, roch er den getrockneten Schweiß in seinen Achselhöhlen. Verdammt. Er hatte seit zwei Tagen nicht geduscht. Gestern nicht, weil Adana ihn überrascht hatte. Und heute nicht, weil er den ganzen Tag im Bett gelegen war. Außerdem, das sah er erst jetzt, trug er schon wieder das vollgekotzte Hemd von vorgestern. Was musste Adana nur von ihm denken? Einem Kerl, der nie duschte. Der nicht einmal das Hemd wechselte, wenn er sich darauf übergeben hatte. Und jetzt? Sollte er im Bad verschwinden? Sie eine Viertelstunde am Esstisch warten lassen? Das war ja noch peinlicher, als einfach zu stinken.

Also kehrte er ins Wohnzimmer zurück, wo Adana schon die Alufolie von den Ofenschlupfern entfernt hatte.

»Alte Brötchen«, sagte sie. »Und Äpfel. Rosinen. Zimt und Zucker. Milch. Eier. Semmelbrösel. Butter. Und Sahne.«

Er aß hastig und merkte erst dadurch, wie groß sein Hunger war. Es schmeckte süß. Die Apfelstücke zergingen im Mund. Manchmal biss er auf ein knuspriges Stück Brötchen. Aber sonst waren die Ofenschlupfer weich, fast sahnig.

Obwohl sie ihm auch ihre Portion gab, war schon bald nichts mehr übrig.

»Wir können Nachschub backen«, sagte Adana.

»Sehe ich so hungrig aus?«

»Ehrlich gesagt: ja!«

Aus Kühlschrank, Vorratsfächern und Speisekammer suchten sie die nötigen Zutaten zusammen.

»Für einen Mann bist du aber gut ausgestattet«, sagte Adana.

Hagen erzählte, wie er nach seiner Rückkehr nach Löwenau versucht habe, die Gerichte seiner Kindheit und Jugend nachzukochen.

»Warum nur versucht?«

»Es gelingt mir nicht. Es schmeckt alles wie Konzentrat. Wie Aroma. Als hätte ich von allem zu wenig und müsste darum von allem zu viel nehmen.«

»Dann musst du eben etwas Neues lernen, das dich an nichts erinnert«, sagte Adana.

»Die Ofenschlupfer werden mich an dich erinnern«, sagte er und vermied es, sie anzusehen. In der spiegelnden Fensterscheibe erkannte er, dass auch sie stur geradeaus blickte.

Während sie die Äpfel schnitten, fragte Hagen, was in Adanas Whatsapp-Nachricht stehe.

Sie besuche das Studienkolleg in der Kreisstadt, erzählte sie. Früher habe es die nur in Universitätsstädten gegeben. Aber seit Angela Merkel so viele Flüchtlinge aufgenommen habe, seien auch in kleineren Städten Studienkollegs eingerichtet worden. Die Universitäten müssten sonst ja irgendwann überquellen. Es gebe einfach zu viele Geflüchtete wie sie, deren Hochschulreife aus einem anderen Land nicht anerkannt werde und die darum an einem Studienkolleg ihre Studierfähigkeit nachweisen müssten.

»Was willst du studieren?«, fragte Hagen.

»Ich habe schon im Irak studiert. Zwei Semester Medizin, in Mossul, mehr als zwei Stunden von meinem Heimatdorf entfernt. Dafür bin ich zu Verwandten in die Nähe der Stadt gezogen. Ich habe auf Kissen geschlafen, die sie mir auf den Küchenboden gelegt haben. Ihr Haus war zu voll, es gab keinen Platz. Aber dann ist es dort zu gefährlich geworden, und es konnten keine Jesiden mehr in Mossul studieren.«

»Also willst du jetzt dein Medizinstudium beenden?«, fragte Hagen.

Jetzt wolle sie Psychologie studieren, sagte Adana. Und sich dann auf Psychotraumatologie spezialisieren. Sie seien ein traumatisiertes Volk. Seit dem Überfall des Islamischen Staats habe sie keinen Jesiden getroffen, der nicht traumatisiert sei.

Sie wolle Hagen aber nicht langweilen, fuhr sie fort und ignorierte sein Kopfschütteln und die Handzeichen, mit denen er ihren Verdacht zurückzuweisen versuchte. In ihrer Whatsapp-Nachricht habe sie ihn um Hilfe gebeten. Sie wolle nicht immer Eberhard fragen, und überhaupt sei Eberhard zwar sehr hilfsbereit, aber eben auch nicht für jedes Problem der Richtige. Sie unterbrach sich, weil sie, nachdem die Auflaufform jetzt im Ofen stand, Sahne schlagen musste. Hagen sah ihr zu, wie sie fortwährend die Schüssel drehte. Der Mixer ließ ihren Arm wackeln, und dieses Wackeln setzte sich bis in die weite Bluse fort, unter der verborgen ihre Brust lag.

Erst nachdem Adana die Rührbesen über der Spüle ausgeklopft und die anhaftende Sahne von ihrem Finger abgeleckt hatte, redete sie weiter.

»Ich bin schon fast drei Jahre in Deutschland. Die ersten beiden Jahre habe ich einen Deutschkurs besucht. Das hat ganz gut funktioniert.«

Hagen beeilte sich, ihr recht zu geben.

Seit letztem Herbst sei sie am Studienkolleg, fuhr sie fort. Und jetzt seien sie bei der sprachlichen Spezialisierung angelangt. Die Teilnehmer erhielten, je nach Studienvorhaben,

unterschiedliche Übungen. So würden sie schon auf den später erforderlichen Wortschatz und die grammatikalische Komplexität vorbereitet.
»Früher, im Deutschkurs, hat mir Frau Gutgesell geholfen«, lachte Adana. »Sie hat mir die Asterix-Bände von ihren Söhnen gegeben. Ich habe mit Asterix Deutsch gelernt.«

»Die spinnen, die Römer«, sagte Hagen.

»Wer ist hier dick?«, rief Adana in gespielter Entrüstung.

Sie lächelten einander an.

»Aber jetzt bringt Asterix mich nicht mehr weiter«, fuhr Adana fort. »Und ich wollte dich fragen, ob du mir mit meinen Übungen helfen könntest.«

Hagen spürte, dass er vor Freude rot wurde. Er tat, als müsse er dringend nach den Ofenschlupfern sehen, obwohl die Zeitschaltuhr doch eindeutig verkündete, dass sie noch zwölf Minuten weiterbacken mussten.

Später saßen sie am Tisch, vor sich Adanas Übungsblätter ausgebreitet.

Dass ihre gemeinsamen Ofenschlupfer noch besser gewesen waren als jene, die Adana mit Frau Gutgesell gebacken hatte, konnte eine Einbildung sein, die Hagen besser für sich behielt.

Er war überrascht von dem Niveau, das Adana abverlangt wurde. Auf dem Übungsblatt war ein Text über C. G. Jung abgedruckt, der sich mit dessen Archetypenlehre beschäftigte. Die erste Aufgabe sah vor, die Begriffe des Denkens, Fühlens, Empfindens und der Intuition gegeneinander abzugrenzen. Hagen musste den Text zweimal lesen, ehe er genügend Stellen entdeckt hatte, um sich an die vier Definitionen zu wagen.

»Halt«, protestierte Adana. »Du sollst mir doch nicht die Lösung diktieren. Du sollst mir helfen, sie selbst zu entwickeln.«

»Warte«, sagte Hagen, stieg die Treppe hinauf und kehrte schließlich mit einem Bündel an Blei- und Buntstiften aus dem Arbeitszimmer des Vaters zurück. Gemeinsam legten sie Farben fest, die sie den vier Begriffen zuordnen wollten. Dann gingen sie Satz für Satz durch, um jedes Mal zu überprüfen, ob er zur Definition eines der Begriffe beitrug. Wurden sie fündig, markierten sie die entscheidenden Wörter. Zunächst war es Hagen, der mit den Stiften hantierte, dann überließ er es Adana. Bei Begriffen, die Adana nicht kannte, schrieb er mit Bleistift eine Erklärung oder ein Beispiel an den Rand.

Am Ende hatte Adana in ihrer kindlichen Schreibschrift, mit der sie die lateinischen Buchstaben eher malte als notierte, zu jedem der Begriffe eine Definition auf dem Blatt stehen.

Die nächste Aufgabe fragte nach einzelnen Sätzen und der Satzgliedstellung darin.

Warum hieß es »*Dem Kinde* erscheint die Vielheit der Welt als Ganzheitliches, schöpferisch Verbundenes«, dann aber »Der Erwachsene hat davon zu viel, wovon *dem Kinde* zu wenig gegeben ist: der sich Weisheit nennenden Torheit der Ratio.«

Das zweifache *Dem Kinde* hatte der Aufgabensteller kursiv gesetzt. Offensichtlich wollte er darauf hinaus, warum etwas, das Objekt war – und *dem Kinde* war doch Objekt, oder erinnerte Hagen sich da falsch? –, sowohl in der Mitte eines Satzes als auch an seinem Anfang stehen konnte.

Adana stimmte ihm zu, dass danach gefragt sei. Eine Lösung hatte sie aber nicht.

Hagen riss ein leeres Blatt von Adanas Block, dachte kurz nach und schrieb:

*Am Ende ist auf der Welt jeder allein.*

*Auf der Welt ist am Ende jeder allein.*

Gemeinsam überlegten sie, worin sich die beiden Satzvarianten unterschieden.

»Den ersten würde ich anders fortsetzen als den zweiten«, sagte Hagen.

»Wie denn?«

»Vielleicht so: *Am Ende ist auf der Welt jeder allein, doch davor soll er die Gemeinschaft genießen.*«

»Und den anderen?«

»*Auf der Welt ist am Ende jeder allein, darum ist sie von Anfang an falsch konstruiert.*«

»Du hörst also dieselben Worte, fühlst dich aber anders dabei?«

Hagen kratzte sich am Kopf. »Ja. Wahrscheinlich.«

Tatsächlich: Auch bei den Sätzen aus der Aufgabe ergab sich eine andere Stimmung, ein anderer Sinn, wenn man sie umstellte.

»Oje«, sagte Adana, »soll ich jetzt mein Leben lang über Reihenfolgen nachdenken?«

Hagen wiegte den Kopf. Wahrscheinlich sei es hier wie bei allen großen Fragen des Lebens – ein bisschen Denken schade nicht, aber die Lösung müsse sich auf anderem Wege ergeben.

Als sie alle Aufgaben bearbeitet hatten, sah er sich um. Draußen dämmerte es. Die Ofenschlupfer waren gegessen.

Adanas Anliegen erledigt. Nichts war logischer, als dass sie jetzt ginge. Er wollte nicht, dass sie ging!

»Soll ich dir den Garten zeigen?«, fragte er.

Adana ließ sich herumführen. Der Borretsch blühte sein trauriges NATO-Blau, von Hummeln umbrummt. Die Radieschen lugten mit ihren Knollen von blutigem Rot wie verwundete Soldaten aus der Panzerluke, die Blätter hingen verwaschen herab wie Fahnen auf Halbmast. Er sei so spät im Jahr nach Löwenau zurückgekehrt, erklärte Hagen, dass er vieles nicht mehr habe säen, sondern nur noch pflanzen können. Viele Setzlinge hätten den Boden nicht akzeptiert oder den Daumen nicht vertragen, mit dem er sie ins Erdreich gedrückt habe. Am verheerendsten sah die Ecke mit dem Spitzwegerich aus. Weil kein Baumarkt und kein Gartenzentrum Setzlinge führte, hatte Hagen mit der Spitzschaufel einige Spitzwegeriche auf der Wiese vor dem Lärchenwald ausgegraben und hier im Garten eingepflanzt. Keine der Pflanzen blühte, stattdessen waren an den meisten die Blätter vergilbt und hatten sich nach innen gewölbt wie nass gewordene Seiten einer alten Chronik. Alles Gießen habe nicht geholfen, sagte Hagen.

Adana kniete sich auf den nackten Boden. Sonnenlicht tanzte in ihrem Haar. Mit einer einzigen Bewegung zog sie einen Spitzwegerich aus der Erde, betastete seine Wurzel, die länger war als der sichtbare, oberirdische Teil der Pflanze, und führte sie an die Nase. Dann erhob sie sich und hielt den Spitzwegerich auf der flachen Hand zwischen sich und Hagen.

Was Hagen gepflanzt habe, sei von der Wurzel her verfault, sagte sie.

»Aber die Blätter wirkten so trocken«, sagte Hagen. Darum habe er immer gegossen.

Oft sei ein Zuviel im Leben schädlicher als ein Zuwenig, sagte Adana und fügte hinzu: »Vielleicht ist es besser, wenn neue Pflanzen sich im nächsten Frühling neu entfalten. Alles hat seine Zeit.«

Dämmerung triumphierte vor dem Fenster, als sie wieder im Wohnzimmer saßen.

Sie habe noch nie Bier getrunken, sagte Adana auf Hagens Vorschlag. Nur manchmal bei ihrem Vater genippt, wenn sie auf den Wiesen vor dem Dorf picknickten. Die Männer hätten dort immer mit türkischem Bier angestoßen, während die Frauen das Lammfleisch grillten.

Hier, in Löwenau, würden die Männer im Löwen es nicht gern sehen, wenn sie wüssten, dass sie Bier trank, da sei sie sicher. Sie hielt inne. Und vielleicht sei es genau darum richtig, es zu versuchen.

Als Hagen mit zwei Alpirsbacher Spezial aus dem Keller zurückkehrte, stellte er fest, dass die Nacht ihre kühle Hand über Haus und Garten gebettet hatte.

»Heute Morgen bin ich wach gelegen und habe mich gefragt, warum ich aufstehen soll«, sagte er und reichte Adana die geöffnete Flasche. »Mir ist nichts eingefallen, und da bin ich einfach liegen geblieben. Darum trage ich auch noch immer dasselbe Hemd wie vorgestern. Und darum rieche ich so.« Er schnupperte demonstrativ an seinen Achselhöhlen.

Adana winkte lachend ab.

Sie stießen an. Adana trank langsam, wie eine misstrauische Wissenschaftlerin.

»Erzähl mir von deiner Heimat«, sagte Hagen. »Ich meine … wenn es dir nicht zu sehr wehtut«, schob er eilig nach.

Adana schüttelte den Kopf. »Manchmal ist es schön, von früher zu erzählen. Unsere Geschichten sind der einzige Ort, an dem das Untergegangene lebendig bleibt.« Sie zögerte. »Was soll ich erzählen?«

»Alles«, sagte Hagen. Dann lehnte er sich zurück und spürte die Kühle des Sofas in seinem Nacken.

# XVI

Fast alle, von denen ich dir erzählen werde, sind heute tot. Der Islamische Staat hat sie ermordet. Oder der Kummer hat sie getötet. Sie sind in Gefangenschaft gestorben oder auf der Flucht. Manche von ihnen hat man in Massengräbern gefunden und identifiziert. Andere wurden von Hunden aus der Erde gewühlt und aufgefressen. Von manchen fehlt jede Spur.

Aber in meinem Kopf sind sie alle lebendig.

Mein Dorf heißt Kocho. Es existiert noch, aber niemand wohnt dort. Ein totes Dorf, das nur in Köpfen lebt. Als der IS befürchten musste, dass die kurdischen Peschmerga-Kämpfer es für den Irak zurückerobern würden, hat er Minen ausgelegt. Vielleicht schicken die Amerikaner eines Tages einen Trupp, der die Minen findet und entfernt. Dann wird man wieder dort leben können. Wir aber werden nicht dort leben. Uns gibt es nicht mehr.

Ich wurde in Kocho geboren. Mein Vater war ein armer Mann und meine Mutter eine arme Frau. Das würdest du denken.

Aber für unsere Verhältnisse waren wir reich. Mein Vater hatte Land geerbt, auf dem wir Weizen und Gerste anbauten. Auch Tomaten und Zwiebeln, aber die höchsten Preise konnte man für Getreide erzielen. Wir hatten einen japanischen Pick-up, mit dem wir Weizen und Gerste in die umliegenden sunnitischen Dörfer fuhren und dort an Händler oder auf Märkten verkauften.

Kocho liegt südlich des Sindschar-Gebirges im Norden des Irak. Es bildet eine jesidische Vorhut in die Wüste hinein, die hier beginnt. Nach Norden hin, zum Gebirge, siedeln Jesiden und Kurden. Nach Süden hin, um unser Dorf herum, wohnen arabische Sunniten. Sie waren unsere Nachbarn, wir luden sie zu Festen ein und ließen unsere Söhne von ihnen beschneiden. Sie waren unsere Ärzte und unsere Geschäftspartner.

Weder mein Vater noch meine Mutter haben eine Schule besucht. Die Schule in Kocho wurde erst gebaut, als ich schon auf der Welt war. Saddam Hussein hat versucht, uns in der Schule zu arabisieren. Der Unterricht fand auf Arabisch statt. Als Lehrer wurden arabische Sunniten eingesetzt. Unsere Geschichtsbücher erzählten die Heldengeschichten irakischer Araber. Ihnen zufolge war der Irak ein Land, in dem es weder uns Jesiden gab noch Christen oder Schiiten oder Turkmenen. Laut unseren Büchern und unserem Lehrer war der heutige Irak von Sunniten erschaffen worden, die seit der Antike in zahlreichen Schlachten glorreiche Siege gegen untergegangene Völker, aber auch gegen die heutigen Nachbarn erstritten hatten.

Saddam wollte uns Jesiden an seiner Seite haben in seinem Kampf gegen die Kurden im Norden.

Als 2003 die Amerikaner Saddam stürzten, kehrte sich alles um. Chaos brach aus. Die schiitische Mehrheit begehrte auf gegen die seit Jahrzehnten andauernde Unterdrückung durch die Sunniten. Die Kurden im Norden wollten die Gelegenheit nutzen und ein unabhängiges Kurdistan errichten.

Eine kurdische Partei eröffnete ein Wahlkampfbüro in Kocho und bedrängte unsere Männer. Sie seien doch Kurden und sollten der Partei beitreten. Auch meinen Vater luden sie zu sich ein und legten ihm Papiere vor, die er unterschreiben sollte. Mein Vater lehnte ab. Er sagte, er sei ein gläubiger Jeside, und Melek Taus, der Engel, den Gott zu uns auf die Erde geschickt hat, werde über das Schicksal der Menschen entscheiden, keine Partei. Dann nahm er seinen Stock und ging. Den Stock musste er benutzen, seit er vom Traktor gefallen war und sich die Kniescheibe auf einem Stein zertrümmert hatte.

Ich weiß nicht, wie erfolgreich die kurdische Partei bei der nächsten Wahl in Kocho war. Und auch nicht bei den Wahlen danach.

Die meisten Jesiden sprechen Kurdisch, ja. Aber das heißt nicht unbedingt, dass wir uns als Kurden empfinden. Als Araber empfinden wir uns ebenso wenig. Wir sind Jesiden. Das Jesidentum ist unsere Religion, aber gleichzeitig sind wir auch das Volk der Jesiden. Seit vielen Jahrhunderten, vielleicht seit es Jesiden gibt, werden wir verfolgt. Das hat uns zu einer verschworenen Gemeinschaft gemacht. Wir leben in jesidischen Dörfern und heiraten andere Jesiden.

Wahrscheinlich bekommen die meisten Familien so viele Kinder, weil wir nur so unser Überleben sichern können. Meine Familie war klein. Ich hatte nur drei Brüder und eine kleine Schwester. Viele unserer Nachbarn hatten aber zwölf oder vierzehn oder sechzehn Kinder. Jedes weitere Kind ist eine helfende Hand.

Am Vormittag ging ich zur Schule, und am Nachmittag half ich auf unseren Feldern, bei der Hausarbeit oder kümmerte mich um die Tiere. Die Schafe mussten gemolken, die Milch musste verarbeitet oder Brot gebacken werden. Einmal im Jahr war Schafschur, die wir als ein großes Fest begingen. Wir besaßen so viele Schafe, dass sie nicht alle im Innenhof unseres Hauses Platz fanden. Einige von uns mussten draußen stehen und die Schafe bewachen, die noch auf ihre Schur warteten oder schon geschoren worden waren. Ich war am liebsten im Innenhof, wo die Wolle wie Wolken zu Boden segelte und dort einen weichen Teppich bildete. Als kleines Mädchen hüpfte ich von Haufen zu Haufen und genoss das flauschige Gefühl an den Fußsohlen. Wenn schließlich der ganze Boden bedeckt war, watete ich durch den Innenhof wie auf Wolken. Drinnen und draußen blökten die Schafe, als wollten sie sich gegenseitig ihre Vorfreude mitteilen. Am Ende des Schurfests schwebte Moschusgeruch über den Hof und durch unsere Zimmer.

Auf Druck der Amerikaner ließ der Irak ab 2003 Jesiden im Staatsdienst zu. Zwei meiner Brüder bewarben sich bei der Armee. Wenn sie uns besuchen kamen, berichteten sie von der Diskriminierung, die sie als Jesiden erfuhren. So hatten zum Beispiel einige sunnitische Kameraden sich geweigert, von dem Bulgur zu essen, den mein Bruder Waled in der Truppenküche auf die Teller verteilte. Speisen, die von einem Jesiden stammten, galten ihnen als unrein. Schnell gewöhnten sich meine Brüder auch an, mittwochs zu duschen, obwohl der Mittwoch unser Ruhetag ist. Unser höchster Engel, Melek Taus, ist nämlich an einem Mittwoch zum ersten Mal auf die Erde geschickt worden. Hatten sie mittwochs nicht geduscht, hielten sich einige Kameraden die Nase zu, sobald sie an meinen Brüdern vorbeikamen. Trotz dieser Erfahrungen fand Waled einen

Förderer, einen Offizier, der große Stücke auf ihn hielt und ihn ermunterte, er solle doch studieren, so könne er bei der Armee noch mehr erreichen.

Waled verließ die Armee und schrieb sich in Mossul für Rechtswissenschaft ein, um später in einer höheren Position zurückzukehren.

»Adana«, sagte mein Vater zu mir, »wenn auch du nach der Schule studieren willst, dann sag uns Bescheid. Ich werde Waled bitten, dein Studium zu finanzieren, so wie wir seines finanziert haben.«

Ich strahlte, denn ich war sehr stolz auf meinen Vater. Es gab nicht viele jesidische Frauen, die studierten, und dass er es von selber vorschlug, zeigte mir, dass er mich sehr liebte und etwas Besonderes in mir sah.

Auch ich liebte meinen Vater sehr. Wie stolz war ich, wenn er in unserem Pick-up von einem arabischen Markt zurückkehrte und erzählte, welche Summen er mit dem Getreide erzielt habe, das wir gemeinsam geerntet hatten. Mein Vater konnte uns keinen Wunsch abschlagen. Wenn wir als Kinder mit ihm nach Sindschar fuhren, in den jesidischen Hauptort unserer Region, dann kaufte er uns lachend alles, was wir uns wünschten, Süßigkeiten und die berühmten Lammsandwiches, die es bei uns in Kocho nicht gab.

Heute ist er tot. Die Schergen des Islamischen Staats haben ihn erschossen und in ein Massengrab vor den Toren Kochos geworfen wie einen dreckigen Lumpen. Sein Massengrab gehörte zu denjenigen, die der IS nicht tief genug ausgegraben hatte, sodass Hunde die Leichen ausbuddeln und das Fleisch von ihren Knochen fressen konnten. Manchmal wache ich nachts auf, weil ich geträumt habe, dass ein Rudel Hunde an einem Leichnam zerrt. Obwohl sie bedrohlich knurren und die Zähne fletschen, nähere ich mich und erkenne schließlich, dass es mein Vater ist, von dem sie große Stücke abgebissen haben und dessen Haut in Fetzen von seinem Gesicht herunterhängt. Dann sitze ich aufrecht im Bett und weiß nicht, wie ich die Bilder in meinem Kopf zerstören soll. Ich stelle mir eine Schere vor, mit der ich sie zerschneide. Ich stelle mir einen riesigen Stift vor, der alles schwärzt. Ich stelle mir den Teppich aus Wolle in unserem Innenhof vor und lege mich hinein, bewege die Arme, als wollte ich schwimmen, und konzentriere mich auf das flauschige Gefühl auf meinen Wangen. Dann kann ich manchmal wieder einschlafen. Manchmal muss ich aber auch aufstehen und trete ans Fenster. Dann suche ich den Himmel nach dem Mond ab und bete zu Gott und zu Melek Taus, dass mein Vater schon tot war, als die Hunde über ihn herfielen. Ich bete, dass seine Seele in einem gesunden Körper wiedergeboren und dass er für jedes Unrecht, dass er in diesem Leben erfahren hat, im nächsten Leben entschädigt wird.

Auch meine Mutter ist tot. Sie war der Mittelpunkt meines Lebens. Am Morgen feuerte sie den Tandur-Ofen im Innenhof unseres Hauses an und knetete Teigkugeln, bis sie flach genug waren, um aus ihnen köstliches Fladenbrot zu backen. Wenn ich schon wach war und nicht zur Schule musste, setzte ich mich zu ihr, um ihr mit dem Teig zu helfen. Dabei unterhielten wir uns. Wir konnten über alles sprechen. Am liebsten sprach sie über unsere Familie. Darüber, wie gut Gott und Melek Taus es mit ihr gemeint hätten, dass sie fünf gesunde Kinder habe und eine hübsche Schwiegertochter. Dazu einen frommen, rechtschaffenen Mann und sogar eine Tochter, die ihr beim Brotbacken helfe. Manchmal musste ich dann die Teigkugel, die ich gerade knetete, weglegen und meine Mutter ganz fest von der Seite umarmen. Lachend rieb sie mir mit ihren warmen Händen, die samtig vom Teig waren, über die Haut.

Als ich im Frühjahr 2013 mein Medizinstudium aufnahm und dafür zu Verwandten in die Nähe von Mossul ziehen musste, war es meine Mutter, die ich am meisten vermisste. Die kurdische Regierung hatte auch in unserem Dorf einen Handymast errichten lassen, und so schickte ich täglich eine Nachricht, die ihr zeigen sollte, wie lieb ich sie hatte. Obwohl meine Mutter in ihren späten Jahren einen Erwachsenenkurs belegt und ich ihr mit den Aufgaben, die sie bekam, geholfen hatte, konnte sie doch kaum lesen oder schreiben. Daher bestanden die Nachrichten, die ich ihr schickte, meist aus vielen Emojis und nur wenigen Worten. Auch wenn sie mir fast nie antwortete, wusste ich doch, dass sie mich ebenso vermisste und sich über meine Nachrichten freute.

Ich weiß nicht, wo meine Mutter begraben liegt. Ich lebte schon in Deutschland, als die Peschmerga das Massengrab entdeckten, in dem sie mit mehr als einhundert weiteren jesidischen Frauen verscharrt lag. Daher erreichte mich die Nachricht über diesen Fund sehr spät, und ich konnte nicht mehr anreisen, wie es manche Angehörige taten, die im Irak in Flüchtlingslagern oder bei Verwandten leben. Die Peschmerga hatten die Leichname längst umgebettet. Tote, die man nicht eindeutig zuordnen konnte, verteilten sie auf mehrere Friedhöfe.

Nach meinem Umzug in die Nähe von Mossul hatte meine Mutter sich große Sorgen gemacht. Die Amerikaner waren längst abgezogen und hatten ein Machtvakuum hinterlassen. Mossul war eine der Städte, in denen radikale sunnitische Gruppierungen zurück an die Macht drängten. Es gab mehrere jesidische Studenten in dem Dorf meiner Verwandten. Am Morgen holte uns ein Fahrer ab, um uns zur Universität zu bringen. Obwohl es dorthin nur fünfundzwanzig Kilometer waren, dauerte die Fahrt eine Stunde, manchmal sogar zwei. Von Zeit zu Zeit kam es zu Bombenangriffen, und Straßen, die wir üblicherweise benutzten, wurden gesperrt. Oder wir mussten große Umwege fahren, um den Gefahren auszuweichen.

Wir jesidischen und auch die christlichen Studentinnen trugen einen Hidschab. Natürlich nicht aus religiösen Gründen, sondern um uns vor den Anfeindungen zu schützen, denen wir sonst auf dem Weg vom Minivan zu den Universitätsgebäuden oder auch in den einzelnen Veranstaltungen ausgesetzt gewesen wären. Aber nach wenigen Wochen wusste jeder, dass ich eine Jesidin war. Auch wer die anderen Jesidinnen und wer die christlichen und schiitischen Studentinnen waren, hatte sich schnell herumgesprochen, und so drehten sich beispielsweise manche sunnitische Kommilitonen zu uns um und machten mit der Zunge, den Lippen oder den Fingern eindeutige Zeichen, die uns verhöhnen sollten.

Irgendwann hieß es, dass wir nicht mehr zur Uni gehen könnten. Das Risiko sei zu hoch. Einige Wochen blieben wir ratlos zu Hause und warteten ab. Per Handy schickten wir uns Nachrichten, wenn es etwas Neues gab. Aber es gab selten etwas Neues. An der Universität Mossul schien uns niemand sonderlich zu vermissen. Manche dachten darüber nach, ihr Studium an einer anderen Universität fortzusetzen. Die kurdische Stadt Dohuk galt als sicherer, aber auch in Bagdad wurden Minderheiten weniger bedrängt als in Mossul.

Meine Familie daheim in Kocho konnte nicht viel von der Situation in Mossul wissen. Sie hatten nur gehört, dass sich in dieser Region des Irak. Terroranschläge häuften. Meine Mutter schickte mir eine unbeholfene Nachricht, ob ich nicht lieber nach Kocho heimkehren wolle.

Ich reiste ab. Es tat so gut, meine kleine Schwester Lamia wieder im Arm zu halten. Meine Mutter weinte an meinem Hals, bis mein Haar ganz nass war, und auch mein Vater wischte sich die Augen, nachdem er mich auf beide Wangen geküsst hatte. Meine Brüder waren beim Militär hinausgeekelt worden. Sie hatten die Anfeindungen nicht mehr ertragen. Jetzt wohnten sie wieder zu Hause und halfen bei der Feldarbeit mit. Vater hatte seine Helfer aus anderen jesidischen Familien wegschicken müssen, denn mittlerweile erzielten wir mit unserem Getreide und unseren Tomaten und Zwiebeln niedrigere Preise bei den Händlern in den umliegenden arabischen Dörfern. Der Islamische Staat war bereits nahe an Kocho herangerückt und hatte so die üblichen Geschäfte teilweise unterbrochen. Weniger Handel in diesen Dörfern bedeutete auch niedrigere Preise auf den Lebensmittelmärkten.

Und dann kam das Wochenende um den dritten August 2014. Ich war zur Hochzeit einer ehemaligen Schulfreundin gereist, die einen Jesiden in einem Dorf heiratete, das näher am Sindschar-Gebirge lag.

Die Schergen des IS waren aus der Wüste hervorgetreten wie Krieger aus einer untergegangenen Epoche und hatten inzwischen weite Teile des nördlichen Irak unter ihre Kontrolle gebracht. Trotzdem versuchten wir, so ausgelassen wie möglich zu feiern. Die Hochzeit dauerte bis in die frühen Morgenstunden. Ich ruhte mich vor Ort aus, bevor ich nach Kocho zurückfahren wollte. Als ich am Nachmittag erwachte, hörte ich aufgeregtes Gemurmel. Der IS belagere Kocho, erzählte man mir. Die Bevölkerung sei aufgefordert worden, zum Islam zu konvertieren. Andernfalls werde man das Dorf räumen und alle ins Sindschar-Gebirge deportieren. In meinem Handy stieß ich auf mehrere Nachrichten meiner Brüder: »Adana, bleib, wo du bist.« »Adana, komm nicht nach Kocho.«

Natürlich wollte ich trotzdem direkt los, zurück zu meiner Familie. Ich konnte sie während der schweren Stunden der Belagerung doch nicht allein lassen. Aber die anderen Hochzeitsgäste und die Braut und der Bräutigam hielten mich zurück. Den Rest des Tages ging ich im Kreis, starrte auf mein Handy, schaltete den Fernseher ein und wieder aus. Niemand berichtete über die Belagerung von Kocho. Das irakische Fernsehen nicht, aber auch nicht die ausländischen Medien. In Bagdad wechselte gerade der Premierminister, und die Schlagzeilen darüber beherrschten die Nachrichten. Ich raufte mir die Haare. Was sollte nur aus meiner Familie werden? Und aus allen Freunden in Kocho? Ich war mir sicher, dass niemand in Kocho zum Islam konvertieren würde. Wir waren stolze Jesiden, wir liebten unsere Religion. Unser Volk wurde seit Jahrhunderten verfolgt. Wir würden, was unsere Vorfahren bewahrt hatten, nicht einfach aufgeben. Aber würde der Islamische Staat die Leute aus Kocho tatsächlich ins Gebirge bringen? Ich versuchte, ganz fest daran zu glauben, aber wenn ich ehrlich zu mir selbst war, wusste ich, dass die Dschihadisten logen.

Am nächsten Tag gab es noch immer keine Neuigkeiten aus Kocho. Meine Brüder schickten mir Nachrichten darüber, dass sie Hilfe organisieren wollten. Sie riefen alle Bekannten und Freunde aus den sunnitischen Dörfern ringsum an und baten sie, auf die Terroristen einzuwirken. Leider bislang ohne Erfolg. Die meisten hatten versichert, dass sie ganz klar an der Seite der Jesiden stünden, aber gerade nichts für sie tun könnten. Andere hatten ganz offen gesagt, dass es an der Zeit sei, endlich einmal mit uns Jesiden aufzuräumen, und dass sie einen Teufel tun würden, den IS daran zu hindern.

Mein ältester Bruder hatte einen ehemaligen Kameraden von der irakischen Armee, der während des Dritten Golfkriegs für die Amerikaner als Übersetzer gearbeitet und dafür in den Vereinigten Staaten Asyl erhalten hatte. Im Verbund mit anderen Jesiden, die ebenfalls dort lebten, versuchte dieser Mann, die amerikanische Regierung einzuschalten, um die Belagerung von Kocho zu unterbinden und den Nordirak von den IS-Terroristen zu befreien.

Aber nichts tat sich. Die Zeit schien stillzustehen.

Dann beschloss der Mukhtar, der Bürgermeister des jesidischen Dorfs, in dem ich mich aufhielt, mit der gesamten Dorfgemeinschaft ins Gebirge zu fliehen. Sobald der IS Kocho bezwungen haben würde, konnte es schnell gehen. Vielleicht stünden die Terroristen schon wenige Stunden später vor den Toren. Es war auch jederzeit damit zu rechnen, dass der IS von einer anderen Seite anrückte und dieses Dorf und Kocho gleichzeitig belagerte.

Die Gäste der Hochzeit, von der inzwischen längst niemand mehr sprach und die sogar für das Brautpaar in den Hintergrund getreten war, drängten mich, mit ihnen zu fliehen.

»Was willst du allein hier?«, sagten sie. Und: »Geh nicht zurück nach Kocho!«

Tagelang schienen die meisten die Gefahr, die vom IS ausging, verdrängt zu haben. Jetzt aber, im Moment der Flucht, verlief alles mit umso größerer Hektik. Jesidische Familien versammelten sich vielköpfig auf den Straßen. Mütter trugen Säuglinge in Tüchern am Körper. Koffer, Taschen und Beutel, aus denen man Gemüse und Brot ragen sah, standen vor den Häusern. Die Männer beluden Autos, und wer irgendwie Platz fand, quetschte sich hinein. Kinder und Jugendliche kauerten zwischen Gepäckstücken auf den Pritschen der Pick-ups. Alte und Gebrechliche, für die man keinen Platz in einem Fahrzeug gefunden hatte, wurden auf Schubkarren durch die Gassen geschoben. Langsam setzte sich der Zug in Bewegung.

Bis zum Fuß des Sindschar-Gebirges waren es kaum mehr als zehn Kilometer, aber die Sonne brannte unbarmherzig und an den Straßenrändern wuchs nichts, das Schatten spenden konnte. Immer wieder schlängelte sich ein Auto oder ein Pick-up mit Nachzüglern durch die Menge.

Die meisten hatten sich zu viel an Gepäck zugemutet und konnten bald schon nicht mehr all ihre Taschen, Koffer und Beutel tragen. So blieb am Straßenrand Stück für Stück zurück, was am ehesten verzichtbar schien: Stiefel, Rasierapparate, Kosmetikprodukte, Handtücher.

Ein dünner alter Mann mit rundem Buckel, der am Stock ging, fiel plötzlich vor meinen Augen um. Sofort waren seine Söhne bei ihm, seine Töchter und Enkel. Sie versuchten, ihn wieder aufzurichten, zerrten an seinen Armen, hielten ihm den Stock hin, damit er sich darauf stütze. Nachdem er endlich stand und nur noch wenige Hände ihn vorsorglich hielten, sank er wieder zu Boden. Erneut beugte seine Familie sich über ihn. Mit letzter Kraft widersetzte er sich ihren Versuchen, ihn auf die Füße zu stellen. »Lasst mich liegen«, raunte er mit verdorrter Kehle. »Rettet euch. Lauft schnell. Mich braucht ihr nicht. Ich falle euch nur zur Last.«

Mit Tränen in den Augen sanken seine Söhne neben ihm zu Boden, küssten seine Hände und flehten ihn an, sich nicht aufzugeben und sie stattdessen zu begleiten. Auch ich wollte mich neben ihn knien, ihm Mut zusprechen, aber meine Freundin, die Braut, zog mich weg.

Auf dem weiteren Weg kamen wir noch mehrmals an Alten und Kranken vorbei, die jeder Lebenswille verlassen hatte. Eine alte Frau beschwor ihre Familie, sie aus der Schubkarre zu heben und am Wegesrand abzusetzen. Die Schubkarre sollten sie nutzen, um ihr Gepäck zu transportieren, das sie im Gebirge so dringend brauchten.

Einige Minuten später überholten wir eine weinende Familie, die in einem Halbkreis um den Vater und einen der Söhne stand. Vater und Sohn hoben gemeinsam ein Loch aus. Ihr jüngstes Kind war verdurstet oder vor Schwäche gestorben, und sie sahen keine andere Möglichkeit, als es hier, am Straßenrand, zu verscharren.

Nach allem Leid, das wir gesehen hatten, war unsere Erleichterung enorm, als wir endlich den Fuß des Sindschar-Gebirges erreichten. Die kräftigsten unter den jungen Männern kletterten die steilen Felsen hinauf und ließen sich Gepäckstücke reichen, um den Älteren und Schwächeren zu ersparen, diese mühevoll in Serpentinen das Gebirge hinaufzuschleppen.

Oben auf dem Plateau verteilte sich die Menge rasch. Manche fanden Zuflucht in Felsspalten, andere begaben sich auf die Suche nach Quellen, wieder andere ließen sich völlig entkräftet im Schatten der wenigen Bäume nieder.

Es dauerte einige Tage, bis die irakische Regierung und die Amerikaner begannen, Versorgungspakete aus Flugzeugen über dem Gebirge abzuwerfen. Bis dahin versuchten wir, uns von Wurzeln, Granatäpfeln und Feigen zu ernähren, die hier mancherorts wuchsen. Tagsüber herrschte drückende Hitze, in den Nächten froren wir dagegen, selbst wenn wir uns in alle Decken hüllten, die unser Gepäck hergab. Da ich die Flucht nicht von daheim aus begonnen hatte, hatte ich nichts mitnehmen können und war auf das Mitgefühl der Familie meiner Freundin angewiesen, die alles mit mir teilte. Nach wenigen Tagen waren unzählige Männer und Frauen, Kinder und Alte verhungert oder verdurstet, erfroren oder an Kummer gestorben. Wir bestatteten ihre Leichname, so gut das Gebirge es zuließ.

Nach jesidischer Tradition muss der Körper des Verstorbenen gewaschen und in ein Tuch gehüllt werden, damit ihn möglichst wenig von der Erde trennt, aus der er gekommen ist und die ihn wieder aufnehmen soll. Einen Teil des wenigen Wassers, das wir aus den Quellen des Gebirges schöpfen konnten, verwendeten wir darauf, die Körper unserer Liebsten zu waschen. Wir beteten für ihre Seelen und dafür, dass sie im nächsten Leben, das nun für sie beginnen würde, ein gnädigeres Ende fänden als in diesem.

Bei allem Kummer, den ich in diesen Tagen miterleben musste, waren meine Gedanken doch immer in Kocho, bei Mutter und Vater, bei meiner Schwester Lamia und meinen Brüdern. Welche Ängste mussten sie ausstehen! Ich hatte Hunger, ja, und ich hatte Durst. Aber ich war in Sicherheit. Sie hingegen sahen sich einer Gefahr gegenüber, die viel bedrohlicher auf mich wirkte als meine einfältige Sorge, dass unsere Quellen morgen versiegen oder wir keinen Granatapfelbaum mit Früchten mehr finden würden.

Per Handy hielt ich Kontakt mit meinen Brüdern und mit Lamia. »Mutter macht Scherze«, schrieben sie. »Sie will uns aufmuntern.« »Vater geht jeden Tag zum Jewat« – zum Dorfrat – »aber es gibt nichts Neues.« »Mach dir keine Sorgen«, schrieb Lamia, »sie werden uns nichts tun. Sie bringen uns ins Gebirge. Und dann sind wir wieder bei dir.«

Ich weinte jede Nacht, bis ich irgendwann, wenn die Nacht am kältesten war und der Tag am nächsten, für einige Stunden einschlief, um später in meinem eigenen Schweiß zu erwachen, weil die Sonne vom Himmel brannte.

Wie viele Male wurde mir im Lager erzählt, was dann in Kocho geschah. Jeder Überlebende schilderte das Leid auf seine Weise, der eine fast teilnahmslos, der andere mit immer wieder versagender Stimme.

Am fünfzehnten August trieb der Islamische Staat alle Bewohner Kochos auf dem Schulhof zusammen. Wie zuvor wir im Dorf des Hochzeitspaares schleppten nun meine Verwandten und Freunde Koffer und Taschen mit sich, weil sie hofften, der IS werde Wort halten und sie ins Sindschar-Gebirge bringen.

Die Männer und älteren Jungen des Dorfs mussten auf dem Schulhof bleiben, während die Frauen, Mädchen und die ganz jungen Buben in das Obergeschoss des Schulgebäudes beordert wurden.

Dann fragte der IS-Kommandant den Bürgermeister, ob Kocho zum Islam konvertieren werde. »Bringt uns ins Gebirge«, antwortete unser Mukhtar.

Da fuhren Lastwagen auf den Hof, und die IS-Kämpfer zwangen unsere Männer, einzusteigen. Währenddessen gingen die Schergen, die im Schulgebäude Frauen und Mädchen bewachten, mit Tüten durch die Reihen und befahlen ihnen, allen Schmuck, alles Geld und alle Ausweisdokumente hineinzuwerfen. Kurz darauf krachten die ersten Schüsse. Die IS-Leute hatten unsere Männer gezwungen, sich in den Gräben, die wir zum Schutz um das Dorf herum ausgehoben hatten, aufzustellen. Wer jung aussah, musste seine Arme heben, um die Achseln zu zeigen. Wuchsen dort schon Haare, wurden die Jugendlichen auf der Stelle ermordet, genau wie ihre Väter und Großväter, Onkel und großen Brüder.

Waren die Achselhöhlen allerdings nackt, führte man die Jungen zu den Lkw zurück, um sie in Trainingslager des IS zu bringen, wo sie zu Mudschahedin ausgebildet werden sollten. Dort zwang man sie unter Waffengewalt, zum Islam zu konvertieren. Dann trichterte man ihnen ein, dass wir Jesiden Teufelsanbeter und damit Feinde des wahren Islam seien. Man ließ sie schwören, dass sie dazu beitragen würden, das Jesidentum von der Erde zu tilgen und so den Willen Allahs und Mohammeds, seines Propheten, zu vollstrecken.

Manche IS-Kämpfer schossen nicht gut. Sie hielten Verwundete für tot und ließen sie im Graben liegen, wo ihnen das Blut der anderen um den Leib rieselte. Wer vor Schmerzen wimmerte, wurde nachträglich erschossen. Einigen wenigen unserer Männer gelang es, ihre Schmerzenslaute zu unterdrücken und sich totzustellen, bis die IS-Kämpfer sich entfernt hatten, um dann hinaus auf die Felder zu fliehen und sich zwischen Pflanzen und Strohballen oder hinter Felsen und in Furchen zu verstecken, bis die

Nacht anbrach. Eine Handvoll Männer aus Kocho rettete sich so im Schutz der Dunkelheit bis ins Sindschar-Gebirge. Ich sah sie im Lager wieder. Mein Vater und meine Brüder aber kamen an diesem Tag ums Leben.

Als meine Mutter und Lamia im Schulgebäude die Schüsse hörten, die mehr als eine Stunde lang durch Kocho hallten, weinten sie gemeinsam mit den anderen Frauen um ihre Väter und Söhne, Brüder und Onkel.

Später, als meine Mutter und meine Schwester in denselben Lkw, in denen man die Männer unserer Familie transportiert hatte, nach Solagh gefahren wurden, ahnten sie, dass jenseits der Plane, die sie von der Außenwelt trennte, die Leichen ihrer Liebsten lagen.

In Solagh riss der IS die weiblichen Überlebenden aus Kocho auseinander. Alte Frauen und Mütter mit kleinen Kindern wurden einer Gruppe zugewiesen, junge, unverheiratete Frauen der anderen. Lamia klammerte sich weinend an unsere Mutter, aber die IS-Kämpfer trennten die beiden gewaltsam und setzten Lamia in einen Bus, der fünf Dutzend unverheiratete Jesidinnen aus Kocho nach Mossul brachte. Dort wurden sie auf einem Sklavenmarkt angeboten.

Der Mann, der Lamia kaufte, hieß Hadschi Hamza. Er zählte dem buchführenden IS-Kämpfer zwanzig US-Dollar hin, als kaufte er ein gebrauchtes Spielzeug. Sein struppiger schwarzer Bart bedeckte fast das ganze Gesicht, und unter seinen weiten Kleidern wölbte sich ein dicker Bauch, den er als Zeichen seines Reichtums stolz vor sich hertrug.

Obwohl meine Schwester sich wimmernd an die zitternden Jesidinnen klammerte, die noch nicht verkauft worden waren, zerrte Hadschi Hamza sie zu sich empor. Dann befahl er ihr, eine Abaya anzuziehen, unter der sie ihre viel zu bunte, viel zu freiheitliche jesidische Kleidung verbergen sollte. Ihr Gesicht musste Lamia mit einem Niqab verhüllen, der sie, obwohl der Stoff leicht war, schwer atmen ließ. Der Niqab roch nach modrigem Schweiß.

Im Auto brachte Hadschi Hamza Lamia zu seinem Anwesen in einem der wohlhabenden Viertel Mossuls. Er war verheiratet und präsentierte Lamia seiner Frau wie einen Gegenstand, den er zu einem Schnäppchenpreis bei einem Trödler erworben hatte. Wann immer ihr Mann es nicht sah, warf Hamzas Frau Lamia giftige Blicke zu. Außer der Ehefrau, die Lamia sich unverschuldet zur Feindin gemacht hatte, wohnten zahlreiche Menschen in Hadschi Hamzas Haushalt, die Lamia nicht alle eindeutig zuordnen konnte. Einer oder zwei waren anscheinend Wächter, die fortan auch Lamia zu bewachen hatten. Neben Hadschi Hamzas Kindern gab es Dienstmädchen oder Köchinnen. Lamia aber war die einzige Sabiya, die einzige Sklavin.

Sie erhielt ein eigenes Zimmer. Dort stellte sie die Reisetasche, die sie beim Aufbruch aus Kocho hatte behalten dürfen, in die Ecke. Als sie weinend auf dem Bett lag, trat Hadschi Hamza ein, riss die Tasche an sich, wühlte sich durch sämtliche Kleidungsstücke, warf alles mit verächtlichem Schnauben zu Boden, verließ den Raum und kehrte schließlich mit einem gelben Kleid westlicher Art und einer Schminktasche zurück.

»Wenn ich heute Abend zu dir komme, will ich, dass du das hier trägst«, sagte er. »Und schmink dich, damit du ein bisschen hübsch für mich bist.«

Sein Grinsen enthüllte eine Reihe fauliger Zähne.

Als es dämmerte, setzte Lamia sich vor den Spiegel. Ihre Augen waren vom Weinen geschwollen.

In dem Zimmer, in dem sie vor ihrer Fahrt zum Sklavenmarkt mit zahlreichen anderen jesidischen Mädchen hatte übernachten müssen, hatten einige, die dem Islamischen Staat schon früher in die Hände gefallen und daher schon länger Sklavinnen waren, erzählt, dass viele Mädchen versuchten, sich ihren Besitzern zu entziehen. Sie schnitten sich die Haare ab, um auszusehen wie ein Mann. Sie rieben sich mit Exkrementen ein, damit ihr Geruch den Besitzer abstieß. Sie erbrächen sich auf den eigenen Leib, verunstalteten ihr Gesicht oder hungerten sich zu Tode.

Wenn Lamia den Spiegel von der Wand nähme und am Bettpfosten zerschlüge, hätte sie Splitter, die sie sich in die Pulsadern rammen könnte, überlegte sie. Aber dann dachte sie an ihre arme Mutter, die gestern den Mann und alle drei Söhne verloren hatte. Sie konnte ihr nicht auch noch die Tochter nehmen.

Das Gesicht könnte sie sich mit den Scherben zerschneiden. Sie würde eine Kraterlandschaft aus Narben entstehen lassen. Aber dann fehlte ihr der Mut.

Stattdessen trug sie Lippenstift und Rouge auf, Lidschatten und Wimperntusche. Aus dem Spiegel blickte ihr eine Fremde entgegen, eine Frau, die aussah, als wollte sie Männern gefallen, während Lamia doch nichts sehnlicher wünschte, als Hadschi Hamzas Ekel zu erregen.

Tränen liefen über ihr Gesicht. Lidschatten und Wimperntusche verschwammen zu dunklem Schlamm, der sich um ihre Augen verteilte. Verzweifelt rieb sie mit den Handballen darüber.

Dann kam Hadschi Hamza ins Zimmer.

»Habe ich dir nicht gesagt, du sollst dich schön machen?«,

schrie er sie an, packte sie bei den Handgelenken und schüttelte sie.

»Setz dich!«, befahl er und schleuderte sie aufs Bett.

Aus der Hose holte er Zigaretten und ein Feuerzeug. Erst versuchte er, die Zigarette in der Hand anzuzünden, aber sie brannte nicht. Er musste sie in den Mund nehmen und inhalieren. Dann ließ er sich neben Lamia fallen und hustete durch seine fauligen Zähne.

»Jetzt werde ich dir zeigen, was ich mit Sabayas mache, die sich nicht an meine Anweisungen halten«, sagte er mit gefährlich ruhiger Stimme. Er griff nach dem Saum von Lamias Kleid und riss es nach oben. Erst begriff sie nicht, was dort auf ihrem Bauch glühte. Ein Schmerz wie von einem Wespenstich. Genüsslich sah Hadschi Hamza dabei zu, wie sie sich auf die Lippen biss, um ihm nicht den Gefallen zu tun, lauthals zu schreien.

Nachdem er die Zigarette gelöscht hatte, zerrte er ihr das gelbe Kleid vollends vom Leib und schlug ihr mit der Faust ins Gesicht, weil sie beim Küssen nicht sofort den Mund öffnete. Tränen schossen ihr in die Augen, so dumpf war der Schmerz.

»Bist du Jungfrau?«, kläffte Hadschi Hamza.

Weil Lamia nicht zu lügen wagte, nickte sie.

»Nicht mehr lange«, sagte Hadschi Hamza, »und dann will dich keiner mehr von euch. Wenn du jemals lebend hier rauskommst, wenn du jemals einen lebenden Jesiden triffst, dann wird er dich verstoßen, weil du jetzt eine Muslima und keine Jungfrau mehr bist. Du kannst froh sein, dass du bei uns bleiben darfst. Wir bewahren dich vor dem Teufel. Teufelsanbeter seid ihr, sonst nichts. Aber jetzt bist du eine von uns.« Während er das sagte, hatte er sich die Hose über seine haarigen Schenkel herabgezogen und sich erst an Lamias nackten Beinen und dann an seiner eigenen Hand gerieben, bis er endlich erigierte.

Dass Lamia eine Muslima sei, wurde erst am nächsten Tag wahr, als Hadschi Hamza sie in Abaya und Niqab zum Gericht schleppte, wo sie vor einem IS-Mann das islamische Glaubensbekenntnis aufsagen und ihren Niqab lüften musste, damit er sie fotografieren und ihre neue Identität in seinen Akten vermerken konnte.

Hadschi Hamza vergewaltigte Lamia jeden Tag. War er nicht da, kamen seine Wächter in ihr Zimmer, um sie zu quälen. Nie wagten sie, den Besitz ihres Herrn anzufassen, aber immer wieder fragten sie, warum die Jesiden so ein schmutziges Volk seien, warum sie eine Religion ohne Buch hätten, warum sie ausgerechnet den gefallenen siebten Engel, also den Teufel, anbeteten und warum Lamia sich nicht schon lange zuvor zum einzigen Gott und zu Mohammed, seinem Propheten, bekannt habe. Kamen nicht die Wächter in Lamias Zimmer, dann war es Hadschi Hamzas Frau, die sie peinigte. Sie nannte Lamia eine Hure und eine Schlampe, die nichts anderes verdiene als den Tod, obwohl der Tod eigentlich noch viel zu gut für sie sei, denn im Tod würde sie mit dem Teufel vereint, und den bete sie ja schließlich an.

Nach einigen Wochen wurde Hadschi Hamza Lamias überdrüssig. Er brachte sie zum Sklavenmarkt zurück, wo sie für zehn Dollar an einen syrischen IS-Kämpfer verkauft wurde. Anscheinend hatte ihr Wert unter den Vergewaltigungen durch Hadschi Hamza gelitten oder unter ihren unübersehbar geschwollenen Lidern. Vielleicht waren auch die Preise für Sabayas gesunken, weil die Kaufkraft im Kalifat nachließ oder weil immer mehr jesidische Mädchen auf den Märkten gehandelt wurden.

Der syrische IS-Kämpfer brachte Lamia nach Rakka, in die Hauptstadt des Islamischen Staates auf syrischem Gebiet. Er vergewaltigte Lamia viel seltener als Hadschi Hamza. Dafür bereitete es ihm großes Vergnügen, Lamia unaufhörlich zu demütigen. Er lud andere Männer zu sich ein und befahl ihr, nackt vor ihnen zu tanzen. Unter den Männern verteilte er Chilischoten, die sie aufbrachen und ihr in sämtliche Körperöffnungen steckten, bis Lamia vor Schmerzen zusammenbrach. Die Männer ließen sie nackt am Boden liegen, um Tee zu trinken und Karten zu spielen.

Wenn er mit Lamia allein war, ließ er sie seine Fußsohlen ablecken und ihre eigenen Exkremente essen. Die schlimmsten Torturen dachte er sich aus, wenn er sich langweilte.

Eines Tages kam die Frau des IS-Kämpfers in Lamias Zimmer und flüsterte, sie halte die Anwesenheit einer Sabiya nicht mehr aus. Ihr Mann sei nicht da und jetzt habe Lamia die Gelegenheit zu flüchten. Sie reichte ihr Abaya, Niqab, zweihundert Dollar und einen gefälschten Pass. Dann scheuchte sie sie aus dem Haus. Mit klopfendem Herzen, aber doch äußerlich nicht als Jesidin erkennbar, wankte Lamia durch Rakka. In ihren Fluchtfantasien war es immer Nacht gewesen und die Straßen leer. Jetzt aber wimmelte es von Männern mit Bart und verschleierten Frauen. Überall patrouillierten IS-Schergen mit Kalaschnikow in offenen Jeeps. Etliche Taxis ließ Lamia am Straßenrand hinter sich, bis sie einen Fahrer ausgemacht hatte, dem sie den Mut zutraute, eine unbegleitete Frau bis zur irakischen Grenze zu fahren, ohne sie beim nächsten Checkpoint abzuliefern oder dort zumindest nach entlaufenen Sabayas zu fragen.

Tatsächlich brachte der Fahrer sie bis dorthin, wo die irakische Wüste am Horizont sichtbar wurde, ohne viele Fragen zu stellen. An den innersyrischen Checkpoints, an denen sie anhalten und das Fenster herunterkurbeln mussten, zeigte Lamia ihren gefälschten Pass vor und sagte, sie sei seit Kurzem verwitwet und wolle zu ihrem Bruder und seiner Familie im äußersten Nordosten Syriens zurückkehren.

Wie oft hatte sie ihr gutes Arabisch verflucht, das wohl der Grund gewesen war, dass man sie nach Syrien verschleppt und nicht im Irak belassen hatte wie die meisten anderen Sabayas. Jetzt aber war sie froh um ihr Talent, das alle Soldaten an den Checkpoints dazu veranlasste, sie ohne weitere Fragen durchzuwinken. Erst als sie sich der Grenze näherten und Lamia bat, sie doch nicht inmitten der grenznahen Stadt abzusetzen, die sie zu Beginn angegeben hatte, wurde der Fahrer misstrauisch. Da Lamia ihm aber sofort die zweihundert Dollar und damit mehr als den vereinbarten Preis hinhielt und er sich offenbar auf keinerlei Diskussionen einlassen wollte, war er bereit, Lamia an Ort und Stelle aussteigen zu lassen und ihr sogar noch die Richtung zu zeigen, in der seiner Meinung nach die Grenze lag. Dann war Lamia allein. Im Dunkeln setzte sie ihren Weg fort, immer darauf bedacht, auf kein Tier zu treten, das ihr gefährlich werden konnte, und die Richtung nicht zu verlieren, die ihr der Fahrer gezeigt hatte. Hätte sie ein Handy gehabt, sie hätte nicht gewagt, sich damit zu leuchten.

Sie hatte kein Gefühl mehr dafür, wie lange sie schon gegangen war, als schließlich gegen das fahle Licht des

Mondes einige Häuschen sichtbar wurden. War das womöglich ein Checkpoint, ein größerer als die üblichen, weil er an der Grenze lag? Dann konnten die Pünktchen, die manchmal aufleuchteten, Fahrzeuge sein, die zur Grenze hin unterwegs waren. Lamia veränderte ihre Marschroute so, dass sie sich immer weiter von dem Checkpoint entfernte, ohne die Gegenrichtung einzuschlagen. Wenn sie jetzt einfach immer weiter geradeaus ginge, musste sie doch in den Irak kommen, oder? Auf einmal wurde sie von einem Scheinwerfer erfasst. Arabische Worte gellten durch die Luft. Ein Lautsprecher verzerrte sie so, dass Lamia sie nicht verstand. Ohne nachzudenken, rannte sie los. Etwas pfiff durch die Dunkelheit und rauschte in den Sand. Als Lamia begriff, dass es Schüsse waren, drang etwas in ihren Kopf mit einer Wucht, die sie noch nie gespürt hatte. Sie sank zu Boden.

Als ich von Lamias Tod erfuhr, lebte ich in dem Flüchtlingslager, das Hilfsorganisationen und die Regierung der kurdischen Autonomieregion am Rande des Sindschar-Gebirges errichtet hatten. Man hatte Hunderte weißer Container wie Kieselsteine nebeneinander aufgereiht. In den Containern tropfte das Kondenswasser von Decken und Wänden, sodass unsere Bettwäsche schimmelte und unsere Kleidung nach Fäulnis roch. Das Essen war knapp bemessen, verkochter Reis mit etwas Gemüse, und wer hinten in der Schlange stand, musste sich auf noch kleinere Portionen gefasst machen als die Ersten vorn. Das Wasser war auf eine Stunde am Tag begrenzt. Wenn ich mich vor dem kleinen Spiegel im Container kämmte, blieben meine Haare büschelweise zwischen den Zacken hängen. Am Scheitel und an den Schläfen hatten sich schon kahle Stellen gebildet. Am Anfang verbarg ich sie, indem ich mich anders frisierte. Aber dann sagte ich mir, dass mein Vater und meine Brüder tot waren und meine Mutter und meine Schwester in Gefangenschaft, während ich in Freiheit lebte und einen Spiegel hatte, vor dem ich mich kämmen konnte. Wenn sich auf meinem Kopf kahle Stellen bildeten, dann war das ein so geringes Leid im Vergleich mit den Schmerzen, die auf unser Volk gekommen waren, dass ich nur noch fröhlich pfeifen konnte, wenn ich diese kahlen Stellen sah.

Inzwischen war eine meiner Cousinen aus den Fängen des IS freigekommen. Das Netzwerk, das einige jesidische Männer hier im Flüchtlingslager aufgebaut hatten, hatte einen Wächter bestochen und sie so freigekauft. Auch ihre gefälschten Papiere und den Transport zur Grenze hatte das Netzwerk organisiert. Wenn das Wetter es zuließ, legten meine Cousine und ich uns in den Schatten eines Granatapfelbaums, um nicht den Schimmel in unserem Container einatmen zu müssen. Dann sprachen wir von meinem Vater, der ihr Onkel gewesen war, und von ihrem Vater, der mein Onkel gewesen war. Wir sprachen von unseren Müttern, die wir sehr liebten und von denen wir nicht wussten, was aus ihnen geworden war. Wir klammerten uns an die Hoffnung, dass sie eines Tages einfach vor uns stehen würden. Oder dass man uns anrufen und an einen Ort bitten würde, wo wir sie in die Arme schließen, uns an ihre weiche Brust drücken könnten. Dass meine Brüder, die ihre Cousins gewesen waren, und ihre Brüder, die meine Cousins gewesen waren, alle nicht mehr lebten, bezweifelten wir nicht, auch wenn der IS damals noch Kocho kontrollierte und man die Massengräber erst später entdeckte. Meine Cousine hatte zwar vier Schwestern gehabt, aber alle waren schon in jungen Jahren gestorben, die meisten an derselben Krankheit, die allen im Dorf ein Rätsel aufgab. Niemand in ihrer Familie hatte genug Geld gehabt, um die Ursache untersuchen zu lassen.

Lamia war meine größte Hoffnung. Mir war klar, dass sie wahrscheinlich irgendwo als Sabiya leben musste. Und immer wieder kamen entlaufene oder befreite Sabayas bei uns im Lager an. Also konnte doch auch Lamia eines Tages vor mir stehen. Gegenüber meiner Cousine sprach ich wenig über Lamia, um sie nicht noch mehr zu betrüben, weil von ihren Geschwistern höchstwahrscheinlich niemand zu ihr zurückkehren würde.

Wegen Lamia harrte ich im Lager aus. Auch als es hieß, dass Baden-Württemberg ein Sonderkontingent für jesidische Flüchtlinge beschlossen habe und dass man sich nach Deutschland ausfliegen lassen könne, blieb ich dort. Ich wollte Lamia ein Zuhause bieten, wenn sie freikam. Dann aber stand eines Tages einer der jesidischen Männer vor mir, die das Netzwerk betrieben. Er sagte, sie hätten mir nichts davon erzählt, dass sie Lamia in Rakka ausfindig gemacht hatten, um keine falschen Hoffnungen zu wecken. Dann aber sei es ihnen gelungen, die Frau ihres Besitzers zu bestechen. Lamia sei freigekommen und zur syrisch-irakischen Grenze geflohen. Jetzt hätten sie erfahren, dass Lamia von einem Grenzposten erschossen worden sei. Man habe sie dort irgendwo im Wüstensand verscharrt.

Ich weinte in den Armen des Unglücksboten, und er weinte mit mir. Er sagte, er schäme sich und mache sich große Vorwürfe, aber ich strich ihm über den Bart, wischte ihm die Tränen aus den Augen und hielt seine Hand.

Am nächsten Tag meldete ich mich für das baden-württembergische Kontingent.

Die Reise nach Bagdad war der erste Flug meines Lebens. Zusammen mit anderen jesidischen Mädchen aus dem Lager musste ich Behördengänge erledigen. Wir wurden geimpft, erhielten neue Ausweise und wurden auf die Ausreise vorbereitet.

Nachdem wir in Deutschland gelandet waren, brachte man uns in die Erstaufnahmestelle in Ellwangen. Von dort aus kam ich nach Löwenau. Meine Cousine ist im Lager geblieben. Als ich abreiste, sagte sie: »Egal, wo du bist – alle lebendigen Jesiden sind für immer vereint.« Wir nahmen unter Tränen Abschied.

Seit meiner Ausreise habe ich den Irak nie mehr besucht. Nachdem die Peschmerga den IS aus Kocho verdrängt hatten, durften alle, die von dort stammten, für einen Tag in das Dorf zurückkehren. Aber der Gedanke, die leere Heimat zu sehen, entzog meinem Körper jegliche Kraft. Meine Cousine schloss sich der Gruppe an, die auf den Wegen durch Kocho ging, die man als minenfrei gekennzeichnet hatte.

Wenn ich die Augen schließe, dann sehe ich Kocho vor mir. Es ist ein friedlicher Ort. Man sieht ihm nicht an, dass dort Mörder gewütet haben, in deren Geländewagen der Tod am Steuer saß. Nur die Fensterscheiben sind eingeworfen. Und das Holz haben sie von den Dächern gerissen und verbrannt. Flaschen, die sie unter meinen Verwandten und Freunden verteilt haben müssen, liegen am Boden. Sie trinken amerikanische Getränke und träumen vom Tod Amerikas. Sie sind das letzte Kapitel in Kochos Geschichte, und ich bin froh, dass ich sie dort nicht gesehen habe, wie sie mit ihren schwarz-weißen Flaggen durch die Straßen fuhren und über das Leben triumphierten.

Weil ich sie nicht gesehen habe, kann ich mir Kocho bewahren, wie es vorher war. Ein friedlicher Ort. Ein Ort der Freundschaft und des geteilten Leids. Ich denke oft an die Sommernächte, in denen es in unseren Häusern so heiß wurde, dass das gesamte Dorf die Matratzen auf die Dächer trug und unter freiem Himmel übernachtete.

Als meine Cousine mit der Gruppe in Kocho stand und alle im Toten das Lebendige suchten, fielen sie sich in die Arme und weinten. Um alles, was nicht mehr existierte. Und noch mehr um alles, was noch da war.

# XVII

Hagen las Stellenanzeigen. Auf www.stepstone.de und www.monster.de und www.indeed.com. Eigentlich war das lächerlich. Ihm blieben noch anderthalb Wochen. Aber er hatte das Gefühl, er sei es jemandem schuldig.

Die Kreisstadt hatte er als Ausgangspunkt seiner Suche eingegeben und einen Umkreis von dreißig Kilometern gewählt. Eine Kosmetikfirma suchte einen strategischen Einkäufer. Hagen wusste nicht einmal, was das bedeutete. Der Klinikverbund suchte einen Facharzt für Gastroenterologie. Die Betreiber einer Kläranlage suchten eine Fachkraft für Abwassertechnik. Aldi suchte Einzelhandelskaufleute. Die Deutsche Bahn suchte einen Busfahrer.

Anfangs hatte Hagen noch in dem Gefühl nach unten gescrollt, dass schon etwas auftauchen werde, das zu ihm passte. Für das er die Voraussetzungen mitbrachte. Aber es tauchte nichts auf. Natürlich nicht. Es gab nichts, das er konnte. Also gab es auch nichts, das zu ihm passte.

Seufzend schob er den Laptop beiseite.

Die paar Hundert Euro, die er in den anderthalb Wochen verdienen konnte, bis der Marginausgleich bei der amerikanischen Bank fällig war, würden ihm sowieso nicht helfen. Er musste anders zu Geld kommen.

Er griff wieder nach dem Laptop und öffnete eine Excel-Datei.

*Garagen*, schrieb er. Wenn er jede Garage mit zehntausend Euro ansetzte, kam er auf achtzigtausend Euro.

*Mini*, schrieb er darunter. Es gab eine bestimmte Art Frauen, bei der diese Sorte von Auto verfing. Vielleicht würde jemand sechstausend Euro bezahlen.

Weiter: *Reserve*. Zwölftausend Euro vom Barvermögen der Eltern hatte er bei der Einrichtung des Marginkontos zurückbehalten.

Dazu kam der Deka-Fonds, der vierundvierzig Prozent im Minus notierte. Das hauseigene Produkt, das der freundliche Herr von der Sparkasse vom Depot seiner Eltern auf sein neues Depot übertragen hatte. Als Hagen das letzte Mal nachgesehen hatte, war statt des Fonds nur ein PDF in seinem Depot hinterlegt gewesen. Darin hieß es, dass eine Wertpapierübertragung bis zu vier Wochen dauern könne und man vor Ablauf dieser Frist von Nachfragen bitte absehen solle. Vielen Dank.

Was noch? Schmuck? Natürlich hatte seine Mutter Schmuck besessen. Er wusste, dass es irgendwo eine Schatulle gab, wahrscheinlich in einem Fach im Schlafzimmerschrank. Aber er kannte sich mit Schmuck nicht aus. Weder konnte er schätzen, wie viel ein einzelnes Stück einbringen würde, noch kannte er die Kaufpreise. Er würde einen Experten brauchen, der die Stücke für ihn schätzte, bevor er sie zum Verkauf anbot.

Er schrieb *Schmuck*, dahinter aber ein Fragezeichen.

Dann zwang er Excel per Summenformel zur Addition der eingetragenen Werte. Achtundneunzigtausend Euro.

Er hatte die Steuern vergessen. Geschätzter Veräußerungsgewinn bei den Garagen: zwanzig Prozent. Also sechzehntausend Euro. Darauf dreißig Prozent Steuern. Viertausendachthundert Euro. Achtundneunzigtausend minus viertausendachthundert gleich dreiundneunzigtausendzweihundert.

Das hieß, selbst wenn es ihm gelänge, alles zu verkaufen, würden zweiunddreißigtausendachthundert Euro fehlen.

Und überhaupt: Wie sollte das gelingen? Er kannte die Garagen nicht einmal. Wusste nicht, wo sie standen. Hatte noch nie einen Notartermin gehabt. Wusste nicht, ob der Notar in Stuttgart sitzen musste oder hier an seinem Wohnort. Hatte keinen Käufer. Kannte niemanden in Stuttgart, der eine Garage brauchte. Geschweige denn acht. Und selbst wenn: Bis die Garagen besichtigt und der Notartermin gemacht waren, wären die anderthalb Wochen längst vorüber. Er müsste also nicht nur acht Käufer finden. Er müsste auch noch mit jedem einzelnen aushandeln, dass dieser das Geld überwiese, bevor der Vertrag unterschrieben und beglaubigt wäre.

Außerdem: Sobald die Garagen verkauft waren, hieß das, dass er keinerlei regelmäßiges Einkommen mehr hätte. Wenn er dazu noch die zwölftausend Euro an Reserve einsetzte, wäre er ab sofort mittellos. Kein Einkommen, keine Rücklagen. Für einige Tage, womöglich auch für einige Wochen konnte er sich noch von den Vorräten im Keller ernähren. Von den Pflanzen im Garten, die zusehends von Schädlingen zerfressen wurden. Es gab keine Ohrenkneifer, die dagegenhielten. Als er die Tongefäße umgedreht hatte, um nach seinen Verbündeten zu sehen, war er nur auf faulende Holzwolle gestoßen, deren Enden in den feuchten Nächten begonnen hatten, in pelzigem Hellrot zu schimmeln. Dass die Ohrenkneifer ein solches Tongefäß nicht zu ihrer Heimat machten, konnte er ihnen nicht verdenken.

Immerhin waren für Memory noch einige Dosen Katzenfutter da. Aber danach?

Danach ginge es ums physische Überleben. Er müsste zum Amt gehen und Hartz IV beantragen. Und das würde sich weigern, zu zahlen, solange er noch das Haus besaß. Also wäre er wieder gezwungen, alles zu tun, um den Verkauf des Hauses zu verhindern. Dann ginge alles von vorn los. Zudem hätte er noch Schulden, da er irgendwo einen Kredit über die fehlenden zweiunddreißigtausendachthundert Euro auftreiben müsste, wenn die Verkäufe überhaupt einen Sinn haben sollten.

Wie eine Schildkröte auf dem Rücken. Wie er auch strampelte. Er kam nicht auf die Beine. Die Schildkröte hatte es trotzdem besser als er – sie behielt ihr Haus, solange sie ihr Leben behielt. Weil das Ende ihres Hauses auch das Ende ihres Lebens bedeutete, musste sie nie ohne es auskommen.

Er rieb sich die Augen. Dieses Gefühl der Mutlosigkeit. Das kannte er aus Berlin. Aber jetzt war es noch stärker. Vernichtend. Und doch hatte ihn seit Adanas gestrigem Besuch etwas erleichtert, von dem er nicht wusste, was es war.

Es klingelte. Reflexartig griff Hagen nach dem Laptop, als müsse er ihn zuklappen. Dann ließ er ihn aber offen auf dem Wohnzimmertisch.

Vor der Tür stand der dicke Bauunternehmer.

»Hab i mir's doch dacht«, sagte er.

Hagen kratzte sich am Kopf: »Was denn?«

»Dass das das Haus vom Klemens Hartmann ist.«

»Ja«, sagte Hagen gedehnt.

»Du warst doch auf der Gemeinderatssitzung, gell?«

»Ja«, wiederholte Hagen und kam sich längst vor wie ein kleines Kind.

»Und im Sportheim beim Miro und seine Kunststückle.«

»Genau.«

»Ich war mit deinem Vater ja so.« Der dicke Bauunternehmer zeigte zwei Finger, die über Kreuz lagen. »Beim Klemens hat immer alles schnell-schnell-schnell sein müssen.«

Hagen wusste nicht mehr, was er sagen sollte. Er kaute an der Unterlippe.

»Und du hast in Berlin studiert?«

Hagen nickte.

»Aber nichts Rechtes?«

Hagen musste schmunzeln. »Eher nicht.«

»Und jetzt brauchst du Geld, gell? Der Miro hat mir's gesagt. Und es muss schon wieder schnell-schnell-schnell sein. Wie bei deinem Vater.«

Hagen zuckte die Achseln.

»Erst hab ich ja gedacht, ha, nee, da geht's um das Haus vom Klemens Hartmann. Da halt ich mich raus. Aber der Miro hat so von dir geschwärmt. Und die Adana auch. Da hab ich gedacht, jetzt komm ich mal rum und schwätz mal mit dir, wie du das alles siehst.«

»Wollen Sie reinkommen?«

»Du, das Sie lassen wir gleich mal bleiben. Ich bin der Eberhard.« Er streckte ihm seine fleischige Pranke entgegen. Hagen fühlte seine Hand darin versinken.

»Hagen«, sagte er.

»Das weiß ich doch.« Eberhard machte keinerlei Anstalten, einzutreten, und zwang Hagen so, sich ihm wieder vollständig zuzuwenden.

»Jetzt pass auf, ich hab mir Folgendes überlegt. Du brauchst ja dringend Geld. Ich tät dir das geben. Aber dann müssen wir gucken, dass ich das auch wieder zurückkrieg. Du schaffst ja nix, hab ich mir sagen lassen. Drum tät ich von dir Miete kassieren. Wie viele Zimmer hast du hier?«

Hagen zählte an den Fingern ab: »Sieben.«

»Siehsch, dann tät ich sagen, vier Leute können einziehen. Dann habt ihr noch einen Essraum und ein Wohnzimmer. Das braucht man auch, wenn man zu fünft ist.«

»Und wer soll einziehen?«

»Na, die aus dem Löwen. Dann spart sich die Gemeinde einen Container. Das ist dann auch egal, ob wir drüben Geld für einen Container ausgeben oder hier Geld für vier Zimmer in Klemens seinem Haus. Du kassierst dann die Miete und leitest sie an mich weiter. Sagen wir dreihundert sechzig Euro pro Mann. Macht eintausendvierhundertvierzig im Monat. Macht …« Seine Finger malten Zahlen in die Luft, die er mit zusammengekniffenen Augen addierte und multiplizierte.

»Macht siebzehntausendzweihundertachtzig im Jahr. Und hundertsechsundzwanzigtausend brauchst du, hab ich gehört. Wie lange brauchen wir dann? Sieben, acht, neun Jahre?«

»Und was ist mit den Zinsen?«

Eberhard winkte ab: »Zinsen brauch ich nicht. Auf der Bank tät ich auch keine kriegen. Obwohl man das beim Sohn vom Klemens schon überlegen könnte.« Er lachte und neigte sich etwas vor, um Hagen, der eine Treppenstufe über ihm stand, auf die Schulter zu klopfen.

»Bis wann muss ich es mir überlegen?«, fragte Hagen mit trockener Kehle.

»Überlegen? Was willst du da noch überlegen?« Der dicke Bauunternehmer klang fast beleidigt. »Das ist ein Experiment, des weisch. Ich vertrau meine Leute nicht gern jemand an, der mit dem Klemens Hartmann verwandt ist. Da darf nicht alles schnell-schnell-schnell gehen. Die sind empfindlich. Wenn Klagen kommen, brechen wir ab. Geld zurück. Kein Geld mehr da, dann fällt das Haus an mich. Dann stellt der Bürgermeister einen Container auf. Experimente machen wir keine. Dafür hat man den Leuten schon zu viel am Kittel geflickt.«

Hagens Kiefer rotierte, ohne dass er ihn kontrollieren konnte. Wahrscheinlich starrte er den Bauunternehmer an. Verschämt wandte er den Blick ab.

»Also, pass auf, ich lass dir jetzt mal meine Nummer da. Dann sagsch Bescheid.« Schnaufend zog der dicke Bauunternehmer einen kleinen Block und einen Kugelschreiber aus der Hemdtasche und dachte angestrengt nach. Schließlich holte er ein klobiges altes Handy mit kleiner Antenne hervor. Er wirkte wie ein überforderter Schauspieler aus einem Science-Fiction-Film der Siebzigerjahre.

»Wenn man seine eigene Nummer nicht weiß …«, brummte er und drückte umständlich auf der Tastatur herum. Diese gab Töne von sich, die Hagen seit Jahren nicht mehr gehört hatte. Endlich krakelte Eberhard einige Ziffern auf den Block, riss das Blatt ab und reichte es Hagen hin. »Meldsch dich halt«, sagte er.

Vier Fremde in seinem Haus! Die schlagen ihm alles kurz und klein! Wenn er dem Ersten das Bild aus der Hand gerissen hat, das Hagen und die Mutter zeigt, poltert es oben schon wieder. Er rast die Treppe hoch und findet den

Nächsten in den Scherben von Mutters Spiegel. Sie schmeißen ihre Kippen in den Garten. Grillen im Kräuterbeet. Zertrampeln den Borretsch. Dann ist sein Rezeptbuch weg. Keiner hat es gesehen. Sie verstehen kein Deutsch. Unterhalten sich auf Arabisch. Lachen ihn aus. Dass er sein Haus verloren hat. Dass es jetzt ihr Haus ist. Dass sie vier sind und er nur einer. Und dann auch noch so einer. Womöglich zieht der Schwarze mit ein. Und stapelt überall sein Rauschgift. Und bestellt die Dorfjugend hierher. Und dann zeigen alle mit dem Finger auf Hagen. Der hat meinem Sohn Drogen verkauft. Die stecken unter einer Decke. Der hat ein Labor im Keller. Da mischen sie Crystal Meth und MDMA.

Schweiß brach ihm aus. Er musste dem dicken Bauunternehmer absagen. Musste eine andere Lösung finden. Er könnte für ihn arbeiten. Genau: Eberhard leiht ihm das Geld, und er arbeitet es ab. Vielleicht blieb sogar noch etwas übrig.

Schon hatte er das Handy entriegelt. Aber etwas hielt ihn zurück. Innerlich sah er den dicken Bauunternehmer vor sich, wie er die unbekannte Nummer auf seinem Display entdeckte. Das Gespräch annahm. Kurz zuhörte. Und dann zu lachen anfing.

Statt Eberhard anzurufen, schrieb er Adana. Ob sie Zeit habe. Was sie mache.

»Komm vorbei«, schrieb Adana sofort zurück.

Hagen war überrascht. So einfach war das? Sie nannte ihre Adresse, und Hagen steckte das Handy ein. Als er schon an der Tür war, kehrte er noch einmal um. Erst jetzt, beim Versuch, sich mit Adanas Augen zu betrachten, bemerkte er, wie lange er nicht beim Frisör gewesen war. Noch kein einziges Mal seit seiner Rückkehr aus Berlin. Das Haar wuchs ihm schon über die Ohren. Mit der Zunge fuhr er seine Zahnreihen ab. Vorsichtshalber nahm er ein Pfefferminzbonbon aus der Packung beim Schlüsselkasten. Immerhin hatte er heute schon die Zähne geputzt. Aber noch nicht geduscht.

Nachdem er aus der Dusche gekommen war – Wassertropfen hafteten noch an seinem Rücken –, fiel ihm das Hemd in die Hände, das Adana für ihn gewaschen hatte, das aber noch immer, oder schon wieder, nach Schweiß roch. Er warf es in Richtung des Wäschekorbs. Das T-Shirt mit der Aufschrift »I'm unique«, das Adana ihm bei ihrer ersten Begegnung aus dem Waschkeller geholt und ausgeliehen hatte, legte er bereit, um es ihr zurückzugeben, warf es dann aber doch dem ersten Hemd hinterher. Was er Adana gab, sollte nach Optimismus riechen und nicht nach dem Angstschweiß seiner schwärzesten Nacht. Kurz hielt er das Hemd vom Tag seiner Anreise in der Hand und fuhr mit dem Daumen über den Milchfleck, den er noch immer nicht entfernt hatte. Schließlich zog er ein weißes T-Shirt an, das tatsächlich makellos war. Auf dem Weg aus dem Schlafzimmer warf er, was sich auf dem Boden an schmutziger Kleidung angesammelt hatte, in den Wäschekorb. Mit einem letzten Blick in den Dielenspiegel vergewisserte er sich, dass er heute zum ersten Mal ein anderes Oberteil tragen würde, wenn er Adana gegenübertrat. Dann ging er los.

Erst als er vor ihr stand, wurde ihm bewusst, dass er Frau Gutgesell kannte. Hagen hatte nie genau gewusst, welches Haus Adana meinte, wenn sie sagte, sie wohne bei einer alten Dame gegenüber vom Löwen. Jetzt begriff er, wer Frau Gutgesell war. Wenn der Unterricht früher zu Ende gewesen war und der Bus weniger Fahrgäste hatte, hielt er nur in der Ortsmitte von Löwenau und fuhr danach direkt weiter ins Nachbardorf. Hagen musste dann den Weg von der Ortsmitte zu Fuß gehen. Vor diesem Haus werkelte immer eine ältere Frau mit einem mädchenhaften Zopf im Garten, die so herzlich grüßte, dass er, schon bevor er sie erreichte, ein schlechtes Gewissen bekam, weil er sie nicht genauso herzlich grüßen konnte wie sie ihn. Und nachdem er an ihrem Haus vorbei war, fühlte er sich schlecht, weil er nicht herzlich genug gegrüßt hatte. Er hatte versucht, einen Mittelweg zu finden. Nicht zu herzlich, damit sein Gruß nicht wirkte, als würde er ihren Gruß parodieren. Aber auch nicht zu nüchtern, denn schließlich wollte er ihr zeigen, wie sehr er ihre Herzlichkeit schätzte.

Aus dieser älteren Frau war nun eine alte Dame geworden, die das Haar noch immer zu einem Zopf geflochten trug wie ein Schulmädchen. Der Zopf war aber nicht das Einzige, das jung an ihr wirkte. Sommersprossen verteilten sich über Nase und Stirn, und hinter ihrer großen Brille lächelte sie so verschmitzt, als gelte Hagens Besuch nicht Adana, sondern ihr.

»Ihre Ofenschlupfer waren hervorragend«, sagte Hagen.

»Das waren Adanas Ofenschlupfer.«

Es stellte sich heraus, dass Frau Gutgesell sich nicht an ihn erinnerte. Es half auch nicht, dass er ihr von seinen Erinnerungen an das Grüßen auf dem Heimweg vom Schulbus erzählte und sogar sein schlechtes Gewissen erwähnte.

»Also gut, ich lass euch mal«, sagte Frau Gutgesell schließlich und zog sich ins Haus zurück.

»Kannst du Fahrrad fahren?«, fragte Adana, als sie allein im Vorgarten standen.

Hagen nickte verwundert.

»Bringst du's mir bei?«

Als Hagen sah, dass Adana in der Garage ein Tandem gefunden hatte, wurde ihm flau im Magen. Gerade hatte er sich noch gefreut, dass es einmal etwas gab, das *er* beherrschte, bei dem *er* jemandem helfen konnte. Und jetzt schob Adana ihm ein Tandem vor die Nase, und er sah sich schon schwitzend auf dem Sattel sitzen beim Versuch, Adanas Schwanken mit dem eigenen Körpergewicht auszugleichen. Säße er vorn, würde er nicht sehen, was sie machte. Säße sie vorn, müsste sie lenken, und das konnte böse enden.

Verzweifelt spähte Hagen ins Innere der Garage. Nirgends war ein normales Fahrrad zu entdecken. Und jetzt? Sollte er Adana das Tandem aus der Hand nehmen, es in die Garage zurückschieben und sie zu sich führen, wo es einzelne Räder gab, Damen- und Herrenräder?

»Wir müssen es ohne Asphalt probieren«, schlug er vor. »Auf der Straße ist es zu gefährlich.« Direkt an Frau Gutgesells Haus schloss sich die Wiese an, die zur Grundschule am Rand des Nachbardorfs führte. Grashüpfer schnellten unter ihren Schritten davon, als sie das Rad auf die Wiese schoben. Eine Distel zerkratzte Hagens nackte Beine. Das Zirpen der Grillen ebbte ab und schwoll an, als würden die Tiere an einem Soundtrack arbeiten, der zu dem passte, was zwischen Hagen und Adana geschah. Adana bückte sich und pflückte eine Pusteblume, in die sie hineinblies, bis graue Schirmchen um ihre Nase schwebten.

»Das hat mir Frau Gutgesell gezeigt«, sagte sie.

»Mit einem normalen Fahrrad ist es einfacher«, sagte Hagen.

»Schwierig kann schön sein.«

»Apropos schwierig. Das ist wiederum der Nachteil der Wiese: Hier fallen wir um, weil alles so uneben ist. Der Nachteil der Straße: Wir werden überfahren.«

»Wovor hast du Angst?«

»Ich mache mir nur Sorgen um deine Knie.«

»Vielleicht ist heute der richtige Tag, um sich einmal keine Sorgen zu machen.«

Hagen gab nach. Aber er bestand darauf, hinten zu sitzen, damit er sehen konnte, welche Fehler Adana machte. Mühelos schwang er sein langes Bein über den Sattel. Adana hatte Schwierigkeiten mit ihrem steifen Filzrock. Sie musste ihn raffen. Dann ahmte sie Hagens Bewegung nach. Noch nie hatte Hagen so viel von Adanas Haut gesehen. Sie brach die Bewegung ab und fuhr sich verlegen durchs Haar. Dann versuchte sie es von der Seite, mit angewinkeltem Bein, blieb aber immer wieder an der Stange hängen.

»Wir müssen das Fahrrad kippen«, schlug Hagen vor.

Endlich gelang es Adana, aufzusteigen. Sie stand, die Stange zwischen den Schenkeln.

»Und jetzt?«, rief sie.

»Jetzt musst du auf den Sattel. Das ist wie Reiten. Ohne Sattel wirft das Fahrrad dich ab.«

Die Hände am Lenker, schob Adana sich langsam nach hinten. Das Fahrrad begann, bedenklich zu wackeln. Im Sitzen berührten Adanas Füße den Boden nicht mehr. Hagen hielt das Fahrrad allein in der Senkrechten.

»Und jetzt?«, rief sie.

»Jetzt fahren wir.«

»Und wie?«

»Füße auf die Pedale und treten.«

»Das sagst du so einfach.«

»Das *ist* so einfach.«

Die Grillen zirpten immer aufgeregter.

Hagen trat in die Pedale. Das Fahrrad rollte los, aber es rollte unkontrolliert zur Seite.

»Du musst lenken«, rief er.

»Tu ich doch«, rief Adana zurück, aber der Lenker drehte sich zwischen ihren Händen wie ein glitschiger Fisch.

»Fester treten«, rief Hagen.

»Ich trete doch«, antwortete Adana lachend.

Dann ging alles ganz schnell: Der Lenker verkantete, die Pedale stockten, er sah Adanas Körper kippen und verlor selbst das Gleichgewicht.

Lachend lagen sie im Gras.

»Ein Maulwurfshügel«, keuchte Adana, die sich aufgerichtet hatte. Der Vorderreifen war stecken geblieben.

»Jetzt haben wir sein Zuhause kaputtgemacht«, sagte Hagen.

Adana winkte ab. »Der gräbt sich ein neues.« Dann rollte sie den Ärmel ihrer Bluse nach oben und rieb sich den schmerzenden Ellbogen.

Ihr zweiter Versuch gelang besser, auch weil sie den Feldweg benutzten. Hagen stellte sich vor, wie sie beide auf dem Tandem aussehen mussten. Zwei Menschen auf einem Fahrrad, die genau dasselbe taten und suggerierten, dass es nur eine Richtung gebe, in die man fahren könne. So irritierend wie erwachsene Zwillinge. Sie verhöhnten den Betrachter in seinem Bedürfnis, die Menschheit für eine individuelle und selbstbestimmte Spezies zu halten.

Auch der Feldweg half ihnen nicht lange. Als Adana versuchte, einem großen Schotterstein auszuweichen, obwohl Hagen sie genau davor gewarnt hatte, kippten sie erneut.

Hagen stemmte sich mit seinem ganzen Gewicht gegen den Sturz und fing sie tatsächlich ab. Das Fahrrad hing in der Luft und Adana schwang sich herunter.

»Jetzt sitzt du mal vorn«, sagte sie. »Wenn ich vorn sitze, fühle ich mich immer so beobachtet.«

Als Hagen lenkte, ging es schon besser. In der ersten Kurve bemerkte er aber, dass er die Länge des Tandems unterschätzt hatte. Sie stürzten.

Adana rieb sich den blutenden Ellbogen: »Beim Teutates«, fluchte sie lachend.

Dann gaben sie vorerst auf und schoben das Fahrrad in den Schatten eines Apfelbaums. Sie setzten sich auf die Wiese und zeigten einander amüsiert die aufgeschürften Stellen an Armen und Beinen.

Hagen schnippte eine Ameise von der Wade. Eine Hummel taumelte brummend von Kleeblüte zu Kleeblüte.

»Kannst du eigentlich im Schatten eines Apfelbaums sitzen, ohne daran zu denken, wie du im Schatten der Granatapfelbäume im Sindschar-Gebirge gesessen bist?«, fragte er.

Adana blieb eine Weile still. »Ich kann nichts tun, ohne daran zu denken«, sagte sie dann.

»Gar nichts?«

Sie schüttelte den Kopf.

»Schlafen?«

»Manchmal wache ich auf und weiß nicht, wo ich bin. Dann taste ich nach meiner Schwester, aber sie ist nicht da. Und manchmal wache ich auf, weil ich geträumt habe. Ich träume von der jesidischen Frau, die sich an die Kufen des Hubschraubers gehängt hat, der uns Lebensmittel ins Gebirge bringt. Sie kann sich nicht mehr halten. Sie fällt und fällt, und ich renne zu ihr und strecke die Arme aus. Dann wache ich auf, weil ich mir die Hände am Bett gestoßen habe. Und weil ich wach bin, fällt mir ein, dass das kein Traum war, sondern dass es diese Frau wirklich gegeben hat und dass ihr Körper auf den Felsen zerplatzt ist wie eine Wassermelone. Oder ich träume, dass ich wie Lamia in Mossul bin. Hadschi Hamza kommt herein. Ich sehe sein Gesicht nicht, aber ich weiß, dass er es ist. *Warum bist du nicht geschminkt?*, brüllt er und schwingt eine Peitsche. Wenn ich wach bin, denke ich an all die, die für immer schlafen. Die von Menschen verscharrt und von Hunden ausgebuddelt wurden. An die Jesiden, die im Lager warten, dass ein Wunder geschieht. Dass sich die Containertür öffnet und ihre tote Mutter eintritt. Ihr erschossener Vater. Ihre zu Tode gequälte Schwester. Dann rieche ich den Schimmel, der in der Bettwäsche wuchert, und ich spüre das Kondenswasser, das von der Containerdecke in meinen Kragen tropft.«

Sie schwiegen.

Hagen zupfte einen Grashalm und lenkte damit die Schritte einer grünen Wanze, die sein Schienbein emporstakste.

»Wie schaffst du das?«, fragte er schließlich. Ihm fehlte die Kraft, zu erklären, was genau er meinte.

»Ich weiß, was ich will. Also stehe ich auf. Um es zu tun.«

»Und was willst du?«

»Ich will helfen. Ich will, dass es weitergeht. Ich will, dass auch die anderen einen Grund haben, aufzustehen. Morgens denke ich oft an Nadia. Sie ist ein Mädchen aus meinem Dorf. Sie wurde verschleppt wie Lamia. Sie war eine Sabiya.

Sie konnte entkommen. Sie war mit mir im Lager. Und auch sie ist nach Baden-Württemberg ausgereist. Ich weiß, dass sie einen Grund hat, morgens aufzustehen. Sie engagiert sich bei Yazda, einer NGO, die sich für Jesiden einsetzt. Sie dokumentieren den Genozid und kämpfen dafür, dass er aufgearbeitet wird. Und juristisch verfolgt. Ich will als Psychologin meinen Beitrag leisten. Dafür muss ich das Studienkolleg bestehen. Und danach mein Studium schaffen. Ich engagiere mich bei Leborini, einem Onlineforum für traumatisierte Jesidinnen. Leborini bedeutet in unserer Sprache Vergebung. Jeden Tag lese ich Beiträge in den Threads und beantworte Nachrichten, die mich persönlich erreichen. Ich lese Geschichten, die wie meine eigene klingen. Ich lese Geschichten, die wie Lamias Schicksal klingen oder wie das meiner Cousine im Lager. Ich versuche, mit dem Wissen zu helfen, das ich jetzt schon habe.«

»Du bist so stark«, sagte Hagen.

»Und so schwach«, antwortete sie. »Wir alle können stark und schwach sein. Es ist unsere Entscheidung. Ich könnte jeden Morgen liegen bleiben. Aber ich will Frau Gutgesell nicht enttäuschen, die so viel für mich getan hat.«

Hagen sah stumm auf Adanas Hand.

»Und ich will meine Mutter nicht enttäuschen. Bestimmt sieht sie mir von irgendwo zu, und sie wäre enttäuscht, wenn ich liegen bleibe, obwohl es so viele traumatisierte jesidische Mädchen gibt, denen ich helfen könnte. Und ich will dich nicht enttäuschen.«

»Mich?«

»Du hast mir mit den Aufgaben geholfen. Also bin ich heute ins Studienkolleg gegangen und habe dem Lehrer unsere Ergebnisse gezeigt.«

»Was hat er gesagt?«

»Er hat gesagt, er ist stolz auf mich. Ich habe ihm erzählt, dass du mir geholfen hast. Und da hat er gesagt, das ist das Beste, was mir passieren konnte, und dass ich gut für die Abschlussprüfung vorbereitet bin.«

Ein warmes Gefühl stieg in Hagen auf. Er versuchte, das sich ankündigende Lächeln zu unterdrücken, aber es gelang ihm nicht.

»Warum lachst du?«, fragte Adana neckend und richtete sich auf, und für einen Augenblick sah es so aus, als würde sie sich auf ihn stürzen, und sie würden sich balgen wie Geschwister. Aber dann blieb sie doch ruhig auf ihrem Platz sitzen.

Hagen erzählte von Eberhard, dem dicken Bauunternehmer, der einfach vor seiner Tür gestanden war und ihm ein Angebot gemacht hatte.

»Du erzählst das so, als ob du damit gar nicht glücklich bist«, sagte Adana.

Hagen zögerte. Aber dann beschrieb er doch, wie er sich sein Elternhaus in den Händen von vier Fremden ausmalte: die Beete zertreten, das Geschirr zerschlagen, die vier Fremden, wie sie lachend über den Fotoalben seiner Eltern sitzen.

»Man merkt, dass du lange allein gelebt hast«, sagte Adana schmunzelnd. Überhaupt verstehe sie nicht so recht, warum die Deutschen so viel allein seien. In Kocho sei sie nie allein gewesen. Am Morgen mit der Mutter auf dem Hof, danach mit den anderen im Bus, mit den Kameraden in der Schule, mit den Geschwistern auf dem Feld, mit allen beim Essen und in Sommernächten gemeinsam auf den Matratzen auf dem Dach. In Kocho habe sie das Duschen gehasst, weil es sie zwang, für ein paar Minuten allein zu sein. »Und dann bin ich bei Frau Gutgesell eingezogen und hatte ein schlechtes Gewissen, weil ich dachte, sie will immer allein sein und ist es jetzt nicht mehr. Aber Frau Gutgesell sagt mir jeden Tag, wie froh sie ist, mich zu haben, und dass sie erst durch mich gemerkt hat, wie ruhig es davor im Haus war, still wie unter der Erde.«

»Es ist vielleicht ein Unterschied, ob man eine Adana hat oder vier fremde Männer.«

»Heute Abend kommst du in den Löwen. Und ich komme auch. Wir kochen für dich. Und dann lernst du alle kennen. Man hat nur vor den Dingen Angst, die man nicht kennt.«

Auf dem Rückweg schoben sie das Tandem, und als es nur noch wenige Meter bis zu Frau Gutgesells Haus waren, bestand Adana darauf, diese Strecke allein zu fahren. Die Gelenkigkeit, mit der sie sich jetzt in den Sattel schwang, hatte Hagen nicht erwartet. Und plötzlich fuhr sie so sicher, als sei das einzige Problem vorhin gewesen, dass sie das Tandem zu zweit benutzt hatten.

# XVIII

Am herzlichsten begrüßte ihn der Schwarze. Die Reihenfolge, in der er Hagen erst die flache Hand, dann die Faust und dann beide Handflächen hinhielt, wirkte wie ein Ritual unter Freunden. Bakary kam aus Gambia und lebte seit drei Jahren in Deutschland. Erst zwei Jahre in Kaiserslautern, dort hatte man ihn aber abschieben wollen, und nachdem er schon unter Hausarrest gestanden und für einen Flug nach Gambia vorgesehen gewesen war, hatte er letztlich doch in Deutschland bleiben dürfen und war in Löwenau gelandet.

Das alles erzählte er Hagen unaufgefordert und mit einer Fröhlichkeit, die ansteckend wirkte. Obwohl sich längst andere Bewohner auf dem Gang zeigten, um nach Hagen zu sehen, trug Bakary in aller Ruhe seine Geschichte vor. Er war gekleidet wie ein Markenbotschafter. Puma-Sportjacke. Puma-Turnhose. Dazu Puma-Socken und Puma-Badelatschen. Nach einzelnen Sätzen lachte er immer wieder keckernd. Es fiel Hagen schwer, Bakary zuzuhören, weil immer mehr Bewohner auf den Gang drängten und er sich zunehmend unter Beobachtung fühlte wie eine besondere Spezies im Zoo.

Insgesamt waren es dreizehn Bewohner, die am Abendessen teilnehmen würden, dazu Hagen und Adana. Um sich seine Verlegenheit nicht anmerken zu lassen, sagte Hagen bei der Begrüßung jedem Einzelnen seine persönliche

Nummerierung ins Gesicht: »Du bist der Fünfte.« »Du bist der Sechste.« »Du bist der Siebte.« Und so weiter.

»Ich bin der Siebte«, wiederholte ein kleiner Inder, der Faisal hieß. Zur Begrüßung war er von einer Treppenstufe aufgesprungen. »Ich zeige Ihnen die anderen sechs in der Küche«, rief er mit einem Akzent, der wie die Melodie eines lebhaften Sommervogels klang, und ließ Hagen keine andere Wahl, als ihm zu folgen. Faisal war vielleicht der kleinste Mann, den Hagen jemals gesehen hatte. Körpergrößen, die um seine eigene von einem Meter neunundachtzig angesiedelt waren, schätzte er mit Leichtigkeit und erriet sie sogar oft zentimetergenau. Bei Faisal aber war er sich nicht einmal sicher, ob er die Zahl hinter dem Komma mit einer Vier oder einer Fünf beginnen lassen sollte.

»Kommen Sie, kommen Sie«, drängte Faisal und hielt Hagen die Tür zur Küche auf.

»Du brauchst mich nicht zu siezen«, sagte Hagen und erschrak. Woher nahm er eigentlich das Recht, den Inder zu duzen und ihm zu erklären, wie er ihn anzusprechen habe? Gut möglich, dass Faisal sogar der Ältere war.

In der Küche erkannte er sofort Adana, Miro und Bakary, die allesamt am Herd standen.

Als Hagen die erste Hand in der Küche schüttelte, setzte er seine Zählung fort: »Du bist der Achte.«

Der Neunte war Miro. Hagen unterbrach sich rechtzeitig. Miro legte ihm stumm die Hand auf die Schulter, und sie sahen einander kurz in die Augen.

Der Zehnte war Yusef aus dem Irak. Als Hagen Yusef die Hand geben wollte, merkte er, dass dort nichts war, das der andere ihm hätte geben können. Er erstarrte und meinte sämtliche Blicke im Raum auf sich zu spüren. Ein

Augenblick der Ratlosigkeit dehnte sich wie in Zeitlupe. Dann reichte er dem Iraker die linke Hand. Alle im Raum lachten. Yusef verzog das Gesicht und wandte sich ab.

»Die linke Hand ist bei uns unrein«, mischte Faisal sich ein. »Wir nehmen sie ...« – mit einer Geste deutete er an, wofür man seiner Meinung nach die linke Hand benutzte. »Verstehen Sie?« Wieder lachten alle.

Hagen hatte verstanden. Mit rotem Kopf versuchte er, Yusefs Schulter zu tätscheln, aber der tat, als spüre er überhaupt keine Berührung.

Das Kommando am Herd hatte eindeutig Bakary. Sein Ausflug zur Tür, wo er Hagen begrüßt hatte, war anscheinend nur eine Unterbrechung gewesen. Jetzt hatte er die Puma-Sportjacke ausgezogen und würzte mit selbstbewussten Bewegungen einen Sud, der blubbernd köchelte.

Aus den Töpfen dampfte es, und ein Geruch von Curry, Ingwer und unbekannten Gewürzen hing in der Luft.

Hagen wusste nicht, wie er Adana begrüßen sollte, die neben Bakary am Herd hantierte. Also begrüßte er die Übrigen und kehrte zu seinem Behelfssatz zurück: »Du bist der Elfte. Du bist der Zwölfte. Du bist der Dreizehnte.«

»Oh, ich bringe Unglück«, sagte der Dreizehnte, und einige lachten.

Jetzt drehte sich auch Adana zu Hagen um. Kurz lächelte sie ihn an und wandte sich dann so schnell wieder den Töpfen zu, dass Hagen es gar nicht schaffte, ihr Lächeln zu beantworten.

»Kommen Sie, wir setzen uns«, sagte Faisal, der kleine Inder, und führte Hagen wie einen Geschäftspartner aus der Küche hinaus und zu seinem Platz. Ohne zu fragen, schenkte er dem Gast aus einer Karaffe ein. Hagen trank zögerlich. Wasser. Vermutlich mit Zitronensaft aromatisiert.

»Ich bin ein indischer Journalist«, begann Faisal anschließend, ohne dass Hagen ihn danach gefragt hätte.

»Ich komme aus Moradabad. Kennen Sie Moradabad? Moradabad ist die neuntgrößte Stadt in Uttar Pradesh. Kennen Sie Uttar Pradesh? Uttar Pradesh ist der größte Bundesstaat Indiens. Ich habe für eine muslimische Tageszeitung gearbeitet. In Indien haben wir viele Probleme wegen der Religion. Früher war es liberaler. Aber jetzt ist eine faschistische Regierung an der Macht. Haben Sie von der Regierung gehört?« Auf seiner Stirn war eine Ader angeschwollen, und seine Augen hatten sich verengt, als beobachte er die Bewegungen eines Feindes.

»Die Regierung ist ein Problem. Sie sind nationalistisch. Sie sind Hindus. Kennen Sie Hindus? Sie unterdrücken die anderen Gruppen. Sie unterdrücken die Muslime. In meiner Zeitung habe ich einen Artikel geschrieben. Ich habe geschrieben über den Skandal. Der Skandal ist die Regierung meiner Region. Die Regierung ist korrupt. Sie gibt alle Posten ihren eigenen Leuten. Alle Posten sind von Hindus besetzt. Und sie geben alle Aufträge den Hindus. Alle Straßen werden von den Hindus gebaut. Alle Lampen werden von den Hindus aufgestellt. Das ist ein Skandal. Ich habe über den Skandal geschrieben. Danach haben sie mich verfolgt. Ich habe eine lange Reise gemacht. Ich war in Pakistan. Und im Iran. Ich habe auf Müllhalden übernachtet. Jetzt habe ich Läuse. Sehen Sie?«

Er hielt Hagen seinen Arm hin, der übersät war von wunden Stellen, als hätte ein Neurodermitis-Kranker wochenlang verheilende Narben wieder aufgekratzt.

»Sehen Sie?«, wiederholte Faisal. »Läuse beißen mich. Ich habe Läuse. Du hast keine Läuse, sagen die anderen. Es gibt keine Läuse bei Faisal. Wenn Faisal Läuse hat, haben wir alle Läuse. Aber das stimmt nicht. Ich habe Läuse. Sie beißen mich die ganze Zeit. Ich muss immer kratzen. Ich war auch bei einem Arzt. Er sagt, ich habe keine Läuse. Aber das stimmt nicht. Ich spüre die Läuse. Sie sind überall.«

Plötzlich standen die anderen hinter ihnen.

»Essen«, riefen sie.

In seinem Nacken spürte Hagen die verdampfende Wärme der Töpfe.

Jemand legte Faisal eine Hand auf die Schulter. »Jetzt lass unseren Gast mal in Ruhe ankommen«, sagte der Mund, der zu der Hand gehörte, und als Hagen sich umdrehte, meinte er, dass es Miros Mund und Miros Hand gewesen sein müssten.

»Nimm dir als Erstes«, riefen die anderen, als alle Töpfe und Pfannen in der Mitte des großen Tischs standen.

»Nehmen Sie sich als Erstes«, wiederholte Faisal an Hagens Seite.

Man schob ihm alles zu, und Hagen schöpfte sich reichlich dampfenden Reis auf den Teller. Zwischen den Körnern erkannte er Gewürze.

»Nimm von dem Rindfleisch«, rief man ihm zu und schob eine der Pfannen so schwungvoll herüber, dass sie klackernd gegen seinen Teller stieß. Fleisch konnte Hagen keines entdecken, als er sich bediente, stattdessen aber Mungobohnen und Karotten und große Stücke einer fleischigen Frucht, die er nicht kannte, dann Aubergine und Zucchini und Korianderblätter.

Als schließlich jeder sich mit Essen versorgt hatte, sahen ihn alle erwartungsvoll an.

Hagen räusperte sich und blickte etwas ratlos zwischen Miro und Adana hin und her, die ihm schräg gegenübersaßen. Beide lächelten ihm zu.

»Vielen Dank«, sagte er, und weil er ahnte, dass das nicht genug war, starrte er kurz auf seinen Teller und fuhr dann fort: »Vielen Dank für die Einladung. Ihr wisst ja alle, warum ich da bin. Ich bin da, weil Eberhard mich … weil Eberhard es will. Weil ich Mitbewohner brauche, um Eberhard zu bezahlen.«

Yusef, der einarmige Iraker, sah ihn finster an.

Hagen unterbrach sich. Hatte er zu viel gesagt? Wusste wirklich jeder, warum er hier war? Und wenn nein: Sollten es dann alle wissen?

Er blickte zwischen den dunklen Gesichtern hin und her.

»Hagen wünscht sich, dass vier von uns bei ihm einziehen«, kam ihm jetzt Miro zu Hilfe. »Aber das wisst ihr ja schon.«

Alle nickten.

Miro grinste in die Runde. Und an Hagen gewandt, fügte er hinzu: »Mach dir keine Sorgen. Ich habe in den Vorgesprächen schon genügend Interessenten entdeckt.«

Jemand rief: »Kinder, jetzt müsst ihr aber essen. In Afrika wären sie froh, wenn sie was zu essen hätten.« Einige sahen feixend zu Bakary hin, der offensichtlich nichts verstanden hatte. Ein Mitbewohner klopfte ihm tröstend auf die Schulter.

Hagen, der gerade die erste Gabel mit Reis und etwas Aubergine zum Mund führen wollte, hielt inne und sah sich um. Adana blickte stur auf ihren Teller. Und Yusef rührte mit seiner einzigen Hand im Reis, als müsse er ihn auf Gift untersuchen.

Hagen war überrascht, wie frisch alles schmeckte. Bakary hatte so gewürzt, dass man meinen konnte, all die Zutaten seien nicht vor Wochen auf einem anderen Kontinent, sondern am Vormittag in einem Löwenauer Garten geerntet worden. Gegen Ende des Essens lobte er die Köche. Und natürlich die Köchin, ergänzte er hastig.

»Bedanke dich bei Bakary«, riefen die anderen dazwischen. »Bakary ist an allem schuld.«

Der Gambier setzte einen finsteren Blick auf. »Ich mache Fufu. Und du kommst in Topf.« Dann brach er in sein fröhliches Lachen aus.

Nach dem Essen wollte Hagen beim Abräumen helfen, aber die anderen hielten ihn mit Gesten zurück.

»Sie sind unser Gast«, sagte Faisal, der kleine Inder. »Wollen Sie noch etwas trinken?« Ohne eine Antwort abzuwarten, füllte er Hagens Glas von Neuem.

Als alle wieder saßen, schlug Adana vor, man solle doch gemeinsam etwas spielen.

»Ein Wissensspiel«, rief Faisal.

Die anderen protestierten: »Du willst nur gewinnen.«

Der kleine Inder lächelte geschmeichelt.

»Miro soll uns nachmachen, und wir müssen erraten, wer das ist«, schlug Bakary vor.

Ein zustimmendes Raunen ging durch die Runde.

Miro ließ sich nicht lange bitten. Er sprang auf und kletterte wie ein Kapuzineräffchen über die Lehnen der anderen Stühle, sodass niemand seinetwegen aufstehen musste.

Dann stellte er sich in die Mitte des Raums, klatschte in die Hände und schlenkerte die Arme.

»Ich muss mir noch jemanden aussuchen«, sagte er, ließ seinen Blick der Reihe nach einige Sekunden auf jedem verweilen und mimte mit den Fingern am Kinn eine Denkerpose.

Plötzlich fuhr Yusefs Stuhl zurück, und ohne ein Wort zu sagen oder sich mit irgendeiner Geste zu erklären, war der dürre einarmige Mann verschwunden.

Dann legte Miro los.

Ohne dass er sich ein Kissen unter das T-Shirt stopfen oder die Backen aufblähen musste, verstand man, dass aus dem drahtigen Kurden eine dicke Person geworden war. Was genau war es, das diesen Eindruck erzeugte? Die nicht überzeichnete, sondern nur graduelle Verlangsamung aller Bewegungen? Der leicht veränderte Winkel, in dem Miro plötzlich sein Gesicht hielt, als ruhte es auf einem Doppelkinn? Die Andeutung vorgewölbter Knie, die womöglich seit vielen Jahren eine große Last zu tragen hatten?

Einige Augenblicke ließ Miro den Anwesenden Zeit, um die neue Hülle zu erfassen, in die er geschlüpft war. Dann setzte er sich in Bewegung. Er schien an einer Tür zu klingeln. Dann zu warten. Dann mehreren Leuten, die offensichtlich in der nun geöffneten Tür erschienen waren, etwas zu erklären. Wie ein Feldherr überwachte er die Angesprochenen, die offensichtlich immer wieder an ihm vorüberhuschten. Die Hinweise, die er ihnen zuzurufen schien, bezogen sich offensichtlich darauf, dass sie etwas trugen und die feldherrlichen Anweisungen beachten sollten.

»Eberhard«, rief Adana und lachte.

»Eberhard«, riefen auch andere, und Bakary haute sich auf die Schenkel, zeigte seine riesigen weißen Zähne und ließ sein keckerndes Lachen hören.

Pantomimisch gratulierte Miro der Gruppe, als wollte er jedem Einzelnen eine Medaille verleihen, als müsste jeder vortreten, wie bei den Olympischen Spielen den Hals beugen und sich von ihm, dem Herrn über alles, beglückwünschen lassen.

Dann versank er wieder ins Nachdenken, massierte sein Kinn und ließ den Blick über die Gruppe gleiten.

Bei der zweiten Pantomime blieb Miro äußerlich unverändert. Die Person, die er spielte, war offensichtlich weder größer noch kleiner, weder dicker noch dünner als er.

Er reckte sich gähnend im Bett. Offensichtlich musste es an der Tür geklopft haben, denn er formte mit den Lippen ein stummes *Herein*. Es waren zwei, die dann eingetreten sein mussten, und Miro sah panisch zwischen ihnen hin und her. Dann wurde er aus dem Bett geschleift. Die zwei, die ihn zogen, ignorierten seinen Versuch, in Schuhe zu schlüpfen. Sie schleppten ihn Treppen hinab. Miros Beine plumpsten leblos über die Stufen. Draußen war es kalt. Miro fror. Sie stopften ihn in ein Auto. Seine Fragen schienen sie nicht zu beantworten. Sie kamen am Flughafen an. Miro verfolgte Start und Landung der Flieger. Die Herren bugsierten ihn unsanft zur Sicherheitsschleuse. Von dort zu einem Flugzeug. Erst als sie ihn festgeschnallt hatten, gingen sie von Bord. Miro grüßte schüchtern zum Abschied. Dann flog er davon.

»Miro«, riefen einige.

Miro lachte.

Fragend sah Hagen den kleinen Inder neben sich an.

»Miro wird wahrscheinlich abgeschoben«, flüsterte Faisal.

Hagen schauderte. Da begann die dritte Pantomime.

Miro war jetzt eine schlanke Person. Eine große Person. Hagen war sich nicht sicher, ob diese Person ein Mann oder eine Frau sein sollte. Das Hölzerne in der Körperhaltung, die eckigen Winkel, in denen Arme und Beine zum Rumpf standen, legten einerseits einen Mann nahe. Andererseits hatte Miro den unterwürfigen Blick eines übereifrigen Schulmädchens aufgesetzt.

Dann setzte er sich in Bewegung. Und traf sofort auf eine andere Person. Bei der Begrüßung wollte er nichts falsch machen, bot die eigene Hand, näherte sich, schüttelte kurz die des anderen, zog dann seine zurück. Wohin damit? In die Hüfte gestützt? Lieber um die Brust geschlungen. Und schnell wieder vom Körper gelöst. Daumen und Zeigefinger am Ohr. Die Hand unter dem Kinn. Dann eine entschuldigende Geste der Verabschiedung. Offensichtlich Passanten, denen ausgewichen werden musste. Die schlanke Person verschwand fast, um Platz zu machen. Dann die nächste Begegnung. Gereckte Finger, die dem Gegenüber eine Zahl andeuteten. Dann ein schüchterner Händedruck. Hagen sah zwischen allen am Tisch hin und her. Imitierte Miro einen der Anwesenden? Oder ahmte er trotz dessen Abwesenheit Yusef nach?

»Hagen«, rief Bakary und klatschte lachend in die Hände.

»Hagen«, riefen auch andere, und Hagen sah kurz zu Miro, der mit einer Verbeugung seine Hochachtung vor der Brillanz des Publikums bekundete. Dann blickte er zu Boden und kämpfte gegen den Kloß in seinem Hals, der sich einfach nicht hinunterschlucken ließ.

Hoffentlich hatte Adana nicht zugesehen.

# XIX

Hagens Hände zitterten, als er in seinem Handy auf die Nummer des dicken Bauunternehmers tippte.

»Weisch, was mir dich sympathisch macht?«, fragte Eberhard und antwortete direkt selbst: »Dass du nicht der Schnellste bist.«

Eine Kontonummer brauche er natürlich, sonst könne er nichts überweisen. »Das machen wir am besten heute noch. Nicht, dass da noch was schiefläuft.«

»Sollen wir nicht erst den Vertrag machen?«, fragte Hagen.

»Welchen Vertrag?«

»Ach so, ich dachte, Sie wollen vielleicht einen Vertrag, wenn Sie mir so viel Geld leihen.«

»Wir können auch einen Vertrag machen, wenn du das willst.«

»Wenn Sie das nicht wollen – ich brauche keinen.«

Gut. Dann solle Hagen ihm doch jetzt die Kontonummer diktieren. Und endlich aufhören, ihn zu siezen. Er werde seiner Sekretärin sagen, sie solle *Sofortüberweisung* anklicken.

Hagen dankte. Und wann denn die Löwen-Bewohner bei ihm einziehen würden?

»Das machen wir zeitnah. Dann fließt auch direkt Miete. Der Gemeinde kann das wurscht sein. Die zahlt so oder so. Ich rede mal mit dem Schultes.«

Als er auflegte, hatte Hagen das Gefühl, dass etwas zu Ende gegangen sei, auch wenn er nicht sagen konnte, was es war. Außerdem, fiel ihm jetzt ein, hatte er nicht gefragt, welche vier Personen bei ihm einziehen würden. Die Zukunft war ein Fluss, den er im Nebel durchqueren musste. Wo hatte er das gelesen? Ein Fluss, von dem er nicht wusste, ob es ein jenseitiges Ufer gab. Ein offenes Meer. Und als er jetzt zur Kellertreppe ging, da war ihm tatsächlich, als tappte er im Nebel durch Schlick und Morast.

Den Keller hatte er gemieden. Spätestens seit die Designermöbel aus Glas und Stahl dort standen, die er oben ersetzt und darum nach hier unten verbannt hatte.

Als er damals mit den Lieferanten die Möbel in den Keller getragen hatte, waren ihm große Kisten aufgefallen. Vermutlich hatte die Mutter darin die Bücher von oben entsorgt. Manchmal während seiner Berliner Jahre hatten er und sie telefoniert. Und da erzählte sie, dass sie die Wohnräume von all den Büchern befreit habe. »Wissen ist schwer«, sagte sie in einem Ton, der neu an ihr war und doch so authentisch klang, als habe sie ihn ein Leben lang nur unterdrückt und könne ihn jetzt endlich zulassen. »Wissen ist Geist. Geist zieht uns hinab. Wohnen muss man mit der Seele. Die Seele ist leicht. Leih ihr deine Flügel, Hagen. Wir haben uns freigemacht. Ich habe alle Bücher in den Keller gestellt. Bald werfe ich sie weg. Vielleicht solltest du das auch tun. Dich einmal freimachen. Vielleicht hast du dir zu viel Gewicht umgehängt. Studieren, das hat keine Seele. Das ist der reine Geist. Vielleicht musst du das Freie suchen. Auf Wanderschaft gehen.« Das hatte sie gesagt, nachdem er seinen zweiten Studiengang abgebrochen hatte. Volkswirtschaft. Nein, Verwaltungswissenschaft. Im Jahr 2008 oder 2009.

Er war nicht auf Wanderschaft gegangen. Hatte ihr stattdessen das nächste Studium vorgeschlagen. Neuere und Neueste Geschichte an der Freien Universität. Dazu Soziologie im Nebenfach. Die Mutter hatte versucht, ihre Enttäuschung zu verbergen, und ein Konto bei der Commerzbank eingerichtet, auf das sie heimlich Geld überwies. Tausend Euro im Monat. Das waren sogar zweihundert Euro mehr als das, was er bis zum Abbruch des Verwaltungsstudiums von seinem Vater erhalten hatte.

Manchmal beschwor sie ihn: »Sag nichts dem Klemens.«

Als ob er dem Vater etwas gesagt hätte. Vom Abbruch des zweiten Studiums bis zum Tod des Vaters hatte er nie wieder ein Wort mit ihm gesprochen.

»Wundert er sich nicht, dass immer Geld fehlt?«, hatte Hagen einmal gefragt.

Das Geld, das fehle, sei nicht das Geld des Vaters, sondern ihres, hatte die Mutter geantwortet. Und außerdem fehle es nicht, sondern diene dort, wo sie nicht anders helfen könne.

Hagen hatte nie gewusst, ob die Mutter mit der Feng-Shui-Beratung angefangen hatte, um ihm Geld überweisen zu können, oder ob sie die Beratung ohnehin ins Leben gerufen hätte und darin schließlich die Gelegenheit erkannte, Hagen zu unterstützen. Er hatte sich alle Mühe gegeben, der Mutter zu beweisen, dass sie nicht grundlos gegen die Anordnung des Vaters verstieß.

Die ersten Ergebnisse aus dem Studium der Neueren und Neuesten Geschichte fotografierte er der Mutter ab. Seine Hausarbeit im Proseminar »Das moderne Europa als Folge konfessioneller Fragmentarisierung in der Frühen Neuzeit« war mit eins Komma null bewertet worden.

Und in der Klausur zum Thema »Statistik und Methoden wissenschaftlichen Arbeitens« hatte es immerhin zu einer Zweikommanull gereicht.

Zu seiner Enttäuschung beantwortete die Mutter die Fotos nur mit einem emporgereckten Daumen. In Soziologie kam es zu keinen Ergebnissen, die er ihr hätte abfotografieren können. Soziologie lag ihm nicht. Nach einer Weile dachte er, dass ihm aber vielleicht auch Neuere und Neueste Geschichte nicht liege. Ein Semester lang horchte er in sich hinein und entschied dann, den Studiengang nicht zu Ende zu führen. Seine Mutter schickte ein seufzendes Emoticon.

Vielleicht hatte sie ja recht, überlegte er. Vielleicht sollte er wirklich auf Wanderschaft gehen. Reisen. Mit dem Rucksack durch Asien. Seine Bücher könnte er in den Umsonstladen bringen, der sie dann weiterverschenken würde. Ohne Bücher wäre er frei. Und seine Seele offen für den neuen Kontinent. Aber was käme nach Asien? Der Berliner Campus bildete in einer Welt, die ihm keine Heimat war, immerhin ein gebrechliches Gerüst. Und so blieb er immatrikuliert, allein schon, um in der Mensa essen und jederzeit mit der BVG fahren zu können.

Genauso wenig wie er hatte die Mutter ihre Bücher weggegeben. Kistenweise standen sie hier im Keller.

Hagen hatte die erste geöffnet und kniete davor.

Erst glaubte er, es werde genügen, alles kurz anzuheben, um zu sehen, ob etwas Brauchbares dabei wäre. Aber die Bücher waren willkürlich in die Kisten gestopft worden, die unteren kaum zu erreichen, und sobald man eine Handvoll betrachtet hatte, wusste man nicht mehr, wo man schon gewesen war.

Also bildete er zwei Stapel, einen mit brauchbaren und einen mit unbrauchbaren Büchern. Der Stapel der unbrauchbaren wuchs viel rascher.

Nachdem er die erste Kiste durchgesehen hatte, bestand der Stapel der brauchbaren Bücher aus lediglich zwei Titeln: Carl Amery, *Die Provinz. Kritik einer Lebensform*. Bertrand Russell, *Warum ich kein Christ bin*.

Hagen war nie ein besonders eifriger Leser gewesen. Die Frage der Brauchbarkeit entschied er auf dieselbe Weise, wie er das meiste in seinem Leben entschieden hatte, nämlich danach, was andere darüber sagten und wie oft er davon gehört hatte.

Die Bücher, die seine Dozenten und Professoren ihm aufnötigten, las er meist erst dann, wenn ihm Wikipedia schon verraten hatte, was daran er bedeutsam und was er bedenklich zu finden habe. Er betrachtete es als seine Hauptaufgabe, Zitate zu finden, die das belegten, was offensichtlich schon vor ihm erkannt worden war. So saß er nächtelang mit dem Stift vor diesen Schriften, weil er sich tagsüber nie zum Lesen überwinden konnte, und schrieb Zitate mit Seitenangaben heraus, die er später in seinen Hausarbeiten verwenden wollte.

Auf diese Weise hatte er von Carl Amery gehört und auch von Bertrand Russell. Sie bildeten den Sockel des Stapels der brauchbaren Bücher.

Nachdem er weitere Kisten durchgesehen hatte, war der Stapel um zwei Bände Kierkegaard gewachsen und um *Asterix bei den Helvetiern* und *Asterix auf Korsika*, zwei großformatige Hardcover, die er zunächst auf den Stapel der unbrauchbaren Bücher hatte legen wollen, dann aber doch Amery und Russell zuschlug.

Der Stapel erweiterte sich um Derrida und Foucault, dann um einen Märchenband, der besonders aufwendig in bestickte Seide gebunden war, und schließlich um eine Gesamtausgabe der Schriften Ernst Blochs.

Neugierig nahm er einen der sechzehn Bände in die Hand. Zu seiner Überraschung entdeckte er seinen eigenen Namen, in seiner Handschrift, auf der Innenseite des Buchdeckels. Es musste einmal ein Ernst-Bloch-Seminar gegeben haben, und offensichtlich hatte Hagen sich in einer Mischung aus Übereifer und schlechtem Gewissen eine in die Jahre gekommene Gesamtausgabe angeschafft. Ihm war, als steige die Erinnerung an ein Antiquariat in seinem Innern auf, verschwommen wie der Schauplatz eines sich verabschiedenden Traums. Nach Abbruch seines Philosophiestudiums ganz am Anfang seiner Berliner Jahre, als er die Eltern noch hatte besuchen dürfen, musste Hagen die Gesamtausgabe nach Löwenau gebracht haben als eine Art Beweis, dass er sich redlich bemühte. Er blätterte weiter in dem Band mit dem Titel *Erbschaft dieser Zeit*, suchte schließlich den Beginn eines neuen Abschnitts, setzte sich auf die kalten Fliesen und las.

*Nicht alle sind im selben Jetzt da. Sie sind es nur äußerlich, dadurch, dass sie heute zu sehen sind. Damit aber leben sie noch nicht mit den anderen zugleich. Sie tragen vielmehr Früheres mit, das mischt sich ein. Je nachdem, wo einer leiblich, vor allem klassenhaft steht, hat er seine Zeiten. Ältere Zeiten als die heutigen wirken in älteren Schichten nach; leicht geht oder träumt es sich hier in ältere zurück. Gewiss, ein bloß ungelenker Mann, der ebendeshalb hinter den Ansprüchen seines Postens oder Pöstchens zurückbleibt, ist einfach als er selber zurückgeblieben. Doch wie, wenn er außerhalb, durch nachwirkende altbäuerliche Herkunft etwa, als Typ von früher, in einen sehr modernen Betrieb nicht passt? Verschiedene Jahre überhaupt schlagen in dem einen, das soeben gezählt wird und herrscht. Sie blühen auch nicht im Verborgenen wie bisher, sondern widersprechen dem Jetzt; sehr merkwürdig, schief, von rückwärts her. Die Kraft dieses unzeitigen Kurses hat sich gezeigt, sie versprach gerade, so sehr sie nur Altes aufholt, neues Leben. Auch die Massen strömten ihr zu, weil das unerträgliche Jetzt mit Hitler mindestens anders scheint, weil er für jeden gute alte Dinge malt. Weniges unerwarteter, nichts gefährlicher als diese Kraft, zugleich feurig und kümmerlich, widersprechend und ungleichzeitig zu sein.*

Nein, dieses Buch würde er Adana nicht zeigen. Im Gegenteil – vor ihr verbergen musste er es. Aber er, er würde es lesen.

Auch die Mutter mochte es gelesen haben, nachdem er es aus Berlin nach Löwenau gebracht und sie das Lesen noch als *das* Instrument abendländischer Bildung schlechthin verteidigt hatte. In ihren letzten Jahren aber hatte sie sich genauso vom Lesen entfernt, wie sie sich von ihm entfernt hatte. Oder von ihm entfernt worden war.

Hagen war zufrieden mit seinem Stapel. Abschließend ordnete er die Kisten, griff sich die Bücher, stieg die Treppe hinauf, versteckte den Bloch unter dem Ehebett, legte die anderen ins Wohnzimmer und schrieb Adana, ob sie nicht vorbeikommen wolle, er habe da etwas vorbereitet.

»Ich bin noch im Studienkolleg«, antwortete Adana nach einer Weile. »Aber später komme ich. Ich bin gespannt. 😳 👻«

Den Nachmittag verbrachte Hagen damit, vorzubereiten, was er mit Adana vorhatte.

Zwischendurch fiel ihm ein, dass er nach dem Geld sehen könnte. Tatsächlich war die Überweisung des dicken Bauunternehmers schon eingegangen. Hundertsechsundzwanzigtausend Euro. Einfach so. Als Betreff hatte Eberhard lediglich *Bekannt* hinzugefügt. Es nötigte Hagen Bewunderung ab, dass Eberhard nicht etwas schrieb wie: *Zinsloses Darlehen zur Glattstellung eines Marginkredits, das durch Mieteinnahmen rückzuerstatten sein wird.* So etwas hätte sein Vater geschrieben. Und er, Hagen, wahrscheinlich auch. Ganz abgesehen davon, dass sein Vater auch einen Vertrag aufgesetzt hätte. Mit Anwalt und Notar. Und er, Hagen, wahrscheinlich auch.

Er überwies die gesamte Summe auf sein Marginkonto bei der amerikanischen Bank. Als er sich ausloggte, bemerkte er, wie wenig aufgeregt er war. Er hätte sich die Erleichterung viel größer vorgestellt. Feuchte Hände. Den Drang, nach draußen zu rennen und mit der Sonne um die Wette zu strahlen.

Es drängte ihn aber viel mehr, in dem Bloch-Buch weiterzulesen. Zuerst musste er allerdings die Aufgaben für Adana fertigstellen.

Je länger er in den Büchern von Amery, Russell, Kierkegaard, Foucault und Derrida blätterte, desto mehr überkam ihn das Gefühl, dass diese Texte weit weniger mit Psychologie zu tun hatten, weit weniger zu Adanas Bedürfnissen passten, als er angenommen oder eher gehofft hatte. Blieb noch das Märchenbuch. Märchen seien psychologische Texte, hieß es doch immer. Dornröschen, die sich mit der Spindel in den Finger stach, war nach dieser Lesart ein Mädchen, das traumatisch entjungfert wurde. Die Dornen um das Schloss versinnbildlichten den Kokon der Abgrenzung, in den sie sich nach diesem traumatischen Erlebnis einwob. Es bedurfte eines außergewöhnlichen Ritters, der nach einhundert Jahren den Kokon durchbrach und Dornröschen aus dem Schlaf erweckte. Dieses Eindringen stand symbolisch für die Überwindung des Traumas und die Wiedererweckung der Sexualität. So oder so ähnlich hatte Hagen das gehört.

Also vertiefte er sich in das Märchenbuch, bis er zufrieden war mit dem, was er gefunden hatte. Dann las er im Schlafzimmer mit klopfendem Herzen und wachsendem Erstaunen weiter in *Erbschaft dieser Zeit*. Ihm war, als habe Bloch sein, Hagens, Geheimnis gelüftet, ohne dass Hagen dieses Geheimnis überhaupt bewusst gewesen war. Bloch hatte ihn, den Gestrigen unter den Heutigen, unters Mikroskop gelegt. Da klingelte es.

»Also, was machen wir?«, fragte Adana fröhlich und reichte ihm einen Nusszopf.

»Von dir?«, fragte er.

»Von Frau Gutgesell.«

Er führte Adana ins Haus, schnitt den Nusszopf auf, schenkte beiden ein Glas laktosefreier Milch ein und schlug vor, sie könnten sich auf die Terrasse setzen.

Dann erst beantwortete er ihre Frage, was sie machen würden, indem er ihr das Märchenbuch reichte.

Dass man Märchen psychologisch deuten könne, hatte Adana noch nie gehört. Dennoch nickte sie gleich zustimmend. Das sei ganz logisch. Wahrscheinlich ließe sich jede Geschichte psychologisch deuten. Ja, sogar ganz bestimmt.

Nach dem Nusszopf bestand Adana darauf, sich die klebrigen Hände zu waschen. Erst dann begann sie, in dem Buch zu blättern.

»Ich habe alle Märchen überflogen«, sagte Hagen, »und ich schlage vor, dass wir mit *Rip Van Winkle* anfangen.«

Während Adana blätterte, betrachtete Hagen den Himmel über den Bäumen. Zum ersten Mal seit Tagen zogen Regenwolken auf. Adanas Räuspern lenkte seinen Blick zurück zu ihr. Dann begann sie vorzulesen.

Das Märchen handelte von einem niederländischen Siedler namens Rip Van Winkle. Er lebte zur Kolonialzeit in Neuengland und war im Dorf allseits beliebt. Allein sein zänkisches Weib, das seinen Hang zum Müßiggang nicht dulden mochte, beschwerte ihm das Gemüt. Immer öfter, je länger die Ehe fortdauerte, zog es ihn daher in die Wälder hinaus, wo er mit seinem Hund auf die Jagd ging oder stundenlang mit der Angel an Seen und Bächen saß. Eines Tages begegnete er im Wald einem Mann in niederländischer Tracht, der ein Schnapsfass auf der Schulter trug. Wortlos folgte er ihm hinunter in ein Tal, in dem eine lustige Gesellschaft kegelte und sich nach der Ankunft Rips und seines Begleiters reichlich aus dem Schnapsfass bediente. Nachdem auch Rip Van Winkle von dem Schnaps getrunken hatte, fiel er in einen tiefen Schlaf.

Als er erwachte, war zu seiner Verwunderung der Hund verschwunden, seine Büchse verrostet und ihm ein langer Bart gewachsen. Mit müden Knochen und reichlich verwirrt machte Rip Van Winkle sich auf den Heimweg. Wie aber hatte sich sein Dorf verändert in der kurzen Zeit, die er im Wald geschlafen hatte. Neue Häuser waren gebaut worden, sein eigenes verfallen, sein Weib war tot, und anstelle des englischen Königs hing ein amerikanischer General namens Washington, als Porträt gerahmt, an der Wand. Niemand erkannte Rip Van Winkle, selbst die Hunde beschnupperten und beargwöhnten ihn wie einen Fremden, und auch er erkannte niemanden mehr.

Erst als eine alte Frau entdeckte, dass es sich bei ihm um den zwanzig Jahre verschollen geglaubten Rip Van Winkle handelte, zeigte sich, wie lange er wirklich geschlafen hatte. Seine Tochter nahm ihn in ihre Familie auf, und dort lebte er bis zu seinem Ende als ein glücklicher Mann, der froh war, von seinem Weib verschont zu bleiben.

»Ist das ein Märchen?«, fragte Adana.

»Wünschst du dir, dass es wahr wäre?«

»Es ist kein Märchen, weil es keine Hexen und Flaschengeister und verzauberten Tiere gibt.«

»Es gibt einen verzauberten Mann, der zwanzig Jahre schlafen kann. Und außerdem können wir es nutzen, um psychologische Deutungen zu üben.«

»Das klingt so, als hättest du schon eine Deutung.«

Hagen lächelte. »*Du* sollst ja üben«, sagte er.

Adana holte tief Luft und las noch einmal den Anfang des Märchens, aber da fielen die ersten Tropfen. Hagen sprang auf, griff sich das Geschirr und stieß die Terrassentür auf. Adana folgte mit dem Märchenbuch.

Am späten Abend hatte es sich eingeregnet. Sie hatten auf dem Sofa ein zweites Stück Nusszopf gegessen und ihre Deutungen des Märchens ausgetauscht. Adanas Ansatz gefiel ihm besser als sein eigener. Besonders hatte ihn verblüfft, wie viel sie über ihn, Hagen, wusste.

Danach hatten sie *Fundevogel* und *Jorinde und Joringel* gelesen, und dann, als Hagen bemerkte, dass Adana selbst die geläufigsten der grimmschen Märchen nicht kannte, auch *Rotkäppchen* und *Der Wolf und die sieben Geißlein*.

Vor dem Fenster prasselte der Regen, als Memory zu ihnen aufs Sofa sprang und ihren Kopf an Adanas ausgestreckten Händen rieb.

»Ich bin müde«, sagte Adana.

»Dann musst du schlafen«, sagte Hagen.

»Und wie soll ich heimkommen bei dem Regen?«

»Ja, wie nur? Es regnet wirklich viel zu sehr«, sagte Hagen und zog das Wort *viel* in die Länge.

»Ja, wirklich viel zu sehr«, wiederholte Adana im selben Tonfall.

»Dann musst du wohl hier schlafen.«

»Dann muss ich wohl hier schlafen.«

Hagens Kehle war trocken. Sein Herz klopfte gegen die Rippen. Geschah das gerade wirklich?

»Darf ich?«, fragte Adana, und Hagen schluckte und schluckte, um seine Stimmbänder zu befeuchten, aber da bemerkte er gerade noch rechtzeitig, dass Adana mit Memory geredet hatte.

»Du bist aber schon eine betagte Katzendame«, sagte sie und kraulte Memory hinter den Ohren.

»Sie ist vierzehn«, sagte Hagen. »Ihre Mutter war schon bei uns. Und ihre Oma. Ich habe Angst vor dem Tag, an dem sie stirbt, weil sie selbst keine Kinder hat.«

»Dann darfst du nie sterben, hörst du?«, flüsterte Adana mit großem Ernst und nahm Memorys Gesicht in beide Hände, als müsste die Katze sich diese Lektion gut einprägen.

Nachdem Adana Frau Gutgesell angerufen hatte, damit die alte Dame sich keine Sorgen um sie machte, putzten sie nebeneinander die Zähne und lächelten sich im Badezimmerspiegel zu, bis Hagen wegsehen musste, weil ihm peinlich war, dass Zahnpasta aus seinen Mundwinkeln quoll.

»Das Ehebett?«, fragte Adana, als sie im Schlafzimmer standen, und wirkte auf einmal zerbrechlich in dem fremden Raum.

Hagen nickte unsicher.

»Und warum schläfst du nicht in einem anderen Zimmer?«

»Weil die Tür zu meinem alten Zimmer verschlossen ist.«

»Warum holst du keinen Schlüssel?«

»Ich finde ihn nicht.«

»Und warum lässt du dir keinen neuen machen? Oder brichst die Tür auf oder schraubst das Schloss ab?«

»Ich traue mich nicht.«

»Wovor hast du Angst?«

»Dass alles ganz anders sein könnte. Oder genauso.«

»Dann schlafen wir hier.«

Hagen nickte. »Das ist Memorys Seite«, sagte er dann und zeigte auf die Betthälfte des Vaters.

Adana lachte. »Dann schläft Memory also hier, und du schläfst dort und ich schlafe auf dem Boden.«

Jetzt musste auch Hagen lachen. »Eigentlich ist es die Seite meines Vaters.«

»Dann schläfst du immer auf der Seite deiner Mutter?«

Hagen nickte.

»Wir tauschen«, sagte Adana, »dann kann Memory zu dir auf ihren gewohnten Platz kommen, wenn sie möchte.«

Und damit ging sie zur anderen Seite des Betts, auf der früher Hagens Mutter geschlafen hatte, schlug die Decke zurück und setzte sich im Schneidersitz auf das Laken. Das Unterhemd, das Hagen ihr geliehen und das sie sich im Badezimmer übergezogen hatte, als er hinausgegangen war, um sie auf die Toilette zu lassen, war ihr zu weit, genau wie die Boxershorts, die ebenfalls von ihm stammten. Trotzdem klopfte sein Herz schneller, als er sie darin betrachtete. Diese schöne Frau. Mit den grünen Augen und den symmetrischen Grübchen. In seiner Wäsche. In seinem Bett.

»Schläfst du immer im Stehen?«, fragte Adana.

Hagen wurde rot. Dann endlich entschloss er sich, die Türklinke loszulassen, die er anscheinend in der Hand gehalten hatte, seit sie ins Schlafzimmer gekommen waren. Weil Adana noch saß, setzte auch er sich. Kaum dass er Platz genommen hatte, zog sie die Beine an und legte sich hin. Also streckte auch er sich aus und kam sich vor wie eine schlechte Version von Miro, dem Parodisten.

»Schläfst du immer im Hellen?«, fragte Adana.

Er löschte das Licht.

Was jetzt? Wie weiter? Erwartete sie vielleicht, dass er die Hand nach ihr ausstreckte? Ihr Gesicht im Dunkeln suchte, um sie zu küssen? Sollte er sich auf ihre Seite rollen und den Arm um sie legen? Er starrte in die Finsternis und wagte nicht, sich zu regen. Wo war seine Hand überhaupt? Am Arm angewachsen. Aber wo war der Arm? Ragte er zu weit hinüber auf Adanas Seite? Sollte er sich zurückziehen und vielleicht später, wenn sie sich an ihn gewöhnt hatte, versuchen, ihr näherzukommen?

»Gibst du mir deine Hand?«, fragte Adana.

Erst rührte er sich nicht. Dann schnellte sein Arm zu ihr hinüber wie ferngesteuert. Er hörte Adana tasten. Dann schlossen sich ihre Finger um seine.

Das durch die Rollladenritzen fallende Licht weckte Hagen. Adana schlief noch. Ihre Finger hielten seine Hand locker umfasst.

Ein Gefühl der Wärme stieg in ihm auf. Hatten sie tatsächlich die ganze Nacht Hand in Hand geschlafen? Oder hatten sich ihre Hände voneinander gelöst und danach wieder gesucht und gefunden?

Der Regen hatte nachgelassen, aber es tröpfelte noch immer vor dem Fenster. Dennoch war ihm offensichtlich warm gewesen, denn nur eines seiner Beine war zugedeckt, und auch Adana musste ihre Decke von sich gestrampelt haben. Ihr Unterhemd war verrutscht und enthüllte einen Teil ihrer Taille und ihres Bauchs. Gegen das Licht zeichnete sich undeutlich ein violetter Fleck auf ihrer Haut ab. Vorsichtig rückte Hagen etwas näher. Noch immer konnte er nicht recht erkennen, was dort war. Sein Herz schlug so wild, als wäre er ein Voyeur, der sich einer belegten Umkleidekabine nähert. Mit angehaltenem Atem beugte er sich über Adana.

Der violette Fleck war eine Narbe. Etwas war tief ins Fleisch vorgedrungen und hatte die Haut absterben lassen. Ein innerer Ring sah aus wie geronnenes Blut und um ihn zog sich fast kreisrund verfärbtes Gewebe.

Als Hagen ihre Hand loslassen und sich auf seine Seite des Betts zurückziehen wollte, entdeckte er eine weitere dunkle Stelle, die etwa in der Mitte ihres Bauchs unter dem T-Shirt hervorlugte. Wollte er sie vollständig sehen, war er gezwungen, den Stoff zu verschieben. Aber was musste sie denken, wenn sie erwachte und ihn dabei ertappte? Wie enttäuscht wäre sie von ihm.

Schnell ließ er den Arm sinken und rollte sich weit weg von Adanas Seite.

Als Adana erwachte, hatte Hagen schon Frühstück vorbereitet. Roggen- und Toastbrot, Honig, Butter, Milch, zwei Kiwihälften und eine Schale mit Apfel- und Bananenscheiben.

Aber als Adana mit wuscheligen Haaren ins Wohnzimmer trat, nahm sie keine Notiz von dem gedeckten Tisch.

»Jetzt ergründen wir das Geheimnis des verschlossenen Zimmers«, sagte sie stattdessen.

Obwohl Hagen schwor, dass er überall nach dem Schlüssel gesucht habe, ließ sie sich mögliche Orte zeigen, an denen der Schlüssel liegen konnte.

»Gut, kein Schlüssel, beim Teutates«, sagte sie schließlich. »Dann haben wir drei Optionen: aufbrechen, abschrauben, Schlüsseldienst. Was ist dir am liebsten?«

»Wollen wir nicht erst einmal frühstücken?«, fragte Hagen mit brüchiger Stimme.

Aber Adana insistierte. Er rief den Schlüsseldienst.

Die Zeit bis zu dessen Ankunft nutzten sie, um doch etwas zu essen. Adana belegte ihr Roggenbrot mit Äpfeln, ohne Butter oder Honig zu verwenden. Hagen überlegte unterdessen, wie er sie auf die violetten Narben ansprechen konnte. Als er gerade glaubte, sich dazu durchgerungen zu haben, verschwand sie im Bad.

Noch während dort das Wasser rauschte, klingelte es an der Tür.

»Ich weiß jetzt wieder, wer du bist«, sagte Alexander, stellte seine Werkzeugkiste auf den Boden und hielt Hagen die Hand zum Einschlagen entgegen.

»Meine Mutter hat sich an dich erinnert. Sie hat mir aufgezählt, was wir miteinander unternommen haben. Dass sie uns sogar einmal im Wald abholen und bei der Giftzentrale anrufen musste, weil wir irgendwelche Säcke entdeckt und uns mit dem Pulver daraus beworfen hatten. Da ist mir alles wieder eingefallen.«

Er freue sich sehr, dass Alexander sich wieder erinnere, sagte Hagen. Dass er selbst die Geschichte mit der Giftzentrale vergessen hatte, behielt er für sich.

Dann kniete sich Alexander vor das Schloss in der Kinderzimmertür.

Hagen und Adana, die in Rock und Bluse aus dem Bad gekommen war, standen Hand in Hand, als Alexander schließlich »Et voilà« sagte und die Tür aufstieß.

Hastig beugte Hagen sich vor und zog sie wieder zu.

»Willst du gar nicht reingucken?«, wunderte sich Alexander.

»Später«, sagte Hagen mit belegter Stimme.

»Darf ich mal? Wir haben da drin zusammen gespielt, weißt du das noch?«

»Ich glaube nicht«, sagte Hagen.

»Doch«, sagte Alexander plötzlich, drehte sich ganz zu Hagen um, und sein Zeigefinger kreiste. »Wir haben uns eine Decke übergeworfen und uns darunter ausgezogen. Und dann hast du einen Blumentopf vom Fenster geholt und wir haben reingepisst. Aber du hast immer danebengetroffen, weil dein Ding so krumm war.« Er lachte.

Hagen wusste nicht, wo er hinsehen sollte. Adana schaute ihn mit aufgerissenen Augen an. Am liebsten hätte Hagen sich die Hände vors Gesicht geschlagen. Seine Schamröte im T-Shirt vergraben.

»Jedenfalls schön, dass wir uns mal wiedergesehen haben«, sagte Alexander. »Ich lass dir meine Nummer da, dann kannst du ja mal schreiben, falls du Lust auf ein Bier hast.«

Hagen gab die Nummer in sein Handy ein, versprach, sich zu melden, und begleitete Alexander noch zur Haustür, kehrte aber sofort zum Kinderzimmer zurück, wo Adana auf ihn wartete.

Dass im Außen die Zeit ihr nur eine Richtung kennendes Bett hinabgeflossen war, ließ sich im Innern lediglich an den verdursteten Pflanzen ablesen. Es gab nichts zu erobern. Da stand er inmitten des Zimmers, ein erschlaffender Don Quijote. Alles bot sich dar, als habe es nur ausharren müssen. Auf den Raum genagelte Zeit. Vielleicht war es der weiche Stoff von Adanas Bluse, der ihn auffing. Vielleicht auch ihre Worte von Bewahrung und Andacht und einem Früher, das man nicht mit einem Schlüssel erschließen könne. Dass es auch Angst gebe und Angst vor Zerstörung und Türschlösser zum Schutz, kam aus seinem Mund. Der zarte Finger, der diesen Mund zum Schweigen brachte, gehörte ihr.

Und doch konnte alles Gesagte wahr sein und falsch.

»Vielleicht«, sagte Adana und streichelte seinen Nacken, »vielleicht.«

# XX

Die Tage der Vorbereitung waren Tage der Enge. Hagen musste innerhalb dieses Hauses, das sein Bunker gegen die Schussfahrt der menschlichen Zivilisation gewesen war, einen zweiten Bunker errichten, in den hinein er lagerte, was er als Innerstes des Inneren bewahren wollte. Also entnahm er den Schränken und Regalen in allen Zimmern, die er opfern musste, was er durch die Zeit der Krise hüten wollte, und trug es in Körben und Taschen in den Keller. Die Füße im Gewesenen, suchte er nach Raum für all das, was er von oben, wo Neues einziehen würde, nach unten gerettet hatte. Die Kellerregale und -schränke der Eltern aber waren voll von dem, was sie selbst von oben nach unten verbannt hatten, und was er nun dort bewahren wollte, stand daneben als ein Zweites, ein zu Spätes. Als ihm klar wurde, dass er nicht nur die Kleider und Strümpfe, die Taschen, Tiegel und Töpfe der Mutter in den Keller retten musste, sondern auch die Möbel seiner Kindheit, denen er sich durch Nachkäufe angenähert hatte, erkannte er, dass nicht alles, was im Keller stand, dort auch bleiben konnte. Die Tische und Schränke aus Glas und Stahl, die er damals mit den Lieferanten nach unten deportiert hatte, waren aber so wuchtig, dass er sie nicht auf die Straße tragen und dem Sperrmüll oder gierigen Kleinkriminellen, die die Straßen abfuhren und dort Abgestelltes einluden, überlassen konnte. Also begann er, aus dem, was die Eltern im Keller gelagert hatten, auszusondern, was ihm verzichtbar erschien. Brettspiele, die angeschafft worden sein mussten, nachdem er das Elternhaus verlassen hatte, alte Sakkos des Vaters und Hüte, mit denen er den kahlen Schädel bedeckt hatte. Seine Zangen und Schraubendreher und Laubsägen. Der Stapel des Auszusondernden wuchs allerdings kaum, während das, was Hagen von oben retten wollte, daneben Raum griff. Obwohl der Keller auch im Sommer von der Wärme des draußen vorbeiziehenden Tages unerreicht blieb und obwohl Hagen sich bis auf die Unterhose ausgezogen hatte, stand ihm der Schweiß auf der Stirn, als er sich schließlich die Axt des Vaters griff und in eruptiver Verzweiflung, die ihn angesichts der sich türmenden Erinnerungsstücke ergriffen hatte, auf die Glasplatte des Designertischs hieb, den er bei seiner Rückkehr vor einigen Wochen im Wohnzimmer vorgefunden hatte. Er hatte sich auf das Splittern des Glases und ein Gefühl der Erleichterung gefreut, aber die Axt scheiterte an der glatten Fläche des Tischs, glitt ihm aus der schweißnassen Hand und streifte das blasse Fleisch seines linken Arms. Blut trat aus und tropfte auf das schadenfrohe Möbelstück. Auf dem Glas hatte die Axt nur eine einzige runde Narbe hinterlassen, die dem Tisch endlich das Auge verlieh, mit dem er Hagen verhöhnen konnte.

Eberhard hatte einen Kipplaster zur Verfügung gestellt, obwohl weder Miro noch Bakary noch Faisal oder Yusef mehr als ein oder zwei Koffer und Taschen hatten. Die wenigen Gepäckstücke verloren sich auf der Ladefläche. Als Hagen den Laster vor seinem Elternhaus halten sah, stieg Säure in seinem Innern auf. Er schluckte und schluckte und konnte doch nicht verhindern, dass der üble Geschmack sich auf Zunge und Gaumen ausbreitete wie Ammoniak. Der Magen verkrampfte, und Hagen hastete zur Toilette, wo er sich sprühend erbrach.

Mit ausgegurgeltem Mund trat er dann seinen Mietern entgegen und versuchte sich verzweifelt an einem Lächeln, das die starren Mundwinkel nicht gestatteten.

Faisal war der Einzige, der ihn mit Handschlag begrüßte. »Woher haben Sie dieses große Haus? Sie arbeiten doch gar nicht?«, fragte er und rückte seine Brille zurecht wie ein kleiner Professor.

Unterdessen war Yusef grußlos an ihm vorbei ins Innere getreten, Koffer und Tasche gleichzeitig in seiner einzigen Hand. Hagen ging hinterher und stellte panisch fest, dass der Eindringling schon verschwunden war. Einer dunklen Ahnung folgend, hastete er den Flur hinunter und stieß mit einer großen Bewegung die Türen zu Schlaf- und Kinderzimmer auf. Tatsächlich hatte Yusef sein Gepäck auf Hagens altem Bett aus Jugendtagen abgestellt und stand, die einzige Hand am Kinn, vor Bundesligapostern der Neunzigerjahre.

»Raus!«, brüllte Hagen. Aus seiner trockenen Kehle musste er so erschütternd geklungen haben, dass Yusef tatsächlich nach Tasche und Koffer griff und schleunigst das Zimmer verließ.

Bakary und Miro, wohl durch den Schrei alarmiert, kamen angelaufen. Beide trugen ein dunkles T-Shirt, auf dem in weißen Lettern stand: »I'm unique«.

»Woher habt ihr das?«, fragte Hagen.

»Eberhard hat jedem eines geschenkt.«

Zu dritt lösten sie die mütterliche Hälfte aus dem Ehebett heraus, verkanteten sie in der Luft und trugen sie in

Hagens Kinderzimmer, in dem nun kaum noch Platz für den Weg zwischen Tür und Schreibtisch blieb.

Plötzlich erkannte Hagen zwischen den vielfüßigen Fremden Memory, die unter dem Bett des Vaters hervorgekommen sein musste. »Oh«, machte Bakary, kniete nieder und kraulte die kleine Katze, die auffällig stillhielt, hinter den Ohren. Miro knurrte wie ein Hund, aber als Memory nicht reagierte, ging auch er in die Knie und massierte ihr das Kinn.

»Sie ist alt und schwach«, sagte Hagen, zog Miro an der Schulter hoch, dann Bakary, schob beide aus seinem Kinderzimmer, kehrte dorthin zurück, befestigte die Leine an Memorys Halsband, knotete das andere Ende um ein Schreibtischbein und schloss von außen die Tür. Dort standen vier dunkle Gesichter, die ihn verwundert ansahen.

Kaum dass Bakary zu kochen begonnen hatte, breitete sich ein durchdringender Geruch nach fremden Gewürzen und schmorendem Gemüse im ganzen Erdgeschoss aus. Hagen hatte nicht einzugreifen gewagt, als Yusef das Schlafzimmer der Eltern in Beschlag nahm, und sich nur im Stillen verflucht, Miro nicht im Vorfeld angeboten zu haben, dort einzuziehen. Umso wichtiger, dass er nun Memorys Katzenklo ins Kinderzimmer holte, um sicherzustellen, dass sie es nie verlassen musste und niemals Gefahr liefe, unter Yusefs klobige Stiefel zu geraten.

Die anderen riefen Hagen zum Essen, als wäre er ihr gemeinsames Kind. Faisal stand vor dem Kühlschrank und rieb sich die Hände. »Kennen Sie dieses Buch?«, fragte er und zeigte auf die Kladde, in die Hagen die wenigen Ergebnisse seiner vielen Versuche, die Gerichte der Kindheit nachzukochen, notiert hatte. »Haben Sie es geschrieben? Ich habe es Bakary vorgelesen. Bakary hat gekocht. Er hat anders gekocht. Er hat afrikanische Maultaschenpfanne gekocht.«

Bakary lachte fröhlich. »Beim Kochen hilft Salz. Beim Essen hilft Allah.«

Zu fünft am Wohnzimmertisch. So voll hatte Hagen das Haus seit Jahrzehnten nicht mehr erlebt. Das Essen dampfte auf den Tellern. Bakary hatte der Maultaschenpfanne statt Paprika Süßkartoffel beigegeben, die er in seiner Tasche gehabt haben musste. Zudem hatte er die drei Eier weggelassen und stattdessen einen Sud aus Kichererbsen und pürierter Yamswurzel angerührt, der die Maultaschenstreifen wie zerlaufenes Rührei umschloss, aber würziger schmeckte.

Faisal aß wie ein hungriges Kind. Seine kleinen Hände, auf deren Rücken die wund gekratzten Stellen wulstige Krusten gebildet hatten, standen niemals still. Yusef rührte als Einziger lustlos in seinem Essen.

Unter einem Vorwand stand Hagen auf, öffnete leise die Dielentür und betrat sämtliche Treppenstufen direkt über der Verschraubung, damit sie nicht knarzten. Bakarys Zimmer war das erste im Obergeschoss und leicht daran zu erkennen, dass Puma-Artikel wild über Boden, Bett und Stühle verteilt lagen. Welches nun aber Miros und welches Faisals Zimmer war, ließ sich kaum sagen. Allenfalls hätte er anhand der Größenangaben auf den in die Kleidung eingenähten Schildchen erkennen können, wo der kleine Inder und wo der schmächtige Georgier hauste. Im Gaubenfenster, an dessen Griff entweder Miro oder Faisal schon eine Socke gehängt hatte, gähnte die Lücke, die die Ameisenmenschen in den Lärchenwald geschlagen hatten.

Dort hättet ihr wohnen können, dachte Hagen und unterbrach sich bei dem Gedanken, dass der Einzug seiner neuen Mieter aus diesen toten Zimmern im Obergeschoss wieder Orte gemacht hatte, an denen Leben stattfand, an denen Leben möglich war.

Auch durch die geschlossene Kinderzimmertür hörte er das Summen der Spülmaschine. Die Neuen hatten sie beladen. Die Neuen hatten sie angestellt. Dass er, als er ins Obergeschoss gegangen war, einen Rest Maultaschenpfanne auf seinem Teller zurückgelassen hatte, hatte die vier nicht daran gehindert, auch bei ihm abzuräumen. Seine Enttäuschung, dass nichts von Bakarys schwäbischer Küche gambischer Art übrig war, hatte er sich freilich nicht anmerken lassen.

Stattdessen googelte er nach Gratisseminaren. Was Christoph in Frankfurt teuer gelernt hatte, musste man sich doch auch kostenlos im Internet aneignen können. Jetzt, da seine Schulden bei der amerikanischen Bank bezahlt waren und die Miete direkt von der Gemeinde an den dicken Bauunternehmer floss, konnte er das ihm verbliebene Kapital an der Börse vermehren und sich bei Eberhard freikaufen. Um sein Elternhaus vor den neuen Mitbewohnern zu schützen, musste er ohnehin den ganzen Tag da sein. In dieser Zeit würde er traden. Vorsichtig, genau wie Christoph. Mit sechshundert Euro über mehrere Tage zufrieden sein. Streuen, streuen, streuen. Je mehr er verdiente, desto mehr konnte er wieder einsetzen. Der Zinseszinseffekt. Nach Einstein die größte Kraft im Universum. Und dann würde er zu Eberhard gehen und ihm ein Kuvert auf den Tisch legen. »Zähl nach«, würde er sagen, sich vorher vielleicht Hosenträger bei Amazon bestellen, weil es cooler aussah, wenn er vor Eberhard stand, die Daumen in den Hosenträgern verhakt, einen Zahnstocher im Mundwinkel, und ihm völlig betonungslos diesen letzten Auftrag erteilte.

Das Handy vibrierte. Eine Nachricht von Adana. Wie der Einzug der vier Jungs verlaufen sei, fragte sie. Noch sei, schrieb er, was kaputtgehen könne, heil. Bakary habe sogar afrikanische Maultaschenpfanne gekocht. Sein Kinderzimmer habe er gerettet, aber das Schlafzimmer der Eltern preisgeben müssen. Leider sei dort nicht Miro, sondern ausgerechnet Yusef eingezogen. »Gib ihm eine Chance«, schrieb Adana. Im Studienkolleg habe der Dozent vor einigen Tagen Platon mit einer Weisheit zitiert, die sinngemäß so laute: Sei gütig, denn alle Menschen, denen du begegnest, kämpfen einen schweren Kampf.

Hagen antwortete: »👍🤓«

»Morgen fahre ich nach Heidelberg. Eine Freundin von Leborini wohnt dort. Wir wollen uns über die Zukunft des Forums austauschen.«

Er fahre sie zum Bahnhof, schrieb Hagen und fügte gleich hinzu: Er dulde keinen Widerspruch. Ein Auto sei da, damit man es bewege. Er sei da, um es zu bewegen. Und sie, um von ihm bewegt zu werden.

# XXI

Am nächsten Morgen war es ein Klopfen, das Hagen weckte.

Bevor er reagieren konnte, wurde die Tür geöffnet.

»Sorry, Lan, aber es stinkt wie im Puff«, sagte Yusef und blinzelte gegen das Licht, das durch die Lamellen im Rollladen fiel. Auch Hagen blinzelte. Es dauerte, bis er begriff, dass der einarmige Mann im Türrahmen sein neuer Mieter war und die Beschwerde dieses Mannes ihn in seiner Rolle als Vermieter betraf.

Er wollte sich aufrichten, schreckte aber zurück, weil das Frotteebetttuch über die wunde Stelle gerieben hatte, die von seinem Axthieb auf den Glastisch im Keller zurückgeblieben war. Stattdessen stützte er sich auf den rechten Ellbogen und fragte: »Was stinkt denn?«

»Kann nur Katze sein«, sagte Yusef und deutete mit spitzem Finger ins Innere des Zimmers.

Wie man den eigenen Mundgeruch nicht riechen konnte, so musste seine Nase über Nacht auch den Gestank von Memorys Ausscheidungen in die Menge des nicht Wahrnehmbaren integriert haben, denn erst, als er vor dem Katzenklo stand, wurde sich Hagen der beiden Kotstreifen bewusst, von denen der kleinere sich zum Ende hin ungesund verschlankte. Womöglich war das Endstück am Herkunftsort zurückgeblieben. Als er aufblickte, sah er sich von zwei Seiten beobachtet: Memory mimte die zu Unrecht

Verdächtigte, die durch die Stetigkeit ihres Blicks beweisen musste, dass es nichts zu verbergen gab. Riesige Pupillen in eukalyptusgrüner Iris, vergrößert im Halbdunkel des von schüchterner Morgensonne gestreiften Zimmers. Auch Yusef wandte den Blick nicht von Hagen ab. Seine Augen hafteten so eindringlich an Hagens nackten Beinen, dass Hagen sich fragte, ob er dem neuen Mitbewohner aus einem anderen Kulturkreis einen halb entblößten Unterleib etwa nicht zumuten dürfe.

Er werde, versprach Hagen, und endlich hob Yusef den Blick, er werde das Katzenklo natürlich gleich leeren, umgehend sogar, Hygiene sei sein zweiter Vorname.

»Hilft nicht«, sagte Yusef. »Voll cringe. Mann mit Katze im Zimmer. Stinkt jeden Tag.«

Memory in seinem Zimmer, das sei, und er bitte da um Verständnis, nur eine Notlösung, sagte Hagen. Dann erzählte er von Memorys Zustand nach seiner Rückkehr, vom Unfall im Garten und von der anschließenden OP, auch von seiner besonderen Pflege und dass er es eben noch nicht wage, Memory dem Leben auszusetzen, das andernfalls wie ein Tsunami über sie hinwegspülen werde.

»Du bist so ein Alman«, sagte Yusef und schloss die Tür mit der Geste nachlassenden Ekels, mit der man eine öffentliche Toilette verließ.

Als Hagen sich, nachdem er das Katzenklo gereinigt hatte, noch einmal in sein Jugendbett zurücksinken ließ, bemerkte er, wie sehr die Schultern schmerzten. Er prüfte die Matratze. Obwohl sie auf Latten ruhte, meinte er, Sprungfedern zu spüren, die ihm in den Nacken stachen. In seiner Erinnerung war der Schlaf in diesem Bett erholsamer gewesen.

Anders als der Vater war Hagen in der Jugend lange nicht durch die Größe, sondern nur durch seine Feingliedrigkeit aufgefallen. Erst während der Oberstufenjahre hatte er begonnen, die meisten der Mitschüler zu überragen, und mit dem Abitur hatte er schließlich seine endgültige Größe erreicht. In dieser Länge hatte er also nur einige Monate in seinem Jugendbett geschlafen. Allerdings konnte er sich an keine einzige Nacht erinnern, in der ihn gestört hätte, dass das Bett nur elf Zentimeter länger war als er selbst.

Je angestrengter er versuchte, die Schmerzen in den Schultern und die bedrohlich nahen Bettränder an Kopf und Füßen zu ignorieren, desto unwohler fühlte er sich.

Länger liegen zu bleiben war nicht möglich. Als er die Beine von der Matratze schwang, stieß er sich den Zeh am Bett der Mutter, das den Weg zwischen Tür und Schreibtisch beherrschte wie ein Mausoleum. Das Zimmer der Kindheit war zu klein geworden. Er würde umräumen müssen, wenn er die sieben, acht oder neun Jahre ertragen wollte, die Eberhard ihm prophezeit hatte. Er würde Dinge opfern müssen, um nicht an der Enge zu ersticken. Die Zahlen, mit denen Eberhard hantiert hatte, kannte er auswendig: hundertsechsundzwanzigtausend Euro Schulden. Eintausendvierhundertvierzig Euro Mieteinnahmen im Monat. Er gab die Gleichung in die Taschenrechner-App seines Handys ein. Das ergab 87,5 Monate. Geteilt durch zwölf: 7,291 Jahre. Umgerechnet sieben Jahre und hundertsechs Tage. Sieben Jahre und hundertsechs Tage würde er es in diesem Zimmer aushalten müssen, bis er frei wäre und das Haus wieder seines.

Mit Trippelschritten wich er dem Bett der Mutter aus und setzte sich an den Schreibtisch, auf dem noch immer die verdursteten Pflanzen vergangener Tage standen. Grünlilie, Bogenhanf und Scheidenblatt. Dazu ein kindisches Ensemble aus Radiergummis, die mit Comics oder Fußballmotiven bedruckt waren, Füllfederhalter, wie Schüler sie benutzten, Matchboxautos und Kerzen. Aus den Fächern an der Seite des Schreibtischs hingen Stapel an Papier wie die traurigen Blätter eines Baums, den jemand gepflanzt und danach vergessen hatte. Sie waren umseitig bedruckt, der Vater hatte sie aus dem Büro mitgebracht, damit Hagen auf der Rückseite kritzeln oder üben könne. Die einzige Schublade am Schreibtisch klemmte. Hagen riss am Knauf. Die Schublade blieb stur. Von den Seiten versetzte er sie durch zartes Rütteln in Schwingungen, bis sie sich endlich öffnete und ihr Inneres preisgab. Ein altes Tintenfass stand darin, ein Mäppchen voller wahrscheinlich vertrockneter Stifte, ein bunt umschlagenes Büchlein, das wie ein Poesiealbum aussah, aber leer war. Dann entdeckte Hagen einen Packen offensichtlich gefüllter Briefumschläge, um die jemand eine aprikosenfarbene Schleife gebunden hatte, die unmöglich von ihm stammen konnte. Von außen waren die Umschläge nicht beschriftet, aber nachdem er den ersten geöffnet hatte, erkannte er mit klopfendem Herzen die verschwenderische Schrift der Mutter. Lieber Hagen, las er. Er riss den zweiten Umschlag auf. Lieber Hagen. Den dritten. Lieber Hagen. Lieber Hagen, lieber Hagen, lieber Hagen. So viele Briefe der Mutter. Und alle an ihn gerichtet. Die Briefe waren datiert. Der älteste war mehrere Jahre, der jüngste erst einige Monate alt. Hatte die Mutter die Briefe in seinem Schreibtisch vor dem Vater versteckt? War das Kinderzimmer deshalb abgeschlossen gewesen? Warum hatte sie die Briefe nicht abgeschickt? Hatte sie …

Es klopfte an der Tür. Yusef trat ein. »Faisal ist so ein Opfer. Hat in die Dusche gepisst. Ich will dort nicht duschen. Der Typ ist so creepy.«

Wie Yusef darauf komme, fragte Hagen.

Es stinke in der Dusche, sagte Yusef. Und zwar genau so, wie Faisal an den Armen stinke. Er habe einen von diesen Stinkearmen genommen und einmal daran rauf und runter gerochen. Geruch wie Bahnhofsklo. Dann habe er sich zwei Minuten lang die Hände gewaschen, sogar mit einer Bürste geschrubbt, und dabei die Luft angehalten, weil es im Bad eben genauso stinke.

Hagen fand Faisal in seinem Zimmer.

Natürlich habe er auf seine Arme uriniert, sagte er, während Yusef im Türrahmen angewiderte Geräusche von sich gab. Er uriniere immer auf seine Arme. Als wolle er zur Überprüfung einladen, öffnete er die Knöpfe seiner Hemdärmel, rollte den Stoff bis zu den Ellbogen hoch und hielt Hagen die Arme entgegen wie ein Produkt, auf dessen Fertigstellung er stolz war. Weil Hagen ratlos stehen blieb, kehrte Faisal zu seinem Stuhl zurück und verharrte dort mit der Würde eines Maharadschas.

»Urin ist gut für die Arme«, sagte Faisal. »Urin ist gut gegen Läuse. Das sagt Google. Und das sagt meine Erfahrung. Der Arzt sagt: Faisal hat keine Läuse. Ich sage: Faisal hat Läuse. Urin hilft gegen Läuse. Urin ist gesund. Manche Menschen in Deutschland trinken Urin. Haben Sie Urin probiert? Vielleicht kann er Ihnen helfen.«

»Was fällt dir ein?«, sagte Hagen und ärgerte sich, dass seiner Stimme jegliche Energie fehlte.

»Opfer«, hörte er Yusef in seinem Rücken sagen.

Hagen ließ zwei Atemzüge verstreichen. Dann setzte er

neu an: »Was fällt dir ein, in die Dusche von anderen Leuten zu pissen? Ich lasse mir das nicht gefallen.« Er drehte sich um und verbrüderte sich gestisch mit Yusef: »Wir lassen uns das nicht gefallen.«

Da er Adana zum Bahnhof fahren wollte, musste er duschen. Mit spitzen Fingern nahm er den Brausekopf aus der Halterung, drehte das Wasser auf, bis der Strahl einen Rückstoß im Duschkopf verursachte, und stellte sich vor, er halte einen Hochdruckreiniger in Händen, mit dem er das Wanneninnere säubere.

Nachdem er das Wasser abgestellt hatte, bemerkte er, dass der Reinigungsversuch ihn keineswegs von seinem Ekel erlöst hatte. Vielmehr fuhr sein Inneres Bilder auf, in denen das Wasser den Urin des kleinen Inders in alle Richtungen verteilt hatte, sodass jetzt Harnpartikel wie an Fallschirmen im schwülen Mikroklima der Duschkabine schwebten. Aus dem Schränkchen unter dem Waschbecken holte er Allesreiniger, eine verschlossene Packung Scheuerschwämme und Gummihandschuhe. Als er endlich mit schmerzenden Knien die Kabine bestieg, hatte er kaum noch Zeit, sich den eigenen Schweiß wieder abzuwaschen, weil Adana ihren Zug nicht verpassen durfte.

Die Stellplätze im Parkhaus am Bahnhof waren so eng, dass er sogar mit dem Mini Probleme hatte. Hektisch setzte er vor und zurück.

»Wir haben noch Zeit«, sagte Adana.

Am Bahnsteig stellte sie ihre Reisetasche ab.

»Wenn ich dein Gepäck sehe, glaube ich, du verlässt Löwenau für immer«, versuchte er zu scherzen.

»Wechselwäsche«, sagte sie.

Wahrscheinlich ihre Röcke und Rüschenblusen, überlegte er. Am Körper trug Adana heute nämlich Jeans und T-Shirt. Das erste Mal in seiner Gegenwart. Er hatte gar nicht gewusst, dass sie überhaupt westliche Kleidung besaß.

Zum ersten Mal sah er, dass ihre Hüfte geschwungen war wie ein Notenschlüssel. Wie in der Nacht, als er ihr Boxershorts und T-Shirt geliehen und sie bei ihm geschlafen hatte, zeichnete sich ihre Brust unter dem Stoff ab.

»Wo übernachtest du in Heidelberg?«

»Bei einer Freundin. Sie ist auch in dem Traumaforum aktiv. Wir haben in letzter Zeit viel gechattet. Wir haben ähnliche Ideen, Leborini weiterzuentwickeln. Es ist ein Forum für traumatisierte Jesiden, aber es könnte ein Forum für alle Traumatisierten auf der Welt werden.«

»Und danach kommst du wieder nach Löwenau?«, fragte er.

Adana nickte. »Ich kann doch Frau Gutgesell nicht so lange allein lassen.«

Hagen musste sich räuspern, bevor er sagen konnte: »Nur Frau Gutgesell?«

»An wen hast du sonst noch gedacht?«, fragte Adana schmunzelnd.

Er zuckte die Schultern und sah zu Boden.

»Hey«, sagte Adana und nahm seinen Kopf in beide Hände. Dann umarmte sie ihn. Adanas Körper war weich. Ihr Hals roch nach Vanille. Ihr Haar kitzelte seine Nase.

Sie löste sich aus seinen Armen, beugte sich zur Tasche hinab und nestelte eine Tüte hervor, die sie Hagen reichte.

»Für mich?«

Sie nickte.

Es war ein Herrenhemd.

»Wow«, sagte er. »So was tragen Politiker.«

»Du hast doch jetzt Verantwortung.«

»Ich muss dir noch das T-Shirt zurückgeben, das du mir in der Not geliehen hast. Das mit der I'm-unique-Aufschrift.«

Adana winkte ab. »Das gehört Yusef. Aber es ist ihm nicht individuell genug.«

Dann sei es jetzt wohl seines, sagte Hagen. Anschließend faltete er das neue Herrenhemd auseinander und machte Anstalten, es gleich anzuprobieren, aber Adana hielt ihn zurück. »Nicht hier«, sagte sie und deutete mit dem Kinn auf die umstehenden Reisenden mit ihren Aktenkoffern, Rucksäcken und Jutebeuteln.

Eine weibliche Computerstimme kündigte die Einfahrt des Zugs an.

»Du kannst es mir ja zeigen, wenn ich wieder da bin. Oder du schickst mir ein Foto.«

»Danke«, sagte Hagen.

Obwohl die meisten Fahrgäste schon ungeduldig an der Bahnsteigkante standen, war der Zug noch nicht zu sehen.

Hagen holte tief Luft. »Was ich dich fragen wollte …«

»Ja?«

Er zögerte. »Ist nicht so wichtig.«

»Jetzt sag schon!«

»Ich habe die Narben an deinem Bauch gesehen.«

Adana erstarrte.

»Hast du dasselbe erlebt wie Lamia?«

Adana schaute ihm gläsern ins Gesicht, aber tatsächlich schien sie durch ihn hindurchzusehen.

Er zögerte. »Oder bist du Lamia?«

Der Zug fuhr ein. Adana löste sich langsam aus ihrer Erstarrung. Sie umarmte Hagen noch einmal. Dann stieg sie ein, und er reichte ihr die Tasche nach. Sie nahm sie entgegen, ohne aufzublicken.

Hagen sah dem Zug nach, bis der Wald ihn verschluckt hatte.

Das gemeinsame Bier auf der Terrasse hatte Miro sich gewünscht.

Sie saßen im Dunkeln. Nur von fernher rieselte mattes Laternenlicht über die Hecke. Ein Igel raschelte im Gebüsch, und in den Zweigen orakelte ein Nachtvogel.

»Kannst du nicht in Yusefs Zimmer ziehen?«, fragte Hagen, nachdem sie sich zugeprostet hatten.

Miro schüttelte den Kopf: »Es ist nicht gut, sich mit Yusef anzulegen.« Er machte eine Pause. »Außerdem geht mein nächster Umzug wahrscheinlich nach Georgien.«

Hagen fiel die Pantomime im Löwen ein. »Sie wollen dich abschieben?«

Miro nickte. »Sie wollen Georgien als sicheren Herkunftsstaat einstufen. Fast alle Asylanträge von Georgiern werden abgelehnt. Sie sagen, es gibt keinen Grund, dass ein Georgier sein Land verlässt.«

»Und hast du einen Grund?«

Miro zuckte die Schultern: »Alles im Leben hat einen Grund, oder?«

»Wurdest du verfolgt?«

Miro wiegte den Kopf. »Kurden haben es nicht leicht in Georgien. Obwohl viele Georgier nicht einmal wissen, dass wir da sind. Wahrscheinlich gibt es einfach zu viele Minderheiten in Georgien: Aserbaidschaner, Armenier,

Russen, Juden und so weiter. Manchen Georgiern sind die Minderheiten egal. Aber manche denken auch, dass alle Kurden Jesiden sind. Jesiden wie Adana. Darum blicken sie auf uns herab. Weil sie das Jesidentum für eine Sekte halten. Für einen Aberglauben. Für Pfauenanbeterei. Aber sie verfolgen uns nicht. Sie zünden unsere Häuser nicht an. Sie jagen uns nicht durch die Straßen. Sie finden uns einfach nur scheiße.«

»Warum bist du dann geflohen? Oder jedenfalls ausgereist. Nach Deutschland gereist.«

»Weil ich dort nicht sein kann, wie ich will. Ich habe auf Baustellen gearbeitet. Am Abend haben mir die Knochen wehgetan. Ich hatte Blasen und Wunden und keine Lust mehr, zu üben.«

»Deine Pantomime zu üben?«

»Und Jonglieren. Und Saltos. Und Balancieren.«

»Kannst du das alles?«

Statt einer Antwort stand Miro auf und griff sich, was auf dem Tisch lag, Kronkorken, Flaschenöffner, Bierdeckel. Gegen das matte Laternenlicht erkannte Hagen, dass es vier oder fünf Gegenstände sein mussten, die durch die feuchte Abendluft kreisten.

»Im Dunkeln!«, staunte Hagen. »Wie geht das? Woher kannst du das?«

Miro fing die Gegenstände auf und setzte sich wieder.

»Gerade im Dunkeln«, sagte er. »Es ist wie im Leben. Sehen ist tödlich. Und Hinsehen noch tödlicher. Man darf nicht hinsehen. Und wenn man doch hinsieht, darf man nicht darauf achten. Sobald man über das, was man da fliegen sieht, nachdenkt, ist es vorbei. Dann stürzt alles zusammen wie ein Gebäude nach der Sprengung. Man muss dem

Gefühl folgen. Je unterschiedlicher das Gewicht der Gegenstände, desto schwieriger. Es gibt nur diesen kurzen Augenblick, in dem du fühlen musst, was deine Hand tun soll.«

Er trank einen Schluck.

Auch Hagen nippte an seiner Flasche.

Dann schwiegen sie.

»So, jetzt kannst du anrufen, damit sie kommen und mich abschieben«, brach Miro das Schweigen.

Hagen wusste nicht, wie er reagieren sollte. Verlegen lächelte er in die Dunkelheit.

»Was sagen deine Eltern dazu, dass du Georgien verlassen hast?«, fragte er schließlich, erleichtert über diesen Einfall.

»Meine Mutter ist tot«, sagte Miro.

»Und dein Vater?«

»Alkoholiker. Ein dementer Kommunist. Er hat alles gelesen. Marx, Trotzki, Mao, Rosa Luxemburg. Dann kam der Zusammenbruch. Und dann war er irgendwann nur noch enttäuscht. Ich bin nach dem Zusammenbruch geboren. Ich habe ihn schon als enttäuschten Mann kennengelernt. Und als meine Mutter gestorben ist, hat er angefangen zu saufen. Mein großer Bruder ist zwanzig Jahre älter als ich. Er sagt, früher hat unser Vater immer einen klaren Kopf gehabt. Immer argumentiert. Die Leute wahnsinnig gemacht mit seinen Monologen über Recht und Unrecht und die Gesetze der Dialektik. Aber jetzt ist er schon morgens verwirrt. Er wirft mit der Zeitung nach meinen Schwestern, wenn sie kommen, um bei ihm aufzuräumen. *Wir müssen das nicht machen*, sagen sie zu ihm, *wir sind verheiratet.* – *Dann geht doch*, brüllt er, *geht doch und lasst euch durchficken von eurem Mann.* Und dann verstellt er die Stimme. Macht sie nach: *Wir müssen das nicht machen. Wir sind verheiratet. Wir sind nicht so ein besoffener alter Witwer, dem die Alte verreckt ist wie eine Schmeißfliege auf der Fensterbank. – Red nicht so über Mutter*, rufen meine Schwestern und überlegen, ob sie einfach gehen sollen, aber dann bleiben sie meist doch und putzen das Bad, spülen das Geschirr und räumen die leeren Flaschen weg.«

»Vermisst du deine Mutter?«

Miro zuckte die Achseln. »Ich habe mich daran gewöhnt, dass sie nicht da ist. So wie die Sonne in der Nacht fehlt und die Sterne am Tag.«

Sie tranken.

»Was ist mit deinen Eltern?«, fragte Miro dann und deutete um sich, als wäre das Haus der einzige Beweis, dass es in Hagens Leben einmal Eltern gegeben haben musste.

»Autounfall«, sagte Hagen und prüfte, ob seine Stimme hielt.

»Willst du nicht darüber reden?«

»Mein Vater ist zu schnell gefahren. Sie sind vom Bodensee gekommen. Tagesausflug mit seinem BMW. Rückfahrt auf der A81. Alle Autobahnausfahrten gehen nach rechts ab. Nur die eine zu uns, die führt nach links. Die Leute hier wissen das. Mein Vater wusste das. Natürlich wird es auf den Schildern vorher angekündigt. Aber die meisten achten nicht darauf. Niemand rechnet mit einer Ausfahrt, die nach links abführt. Mein Vater kam auf der Überholspur angerast. Er ist ein Leben lang zu schnell gefahren. Einer auf der rechten Fahrbahnseite hatte zu spät gemerkt, dass die Ausfahrt nach links abgeht, und wechselte im letzten Moment die Spur. Mein Vater wich aus, zog nach links. Durch die Leitplanke auf einen Brückenpfeiler. Beide auf der Stelle tot. Das Auto ein Totalschaden. Irgendwann hat die Polizei bei mir angerufen. Hat mir alles erklärt. Hat gesagt, dass wenn mein Vater nicht so schnell gefahren wäre, man glatt meinen könne, dass er genau auf diesen Pfeiler gezielt habe. Und dann gefragt, ob ich komme. Ob ich mich kümmern will. Die Leichen sehen. Aber ich konnte nicht. Ich bin einfach sitzen geblieben, das Telefon in der Hand. Im Hintergrund habe ich gehört, wie sie nach mir rufen: *Hallo, Herr Hartmann! Hallo, Herr Hartmann, sind Sie noch dran?* Irgendwann haben sie aufgelegt.«

# XXII

Als die Nachricht kam, fiel er, als hätte man ihm die Füße abgehackt. Sie halfen ihm auf, er taumelte, dann liefen sie gemeinsam hinaus in den Garten.

Bei ihrem Anblick wusste er: Memory war tot. Er konnte nicht sagen, warum. Sie lag gekrümmt auf dem Rasen, um ihren Kopf herum Steine. Hagen beugte sich über sie und hob sie zärtlich vom Boden. Ihr Fell war kälter als sonst. Hagen drehte ihr Gesicht seinem zu. Wo Memorys rechtes Auge gewesen war, klaffte eine blutige Höhle. Instinktiv ließ er sie fallen. Im Rasen war etwas Feuchtes verschmiert. Und in dieses Feuchte glitt Hagen hinein und wälzte sich, als müsse er sich, was auch immer geblieben war, anverwandeln, einverleiben. Als seine Bewegungen nachließen und er schließlich zum Stillstand kam, die Augen in das blasse Leichentuch des Himmels gerichtet, da standen sie um ihn wie pietätvolle Bestatter, zugewandert aus Ländern, in denen ein Katzenleben vielleicht nichts zählte, und hoffnungslos underdressed, Bakary in seinen Puma-Shorts und den Badelatschen, Miro in einem vanillegelben T-Shirt und Faisal wie immer im bis oben zugeknöpften Hemd.

»Wer?«, fragte Hagen und richtete sich auf.

Als sie stumm blieben, fuhr er fort: Ob er aus der Tatsache, dass sie schwiegen, ableiten solle, dass sie den Täter nicht kannten, oder ob ihr Schweigen vielmehr der ehrenwerte, aber letztlich doch schamlose Versuch sei, einen Täter zu decken, von dem sie alle wussten. Und, da sie weiter stumm blieben: Ob dieser Täter Yusef sei.

Die Sekretärin hatte Hagen nicht aufhalten können, und auch Eberhard, der sich bei seinem Eintreten erhoben hatte, konnte ihn nicht stoppen.

»Deine Ausländer haben meine Katze getötet«, rief er und musste dabei so furchterregend nah an Eberhard herangekommen sein oder so grässlich gespuckt oder gestunken haben, dass dieser zurückwich und stolpernd in seinen Bürostuhl fiel. Er schien hinter den Papierstapeln, die er wie ein überforderter Buchhalter nach Farben sortiert hatte, vor Hagen in Deckung zu gehen.

»Gesteinigt haben sie sie!«, brüllte Hagen. »In Talibanmanier.« Als hätte die Katze ihre Weltanschauung beleidigt. Die Letzte ihrer Art. Monopolys Tochter. Mikados Enkelin. Eine Katze ohne Nachfahren. Ohne Spuren, die sie in der Welt hinterlasse.

»Weisch, des tut mir leid«, sagte Eberhard, als Hagen hektisch Luft holte, mehrere oberflächliche Atemzüge lang.

Er könne mit den Mördern nicht unter einem Dach wohnen, fuhr Hagen fort. Er wolle sich freikaufen. Eberhard müsse das Haus freigeben. Seine Bande abziehen.

»Und dann?«, fragte Eberhard. »Wo sollen sie hin?«

»In einen Container.«

»Und deine Schulden?«

»Die arbeite ich ab.«

Eberhard sah an Hagen auf und ab. Dann sagte er: »Wir brauchen Männer auf der Baustelle.«

Hagen schluckte. »Vielleicht im Büro?«

Eberhard schüttelte den Kopf. »Weisch, jetzt gewöhnt ihr euch erst mal aneinander. Das mit der Katze tut mir leid. Des isch eine Granatensauerei. Aber irgendwann werden sie dich auch glücklich machen. So ist das Leben: Chance und Risiko in einem.«

Dass die drei Mitbewohner Hagen entgegentraten, als hätten sie auf ihn gewartet, rührte ihn. Hoffentlich wussten sie nicht, wo er gerade gewesen war und was er von Eberhard verlangt hatte. Er schämte sich.

Sie hatten Küchentücher aus dem Haus geholt und Memory darauf in den Schatten gebettet. Da Schleim und Blut in ihrer triefenden Augenhöhle permanent Insekten anlockten, stellte Bakary sich neben die kleine Katze und wedelte geduldig jede heranbrummende Schmeißfliege und jede gierige Wespe davon, bis Hagen schließlich einen leeren Farbeimer holte und ihn über Memorys sterbliche Überreste stülpte. Damit keine Insekten unter dem Eimer hindurch zu ihr vordringen konnten, knieten sie sich ins Gras und verschlossen die kleinen Lücken, die der unebene Rasen freigab, mit Steinchen und Zweigen.

Am Abend las er weiter in den Briefen der Mutter. Schon gestern hatte er erfahren, dass es frühere Briefe als diese gegeben haben musste. Offensichtlich hatte der Vater sie gefunden und verbrannt, denn die Mutter sprach immer wieder davon, dass das, was sie habe sagen wollen, vom Feuer verzehrt worden sei. Warum aber hatte sie Hagen nie einen Brief geschickt? Waren sie, wie anscheinend auch dieser zweite Stapel, eine Art Tagebuch gewesen und allein der Form nach an ihn gerichtet?

Es kränkte Hagen, dass es der Mutter offenbar genügt hatte, nur in Gedanken mit ihm zu kommunizieren. Sosehr er sich über die Mutterbriefe in aprikosenfarbener Schleife freute, so sehr bekümmerte ihn doch, dass die Mutter ihn nur als Adressaten ihrer Gedanken benutzt und keine Antwort von ihm gewollt hatte .

Wobei ihn die Briefe, wären sie ihm zu Lebzeiten der Mutter untergekommen, befremdet hätten. Sie waren in dem neuen Ton abgefasst, in dem die Mutter sich von ihm – und vielleicht auch von sich selbst – entfremdet hatte.

»Lieber Hagen«, hatte sie wenige Monate vor ihrem Tod geschrieben, »dein Vater ist ein Mann der Form. Wir alle sind Formmenschen, nicht nur platonische. Wir wählen zwischen Formen, wenn wir Autos kaufen, Blusen anziehen, Wörter sagen. Die Sprache ist der Extremfall der Form. Sie kann reiner Formalismus sein, so wie ein Kometenhagel reine Materie ist. Dein Vater wird zum Formalisten, sobald er über uns urteilen zu dürfen meint. Dass ich dir schreibe, missfällt ihm der Form nach. Briefe. Mit Tinte auf Papier. Wie ich dich nenne. Lieber Hagen. Und dass ich sie nicht abschicke. Sodass sie reine Form bleiben. Kommunikation pro forma. Einseitig. Und darum unbeantwortet. Das hat ihn, den Formalisten, beschämt. Die Größe der Form, die ich dir widme. Das hat ihn dazu verleitet, alles Vorhergehende zu vernichten. Sie zu zerreißen, das hat ihm nicht genügt. Sie in die Flammen zu werfen. Das schien ihm die geeignete Form. So musste er sich rächen. Im Auto drohte er mir, jeder Brückenpfeiler könne ihm helfen, ein Ende zu setzen. Als wäre das Leben ein Schulaufsatz, den man strukturieren müsste. Als wäre der Mensch da, dem Leben eine Form zu geben anstelle eines Inhalts. Immerzu lebt dein

Vater um der Form willen, muss in allem der Schnellste sein und meint, was er schnell verrichte, sei schon darum überlegen, weil es sich der Form nach unterscheide.

Mutter und Sohn, das steht fest für ihn, haben vor allem eines zu sein: materialisierte Form. Genealogie ersten Grades. Trägerschicht juristischer Definitionen. Obhut. Fürsorge. Erziehung. Aufenthaltsbestimmung. Die Vollendung des achtzehnten Lebensjahres deformalisiert das Verhältnis. Löst das Juristische auf. Erlaubt zufällige Menschlichkeit. Die klare Formen kennt. Man trifft sich zum Essen oder zum Kaffee. Mindestens ein Tisch muss dieses Verhältnis strukturieren. Eher noch die geschlossene Tür. Der Sonntagnachmittag. Die artig verpackten Geschenke. Anzug und Kostüm für Taufe, Einschulung, Begräbnis. So ist es die Form, die alles regelt zwischen Vater und Tochter, Mutter und Sohn. Dein Weg ins weite Offen, der hat ihm nicht behagt. Er lässt dich gehen und verlangt, dass ich dich gehen lasse. Vielleicht hat er recht.«

Hagen ließ den Brief sinken.

Er hatte es immer albern gefunden, sich etwas darauf einzubilden oder sich dagegen aufzulehnen, der Sohn seines Vaters zu sein. An diesem Abend hielt er zum ersten Mal für möglich, dass die Auflehnung gegen den Vater und die Befreiung der Mutter seine Pflicht gewesen wären.

# XXIII

Dass Adana gekommen war, verlieh Memorys Bestattung eine Feierlichkeit, die Hagen verlegen machte. Zu einer violetten Bluse mit Rüschenkragen trug sie einen schwarzen Rock, dessen Schwung um ihren Unterleib Hagens Blicke ununterbrochen anzog. Immer wieder musste er sich zwingen wegzusehen.

Faisal, Bakary und Miro standen nebeneinander in einer Reihe. Faisal trug eine helle Krawatte, die ihm weit über den Gürtel hing. Yusef war nicht gekommen. Hagen hatte, bevor er zum Bahnhof gefahren war, um Adana abzuholen, an seine Zimmertür geklopft und ihn gefragt, ob er an Memorys Bestattung teilhaben wolle. Vor allem um Yusefs Reaktion zu beobachten und ihn eventuell … ja, was? Zu beschimpfen? Zu verprügeln? Zu bestrafen? Glücklicherweise war an Yusefs Reaktion aber nichts für ihn Untypisches gewesen: Er hatte zuerst gelacht, sich dann weggedreht und gesagt, er habe einen wichtigen Termin in der Kreisstadt, andernfalls wäre er gern gekommen.

Miro hob Memorys Grab mitten im Rasen aus. Von allen Seiten des Gartens war diese Stelle einsehbar. Als Hagen die kleine Katze jetzt aus dem Korb nahm, in den er sie unter eine Decke gebettet hatte, um sie nicht im Moment der Beisetzung unter einem von Schmeißfliegen umschwärmten Farbeimer hervorholen zu müssen, war es ihm, als lege er tatsächlich etwas Vergängliches, nein, etwas Vergangenes in die Erde.

Dass Bakary, nachdem sie einen Augenblick still dagestanden waren, zu singen begann, wollte Hagen erst gekränkt hinnehmen, bis er sah, wie der Mitbewohner die Augen beim Singen geschlossen hielt und wie ihm dabei zwei Tränen völlig symmetrisch die Wangen hinabliefen. Es war, als trüge er mit seinen tiefen Tönen nicht nur eine Katze, sondern alle Katzen, vielleicht sogar alle Toten der Welt zu Grabe.

Anschließend gaben sie einander den Spaten in die Hand, um Memory mit Erde zu bedecken. Adanas Rock flatterte, als sie den Spaten weiterreichte. Hagen wischte sich mit dem Arm über das Gesicht. Dann kniete er nieder und glättete das Grab mit der flachen Hand.

Während die anderen schon um den Wohnzimmertisch saßen, kehrte Hagen noch einmal in den Garten zurück, um nach Memorys Grab zu sehen.

»Was haben Sie denn da für ein Gesocks angeschleppt?«, rief plötzlich Frau Träuble über den Zaun. In diesem Moment erschien Faisals Kopf in der Terrassentür. »Entschuldigen Sie bitte, Herr Hartmann«, sagte er, »wollen Sie auch etwas trinken?«

Hagen ließ Frau Träuble ohne Antwort am Gartenzaun zurück und folgte ihm ins Haus.

Auf dem Weg zum Tisch fragte Faisal: »Was bedeutet Gesocks?«

Dass Hagen die Tür hinter sich schloss, fühlte sich an, als müsste er wie ein Teenager verbergen, dass er weiblichen

Besuch hatte. Der halb geschlossene Rollladen und die Ritzen zwischen den Lamellen tauchten das Kinderzimmer in ein Mosaik aus Hell und Dunkel. In einem Hollywoodfilm hätte Hagen bei solchem Dämmerlicht eine sich ankündigende Sexszene vermutet. Adana staunte über das Bett der Mutter, setzte sich allerdings weder auf dieses neue noch auf Hagens altes Bett, sondern auf den Schreibtischsessel.

»Meine Mutter hat mir Briefe geschrieben, die sie nie abgeschickt hat«, sagte Hagen, zog die Schublade auf, ließ den Stapel zwischen Daumen und Zeigefinger durchlaufen wie in einer Zählmaschine und reichte Adana ein Beispiel. Dann beobachtete er sie beim Lesen, wie sich ihre Augenbrauen hoben, wie ihre Lippen Laute formten, als müsse sie, was sie über die Augen aufnahm, über den Mund gleich wieder loswerden.

»Ich weiß nicht, ob ich den Brief richtig verstehe«, sagte sie. »Deine Mutter sagt, dass dein Vater sich nur für Formen interessiert. Aber der Brief, den sie selbst geschrieben hat, ist doch auch nur eine Form, darüber nachzudenken. Sie hat ihn dir nicht geschickt. Es war ihr egal, ob du den Inhalt kennst. Sie wollte ihre Gedanken nur in eine Form bringen.«

»So habe ich das auch verstanden. Und es verletzt mich, dass sie mir jahrelang so viel gesagt hat, aber dass ihr egal war, ob ich es höre.«

»Ist es sehr schwer für dich?«

Hagen zögerte. Die vier neuen Mitbewohner. Dazu Memorys Tod. Und dann die Briefe in seinem Schreibtisch. Vielleicht wenn die Mutter noch leben würde – vielleicht hätte er sich dann über die Briefe gefreut. Wäre zu ihr gefahren. Hätte sie eingeladen. Ihr geantwortet.

»Du kannst ihr auch jetzt noch antworten«, sagte Adana und zog, weil sie Hagen die Ratlosigkeit ansah, statt einer Erklärung ein Blatt Papier aus einem der Schreibtischfächer. Mit vorgerecktem Kopf suchte sie einen Stift in den Behältern unterhalb der verdursteten Pflanzen. Dann stand sie auf, zwängte sich an ihm vorbei vom Schreibtisch weg und bedeutete ihm, sich zu setzen.

Hagen spürte ihren Blick auf seinen Händen, auf seinen Wimpern, auf seinen Wangen, während er schrieb. Kurz blickte er auf. Adana lächelte ihm zu. Dann schrieb er weiter.

Zum Lesen setzten sie sich nebeneinander aufs Bett. Adana bewegte wieder die Lippen, während sie den Text durchging, doch obwohl Hagen den Stoff ihres Rocks an seiner Hand spürte und die Buchstaben vor sich sah, verstand er sie nicht, sondern folgte ihren Lippen nur wie einem stummgeschalteten Radio, das sich durch Bewegungen auf dem Display verriet.

Das Schöne an seinem Brief sei, sagte Adana, nachdem sie das Blatt hatte sinken lassen, dass er Hagen ganz enthalte. Dass er eben keine Form sei, sondern ein Bekenntnis. Vielleicht schade, vielleicht aber auch gut, dass auch dieser Brief die Adressatin niemals erreiche.

Da führte Hagen seine Hand an ihr Haar. Die Innenseite streifte ihre Wange. Das geschah völlig spontan, und er fuhr fort, weil er nicht anders konnte. Er musste dieses Mädchen halten. Wie sie ihn hielt. Nur anders. Körperlicher. Weil sie sich ihm zuwandte, nahm er an, dass auch sie nicht anders konnte. Da küsste er sie. Näherte seine Lippen ganz langsam. Sie blieb da. Ihr voller Mund. Bot sich ihm an. Leicht geöffnet. Wohin er sah. War sie. So nah war er einem Menschen nicht gekommen. Die braune Haut. Und überall ihr Haar. Gebt mir Krakenarme. Ich will fühlen, fühlen, fühlen. Das Küssen geht von selbst. Die Lippen magnetisch. Sesam, öffne dich. Sie riecht nach Vanille und wilder als das. Er weiß nicht, wie Safran riecht. Vielleicht wie sie. Dann regt sich etwas in ihr. Er ist alarmiert. Spürt den halben Millimeter, den sie zuckt. Spürt den Viertelmillimeter, den ihr Mund sich schließt. Gibt sie frei.

Staunend sitzt er ihr gegenüber. Will sich wegdrehen. Aber er braucht diese Nähe. Den Blick in ihr Gesicht. Ihre Hände griffbereit. Sie nestelt am verrutschten Rock. Seine Hand will helfen. Zitternde Gesten der Verlegenheit.

Weil sie nichts sagt, prescht er vor. »Das war so schön, so viel, so nah«, sagt er und atmet ein und aus und ein und aus.

Adana dankt ihm. Sie sei überrascht. Beglückt von dem Gefühl, das er ihr zurückgegeben habe. Dieses Gefühl, Geschwister zu haben. Einen jüngeren Bruder.

Es klopfte. Fast im gleichen Moment öffnete Yusef die Tür. Sein Haar war nass, der Oberkörper nackt. Wo sein rechter Arm gewesen war, spannte sich gerötetes Fleisch wie eine Geschwulst. Hagen musste starren, als hätte er Geld bezahlt. Wie der Zuschauer einer Inszenierung, die bald enden würde.

Yusef starrte zurück. Aber nicht auf ihn, sondern auf Adana. Er sagte etwas auf Arabisch und klang dabei wie ein heiserer Hofhund. Der schwarze Gürtel an Yusefs Hose stand offen, und als Yusef jetzt seine Hand vom Türrahmen löste, dachte Hagen kurz, er werde diesen Gürtel aus der Hose ziehen und vor das Bett treten.

Adana sagte nur ein einziges arabisches Wort. Da drehte Yusef den Amputationsstumpf weg, als schäme er sich plötzlich seiner Blöße, und schloss die Tür, ohne dass von ihm oder diesem Schließen ein einziger Laut zu vernehmen war.

Adana hatte darauf bestanden, mit dem Bus zum Bahnhof in der Kreisstadt zu fahren. Weder Hagens Beteuerung, dass heute keiner mehr fahre, noch der Fahrplan auf seinem Smartphone hatten Adana davon abbringen können. Erst als sie an der Bushaltestelle nebeneinander vor dem hinter grünem Plastik verschraubten Papierfahrplan standen und die Striche anstelle von Abfahrtszeiten sahen, erlaubte sie ihm, sie zum Bahnhof zu bringen.

Von einer älteren Frau mit Kopftuch und Einkaufstrolley abgesehen, waren sie am Bahnsteig allein. Erst in Deutschland habe sie erfahren, dass das, was für sie selbstverständlich war, Endogamie hieß, sagte Adana. Für sie, die Jesiden, sei es die Liebe zum eigenen Volk, die solche Ehen nahelege. Die engen Bande zwischen den Familien. Der Drang, zu überleben, die Zukunft der eigenen Gemeinschaft zu sichern in einem Becken fremder Kulturen. Und letztlich vor allem der Respekt vor den Eltern, den Großeltern, den Urahnen, die immer die Söhne und Töchter jesidischer Familien geheiratet hatten und die man nicht enttäuschen wolle. In Kocho habe sich kaum einer die Frage gestellt. Dort seien alle jesidischen Familien durch ein unsichtbares Band verknüpft gewesen, und dass man geheiratet habe, wer einem durch den gemeinsamen Glauben nahestand, habe sich ergeben wie ein Naturgesetz. Anders sei das in den Städten, in Sindschar etwa, wo viele Araber lebten. Dort werde zur streng formulierten Regel, was in Kocho das einzig Denkbare sei.

»Aber …«, begann Hagen und unterbrach sich.

Obwohl sie direkt voreinander standen und Adana ihn aus grünen Augen ansah, war sie weiter von ihm entfernt als je zuvor.

Eine weibliche Computerstimme kündigte die Einfahrt des Zugs an.

»Was wolltest du sagen?«

»Aber deine Eltern und Großeltern …« Wieder unterbrach er sich.

Der Schleier, der sich über ihre Augen gelegt hatte, verriet, dass sie ihn verstanden hatte. Diesmal hatte sie kein schweres Gepäck, das er ihr ins Zuginnere reichen musste. Sie reiste ganz leicht davon. Unbeschwert wie ein Zugvogel.

»Eberhard hat einen Ausbildungsplatz für mich«, sagte Bakary, als Hagen die Haustür hinter sich geschlossen hatte. »In drei Jahren zum Koch. Sie wollen mich aber nicht nehmen, weil ich nicht gut lesen kann. Kannst du mir helfen?« Er deutete auf Heft und Buch, die er in der Hand hielt.

»Sorry«, sagte Hagen und bückte sich nach seinen Schuhen. »Die großen Lernprozesse im Leben muss man allein durchlaufen.« Dann ging er in sein Zimmer, legte sich aufs Bett und starrte an die Decke.

# XXIV

Weil der, der geklopft hatte, wartete, wusste Hagen, dass es nicht Yusef sein konnte. Adana! Mit klopfendem Herzen richtete er sich auf. Betastete sein Haar. Die Luft im Zimmer war viel zu abgestanden, um sie zu empfangen. Er sprang aus dem Bett und riss das Fenster auf. Wieder klopfte es. »Moment«, rief er und roch an seinen Achseln.

Es war Bakary. Im Arm hielt er eine junge Katze, schwarz-weiß gefleckt, die Ohren nach hinten gedrückt, dazu ein rudernder Schweif.

»Für dich«, lachte er und deutete an, die Katze auf den Boden springen zu lassen. Weil Hagen ratlos stehen blieb, drückte er sie weiter an das Polyester über seiner Brust.

Einige Sekunden standen sie sich schweigend gegenüber. Der rudernde Schweif der Katze war die einzige Bewegung im Zimmer.

»Nicht hier«, sagte Hagen dann und wies Bakary mit Bewegungen, geometrisch und abrupt wie die Befehle eines Schiedsrichters, den Weg in die Küche.

Die Behältnisse, aus denen Memory gefressen und getrunken hatte, hatte Hagen behalten. Wie ein Kellner, der über keine Bewegung mehr nachzudenken braucht, öffnete Hagen diese Tür und jene, schraubte auf und verschloss, bis er auf dem Küchenboden eine Reihe aus Näpfen, Tellern und Schüsseln wie auf dem Förderband einer Mensa aufgebaut hatte. Dann bedeutete er Bakary, die Katze abzusetzen. Ratlos starrte das stumme Tier auf die Pfützen aus Milch, die triefenden Fleischbrocken und die Lavalandschaft aus stinkendem Trockenfutter.

»Wie heißt sie denn?«, fragte Bakary.

Hagen zuckte die Achseln. »Das musst du doch wissen.«

Er sei nicht sehr kreativ, sagte Bakary. Den Namen überlasse er Hagen. Genau wie die ganze Katze, falls das nicht klar geworden sei.

»Wollen wir eine Katze in diesem Haushalt?«, fragte Hagen. Die Kosten sprächen dagegen. Der Geruch. Yusef habe sich über Memorys Katzenklo beschwert. Eine Katze brauche Pflege. Man könne sie nicht allein lassen.

Irgendeiner sei doch immer da, wandte Bakary ein.

Aber nicht jeder wolle sich um ein solches Tier kümmern, sagte Hagen. Auch er sei gegen eine Katze in diesem Haushalt.

Hagen könne das Tierchen ja erst einmal behalten, schlug Bakary vor. Vielleicht sei seine Erinnerung an Memory noch zu stark. Wenn nicht, dann werde er sich schon an die neue Katze gewöhnen. Er, Bakary, habe ihm jedenfalls eine Freude machen wollen.

Hagen nickte ernst.

Dann verließ Bakary die Küche.

Die Katze fraß noch immer nicht. Sie saß vor den Näpfen, als hätte sie sich ein Leben lang durch Photosynthese ernährt.

Hagen holte einen kleinen Löffel aus der Schublade, und wie er es bei Memory immer gemacht hatte, wenn sie nicht fraß, beugte er sich von hinten über das Tier. »Guck mal«, sagte er, rührte in dem triefenden Trockenfutter und gegen den Rand des Napfs. Die neue Katze legte die Ohren an. Hagen legte sich auf den Küchenboden und schob die Schüsseln, Teller und Näpfe umher, als wären sie Mäuse, die durch die Küche huschten. Jetzt sah ihm das Tier mit riesigen Pupillen ins Gesicht.

»Willst du nicht fressen?«, fragte Hagen, während er aufstand und hinter die Katze trat. Dann hob er sie vom Boden hoch und wollte ihr Mut zusprechen. Da fuhren ihre Krallen in seine Haut, sie fauchte und trat gegen seine Brust, er spürte, wie seine Hände sich um ihren Hals legten, und er verfluchte Bakary, dass er eine Katze gefunden hatte, die Memory so ähnlich sah und doch nicht Memory war, und weil das Tier weiter mit den Tatzen nach ihm schlug und ihm die Hände blutig ritzte und er nicht wusste, wohin mit seinen gefletschten Zähnen und dem Zement in seinem Bauch und der Kraft in seinen Armen, öffnete er die Tür unter der Spüle, der Deckel des Bioabfalls klappte hoch, und dort hinein, in Eierreste, Kartoffelschalen und altes Zeitungspapier, warf er die kleine Katze und sah befriedigt zu, wie sich der Deckel über dem polternden Körper schloss und die Tür sich wieder harmonisch in das hölzerne Ensemble einfügte.

Da spürte er Blicke in seinem Rücken und drehte sich um. Es waren Miro und Yusef, die dort standen. Hinter der Tür zu den Abfalleimern rumorte es, und ein raunendes Wehklagen drang hervor wie aus einer Gruft. Einen Augenblick stand er wie erstarrt, bevor er aus der Küche stürmen wollte, da verschränkte Miro die Arme, und auch Yusef legte seinen Arm quer über die Brust, sodass Hagen stehen blieb und sich hilflos umsah. Eine Schmeißfliege prallte mit ihrem fleischigen Panzer gegen die Fensterscheibe und taumelte summend weiter. Dann drehte Hagen sich um, riss die Tür auf, der Deckel fuhr hoch, und die kleine Katze starrte ihn glühend an. Ihr Fell war verschmiert. Eierschalenreste klebten an Bauch und Rücken.

»Komm«, sagte Hagen kraftlos. Sie kam nicht.

Obwohl sie, als er die Arme nach ihr ausstreckte, ganz ruhig blieb und ihn nur weiter fixierte, ließ er die Hände wieder sinken.

»Komm«, sagte jetzt auch Miro und erzeugte ein lockendes Geräusch mit dem Mund. Er kam näher, aber Hagen bedeutete ihm, fernzubleiben. Alle drei zogen sie sich zurück und verbargen sich im Flur, sodass sie gerade noch in die Küche spähen konnten. Wie Soldaten ohne Munition kauerten sie und warteten darauf, dass der Feind sich zeige, sich verrate, einen Fehler begehe. Doch es geschah nichts.

Da ging Hagen schließlich in die Küche zurück, zog den Mülleimer aus der Verankerung und schüttete aus geringer Höhe den gesamten Bioabfall auf dem Küchenboden aus. Ein süßlicher Geruch stieg auf. Fruchtfliegen kreisten aufgeregt. Es dauerte einen Moment, bis Hagen zwischen Kaffeesatz und Kartoffelschalen, bläulichem Ei und schimmligen Karotten die kleine Katze entdeckte, die auch jetzt noch reglos blieb. Als sie dann doch wie ein Feuerwerkskörper aus dem Abfall hervorschoss und sich im Dunkel der Eckbank verbarg, setzte sein Herzschlag aus, obwohl er jeden Augenblick mit dieser Reaktion gerechnet hatte.

Yusef und Miro lachten. Dann bot Yusef zu Hagens Überraschung an, er könne den Abfall vom Küchenboden beseitigen. Die anderen beiden hätten sicher Wichtigeres zu tun. Stöhnend bückte er sich unter die Spüle und zog Schaufel und Besen hervor, die ineinandergesteckt waren.

Währenddessen reichte Miro Hagen ein Papier, das er die ganze Zeit in der Hand gehalten haben musste.

Im Wohnzimmer las Hagen, was das Bundesamt für Migration und Flüchtlinge schrieb:

*In dem Asylverfahren*
*des Miro Awdalow*
*ergeht folgende Entscheidung:*

*Der Antrag wird als unzulässig abgelehnt.*

*Abschiebungsverbote nach § 60 Abs. 5 und 7 Satz 1 des Aufenthaltsgesetzes liegen nicht vor. Der Antragsteller wird aufgefordert, die Bundesrepublik Deutschland innerhalb einer Woche nach Bekanntgabe dieser Entscheidung zu verlassen. Sollte der Antragsteller die Ausreisefrist nicht einhalten, wird er nach Georgien abgeschoben. Der Antragsteller kann auch in einen anderen Staat abgeschoben werden, in den er einreisen darf oder der zu seiner Rückübernahme verpflichtet ist.*

*Das gesetzliche Einreise- und Aufenthaltsverbot gemäß § 11 Abs. 1 des Aufenthaltsgesetzes wird auf 30 Monate ab dem Tag der Abschiebung befristet.*

Hagen ließ den Brief sinken. »Und jetzt?«

Miro zuckte die Achseln und sah angestrengt aus dem Fenster: »Dann geh ich halt.«

»Nein!«, sagte Hagen.

»Sie haben ja recht. Es gibt keinen Asylgrund.«

»Einen Asylgrund vielleicht nicht. Aber doch einen Grund, dass du da bist.«

Er befahl Miro, sitzen zu bleiben, während er googelte.

Offensichtlich war, was ihnen bevorstünde, vor allem ein Wettlauf gegen die Zeit. Bei der Art von Ablehnung, wie sie auf Miros Asylantrag ergangen war, blieb nur eine Woche zur Klage. Andernfalls war die Entscheidung nicht mehr anfechtbar.

Die Klage konnte man entweder selbst schriftlich erheben oder durch einen Rechtsanwalt. Zudem war es anscheinend möglich, persönlich beim Verwaltungsgericht vorzusprechen und dort seine Klageabsicht vorzutragen.

»Und jetzt?«, fragte Hagen wieder.

Miro blinzelte zum Fenster hinaus. So hatte er ihn noch nie erlebt. Miro war ein anderer, vielleicht zum ersten Mal er selbst.

»Abschied«, sagte Miro plötzlich.

Hagen runzelte die Stirn.

Die neue Katze könne doch Abschied heißen. Schließlich sei sie hier am Tag seines Bescheids erschienen, als wäre sie Teil eines Abschiedskomitees.

Hagen hatte nicht damit gerechnet, dass Eberhard eine Anwältin kennen und sie sofort anrufen würde. Die bunten Papierstapel in seinem Büro waren genauso hoch wie beim letzten Mal, sodass Hagen sich fragte, ob sie sich vielleicht schon seit Jahren hier türmten. Hinter einem der Stapel verbarg sich ein Telefon, dessen Lautsprecherfunktion Eberhard aktivierte, nachdem er seine Anwältin über Hagens Anwesenheit aufgeklärt hatte.

Natürlich habe eine Klage aufschiebende Wirkung, erklärte die Anwältin. Aber letztlich ändere sie nichts daran, dass für Miro kein Asylgrund vorliege.

»Kann man da denn gar nichts machen?«, rief Hagen. Da die Anwältin schwieg, war er nicht sicher, ob sie ihn gehört hatte.

»Es kommt schon immer wieder vor, dass Antragssteller im Bundesgebiet bleiben dürfen, auch wenn kein eigentlicher Asylgrund vorliegt. Zum Beispiel im Rahmen einer Duldung«, antwortete sie zögerlich.

»Dann könnten Sie doch eine Duldung für Herrn Awdalow erwirken?«

Die Anwältin klang, als wiege sie den Kopf. »Das Problem mit der Duldung ist, dass ein zwingender Grund vorliegen muss. Zum Beispiel eine akute Erkrankung, die die Ausreise verunmöglicht. Oder eine begonnene Berufsausbildung.«

»Miro kann bei mir eine Ausbildung anfangen«, sagte Eberhard. »Das tät ihm vielleicht sogar Spaß …«

»Das Problem ist«, unterbrach die Anwältin, »dass die Ausbildung begonnen worden sein muss, bevor die Duldung ausgesprochen wird. Im Fall von Herrn Awdalow liegt aber ein negativer Asylbescheid vor, der am Ende dieser Woche zu vollstrecken ist. Man wird ihm keine Arbeitserlaubnis erteilen, um eine Ausbildung zu beginnen, die dann zu einer Duldung führt.«

»Egal«, sagte Eberhard. »Wir klagen. Und in der Zwischenzeit fällt uns schon was ein.«

Und dann, als er aufgelegt hatte: »Gut, dass du da bisch.« Er habe ohnehin mit Hagen reden wollen. Ihm sei da eine Geschichte zu Ohren gekommen. Von einer Katze im Biomüll. Vor den Augen der Jungs. Da frage er sich schon, ob Hagen der Richtige sei, um vier junge Männer zu integrieren. Ob es nicht besser wäre, die vier zögen aus und Hagen zahle das Geld zurück.

In Hagens Innerem hatte sich eine Grube gebildet, in der all seine Kraft versickerte.

»Wie denn zurückzahlen?«, fragte er tonlos.

»Wie besprochen«, sagte Eberhard. »Das Haus fällt an mich. Ich verkaufe es. Geld zurück. Affe tot.«

Hagen öffnete den Mund, aber ihm fiel keine Antwort ein.

Das habe er sich gefragt, sagte Eberhard. Aber er sei niemals voreilig. Schnell-schnell-schnell, das überlasse er anderen. Es werde sich noch zeigen, ob Hagen geeignet sei.

Vielleicht wäre alles leichter, wenn Yusef aus- und Adana einziehen würde, sagte Hagen.

»Adana?« Eberhard hob die Augenbrauen. »Die bleibt doch in Heidelberg. Hasch du des noch nicht gehört?«

Zwanzig Minuten später parkte Hagen seinen Mini vor Frau Gutgesells Haus.

Oder sollte er lieber nicht klingeln? Lieber nicht nach Adanas Sachen fragen? Frau Gutgesell sagen, dass er sie Adana nach Heidelberg bringen wolle. Vielleicht lagen die Sachen wild durcheinander. Vielleicht fände Frau Gutgesell es komisch, wenn sie gemeinsam in Adanas Zimmer stehen und Adanas Unterwäsche vom Boden auflesen würden. Und Adana würde es seltsam finden. Ihre Röcke und Rüschenblusen, ihre weißen Unterhemden und Büstenhalter aus seiner Hand.

Rückwärtsgang. Hinunter vom Grundstück und wieder auf die Hauptstraße. Und jetzt? Wahrscheinlich war die A81 der schnellste Weg nach Heidelberg. Google-Maps gab ihm recht. Die Software würde die nächsten zwei Stunden vermutlich ununterbrochen wiederholen, dass das Vorwärts der richtige Weg sei. Dennoch – oder gerade deshalb – ließ er sie laufen.

Und dann? Wenn er vor ihr stünde – wie weiter?

Komm zurück nach Löwenau?

Oder: Komm zurück zu mir?

Sie war nie bei ihm gewesen. Nur als Gast. Nur aus Gnade.

Verdammt, jetzt hatte er doch vergessen, das blaue Politikerhemd anzuziehen, das sie ihm geschenkt hatte und in dem er so wichtig aussah. Stattdessen trug er das braune Hemd, das er am Abend ihres Kennenlernens vollgekotzt hatte. Faisal hatte es für ihn gereinigt. Die letzten Spuren des Erbrochenen so restlos beseitigt, als hätte es den ganzen Abend nie gegeben. Durch Einweichen. Oder Reiben. Faisal hatte sein Vorgehen erklärt, aber Hagen konnte sich nicht erinnern. Faisal war ein Naturtalent. Der Stoizismus, mit dem er stundenlang pfeifend vor dem Wäscheständer stehen und Trockenes ab- und Feuchtes aufhängen konnte, war beeindruckend. Und Bügeln war Faisal anscheinend noch lieber als Waschen. Am Anfang hatte es lustig ausgesehen, wie Faisal das Bügeleisen fast auf Höhe seiner Augen über die Hosen und T-Shirts der Mitbewohner führte. Aber dann hatte Yusef gefragt, ob Faisal, dieses Opfer, nicht wisse, dass man das Bügelbrett in der Höhe verstellen könne. Seither lag bequem unter ihm, was Faisal bügelte.

Vor dem Autobahnkreuz Stuttgart derselbe stockende Verkehr wie früher. Jetzt musste er besser aufpassen. Abbremsen. Anfahren. Die Spur wechseln. Wie sollte er da nachdenken?

Google musste helfen. Das Wissen der anderen, die klüger waren als er.

*So gewinnst du sie zurück*, versprach ein Video auf YouTube.

*Tu das, wenn dein Partner geht*, verlangte ein Podcast, den es auf Spotify zu hören gab.

Er steckte sich die Kopfhörer in die Ohren und ließ nacheinander beides laufen.

Auf keinen Fall hinterherrennen, betonten sowohl der Kerl mit den ausrasierten Schläfen im Video als auch die Frau mit der androgynen Stimme im Podcast. Du musst dir selber etwas wert sein, beschworen sie Hagen. Es gibt im Leben eine Zeit der Übereinstimmung und eine Zeit, in der etwas verrutscht ist. Die Zeit der Übereinstimmung lässt sich nicht reanimieren. Es gibt kein zweites Leben im ersten. Alles, mein Lieber, ist endlich. Du. Deine Zeit. Und die Zeit mit deinem Gegenüber. Ihr habt euch weiterentwickelt. Du suchst im anderen, was er nicht mehr ist. Du willst der bleiben, der du warst, für jemanden, der nicht mehr ist, wofür du ihn noch immer hältst. Vielleicht bist du jetzt geblendet, weil der andere beim Gehen die Tür aufgerissen hat. Aber wenn du nicht ins Licht starrst, sondern dich umdrehst, dann siehst du seine Gründe. Und vielleicht sind es auch deine. Oder du hast andere. Schmerz ist eine Illusion. Wenn wir ihn spüren, dann zeigt er uns, dass wir etwas nicht akzeptieren. Wer alles akzeptiert, dem kann nichts wehtun. Den kann nichts verletzen.

Wenn du dir deinen Partner zurückwünschst, dann heißt das, dass du seinen Wunsch nicht akzeptierst. Er ist jetzt ein anderer und will dieser andere sein dürfen. Wenn du einen Partner zurückwillst, musst du ihm geben, was er verlangt. Lass ihn gehen. Erst dann kann er sich wieder wünschen, du wärst da. Und dann könnt ihr wieder zusammenfinden. Als ein neues Ich und ein neues Du. Lass. Ihn. Gehen.

Hagen zog die Kopfhörer aus den Ohren.

Es war nicht mehr weit bis Heidelberg.

Er versuchte zu pfeifen. Die Landschaft schön zu finden.

Was die dort sagten, der Kerl mit den ausrasierten Schläfen und die Frau mit der androgynen Stimme, hatte nichts mit ihm zu tun. Die nahmen beide an, man hätte einen Partner verloren. Eine Person, der man zu nah war. Deren Doppelgänger man geworden war. Die Stimme in ihrem Kopf. Das schlechte Gewissen beim Aufwachen und der deutende Zeigefinger.

Seine Situation war eine ganz andere. Hatte nichts damit zu tun. Adana gehörte nach Löwenau. Das wollte er ihr sagen. Er hatte sie nie bedrängt. Keine Jahre mit ihr verbracht. Konnte ihr nicht zu viel geworden sein. War einfach nur da gewesen. Zufällig. Manchmal. Gut, jetzt vermisste er sie. Aber taten das nicht alle in Löwenau? Frau Gutgesell und Eberhard und die anderen? Das durfte er ihr doch sagen. So viel musste erlaubt sein.

Weil er nicht wusste, wo Adana wohnte, hatte er einfach ein Parkhaus irgendwo am Heidelberger Hauptbahnhof genommen. Und doch hatte es keine fünf Minuten gedauert von seinem Anruf bis zu Adanas Erscheinen auf diesem belebten Platz, wo ständig Autos ein- und ausparkten, Menschen ein- und ausstiegen, Koffer ein- und ausgeladen wurden, als wäre es eine Schande, einem Ort treu zu bleiben.

Fünf Minuten, in denen er auf und ab gegangen war wie damals vor seiner Fahrschulprüfung.

Adana umarmte ihn, wie man ein trauriges Kind umarmt.

Augenblicklich spürte er seine Augen feucht werden.

»Deine Sachen habe ich nicht mitgebracht«, sagte er und beim letzten Wort kippte ihm die Stimme.

Adana führte ihn zu einer Bank aus dunkelgrünem Drahtgitter, auf dem der Regen Kleckse von Vogelscheiße verwaschen hatte.

»Du bist lieb«, sagte Adana. »Ich habe genug Sachen da.«

Sie streichelte seine Wange und strich ihm das lange Haar hinter die Ohren.

»Bist du extra hergefahren, um mich zu sehen?«, fragte sie.

Er nickte, weil ihm die Worte fehlten.

»Och je«, sagte Adana zärtlich, schlang ihren Arm um seinen Kopf und führte ihn an ihre Schulter. Eine Träne tropfte von seiner Nase auf ihre Jeans. Es war nicht die dunkelblaue, die sie beim vorletzten Mal am Bahnsteig in der Kreisstadt getragen hatte, sondern eine graue. Er sah der Träne zu, wie sie in alle Richtungen zerlief wie etwas, das kaputtgegangen war.

Adana löste ihn sanft von ihrer Schulter, drehte sich noch mehr mit dem Körper ein, sodass ihre Schenkel fast aufeinander zeigten und ihre Knie aneinanderstießen. Dann spürte er, wie sie seine feuchten in ihre warmen Hände nahm.

»Hagen, du brauchst mich nicht, hörst du?«

Er nickte, weil er mit allem einverstanden sein wollte, was sie sagte.

»Du hast alles, was du brauchst, verstehst du?«

Er nickte wild, als hätte sie seine ureigensten Gedanken ausgesprochen.

»Alles, was du brauchst, ist in dir drin.« Mit der flachen Hand rieb sie über sein Herz.

»Du bist jetzt ein starker Mann. Ich bin stolz auf dich.« Sie küsste ihn auf die Stirn, und er stellte sich vor, dass sie einmal ihren kleinen Sohn auf diese Weise küssen würde.

»Und jetzt fährst du nach Löwenau zurück. Du wirst dort gebraucht.«

Dann ging er, ein starker Mann, der sich elend fühlte, dorthin, wo er das Parkhaus vermutete, in Wirklichkeit aber ein Postgebäude lag. Als er seinen Irrtum bemerkte und zu dem Platz mit der Bank aus dunkelgrünem Drahtgitter zurückkehrte, war Adana verschwunden.

Bakary saß am Wohnzimmertisch und sah verzweifelt aus. Vor sich hatte er Bücher, Papier und Stifte ausgebreitet.

»Lernst du für deine Ausbildung?«, fragte Hagen.

Es werde keine Ausbildung geben, antwortete Bakary. Die Wirtin der Mehlschwalbe habe ihn etwas vorlesen lassen und dann einen Lese- und Rechtschreibtest angesetzt, den sie sich selbst ausdenken wolle. Den Ausbildungsvertrag werde sie nur unterschreiben, wenn er bestehe. Zu einem solchen Test brauche er aber gar nicht anzutreten.

»Lies mal vor«, sagte Hagen und deutete wahllos auf einen Absatz im Buch, das vor Bakary lag. Während Bakary vorlas, wunderte sich Hagen, wie groß der Unterschied war zwischen dem Deutsch, das Bakary sprach, und dem Deutsch, das er vorlas. Ganz offensichtlich hatte er die Sprache nur über den Hörsinn gelernt, denn wenn er las, zogen sich die Wörter wie Hängebrücken. Die Buchstaben wackelten in Bakarys Mund, und er spuckte sie aus, weil er sich in ihnen getäuscht hatte und nach anderen suchen musste, die ihm doch nicht einfielen. Einige Buchstaben erkannte er sofort – das K, das T, das P –, andere schien er ganz und gar vergessen zu haben. Außerdem konnte er keine Kombinationen deuten. Ein S-C-H las er als drei getrennte Laute vor, ein Ä-U oder E-I ebenso. Sie müssten, sagte Hagen, vielleicht die Wortebene noch einmal verlassen und auf die Lautebene zurückkehren. Dann malte er einzelne Buchstaben über volle Blattlängen und ging mit Bakary in die Küche, wo – wie sie feststellten – die neue Katze noch immer mit glühenden Augen unter der Eckbank lauerte. Gemeinsam suchten sie Objekte, die sich gut mit den entsprechenden Buchstaben bekleben ließen. Auf dem Blatt mit S ergänzte Hagen ein P und klebte es an die Spülmaschine. Das S verändere am Wortanfang seinen Lautwert, wenn ein P folge, sagte er und machte es vor, bis Bakary in fröhliches Gelächter ausbrach. Das S-C-H befestigten sie am Schrank, das H am Herd und dann einiges im Innern von Kühlschrank und Speisekammer: das G an einer Gurke, das Z an einer Zucchini, das B an der Brotschneidemaschine. Ob es nicht vergeblich sei, Buchstaben an Dingen zu befestigen, die morgen oder übermorgen gegessen würden, fragte Bakary. Im Gegenteil, sagte Hagen nach kurzer Überlegung. Gerade weil man diese Dinge esse und darum die Zettel abnehmen und anderswo anbringen müsse, sei man gezwungen, sich mit den Buchstaben auseinanderzusetzen.

Sie kehrten ins Wohnzimmer zurück, und Hagen war überrascht, dass Bakary einige Buchstaben tatsächlich viel schneller erkannte, wenngleich man die Gesamtheit der Laute, die einzeln und wie zufällig aus seinem Mund krochen, noch nicht als Lesevortrag bezeichnen konnte.

»Was macht ihr denn da?«, fragte plötzlich Miro, und als sie sich umdrehten, stand auch Faisal hinter ihnen und sagte: »Sie sind ein guter Mann.«

Kurze Zeit später saßen sie gemeinsam auf der Terrasse.

Nachdem Faisal allen etwas Wasser mit Zitronenaroma

eingeschenkt hatte, sagte Hagen, jetzt, da Yusef nicht dabei sei, könne er der Runde eine Frage stellen, die er sich selbst schon oft gestellt, aber nie habe beantworten können.

Sie sahen ihn gespannt an.

Er frage sich, weshalb Yusef Memory getötet habe. Noch dazu auf eine solche Weise. Und warum er sie dann im Garten liegen gelassen habe, statt sie irgendwo im Wald zu verscharren.

»Es ist nicht ganz sicher, dass es Yusef war«, gab Miro zu bedenken.

»Vielleicht gibt es eine andere Erklärung«, sagte Faisal.

»Welche denn?«

Die drei zuckten die Achseln. Dann schwiegen sie.

Schließlich erzählte Faisal von Gerüchten, wonach Yusef Dschihadist sei. Er habe diesen Gerüchten nie geglaubt, aber unten in der Kreisstadt gebe es eine Gruppe arabischer Männer, die genau das behaupteten. Yusef stamme laut dieser Gruppe aus dem südlichen Irak. Er sei dort Teil der sunnitischen Minderheit gewesen. Und als der Islamische Staat den nördlichen Irak erobert habe, da habe Yusef sich den Namen Abu Rahman gegeben und sei als Mudschahedin in den Krieg gegen die Ungläubigen gezogen. Im Häuserkampf gegen die Peschmerga habe eine Panzerfaust ihm den Arm abgerissen. Wegen seiner Verdienste an der Waffe sei er in das beste Krankenhaus Mossuls gebracht worden. Dort habe man ihm das Leben gerettet. Als der Niedergang des Islamischen Staats einsetzte, habe er sich nicht mehr zurück in seine südirakische Heimat gewagt und sich daher als Opfer des islamistischen Terrors ausgegeben, er sei über die Türkei per Lkw in die EU eingereist.

Sie schwiegen kurz.

»Ich habe etwas ganz anderes gehört«, sagte dann Bakary.

Eine Gruppe Gambier, mit der Yusef und zwei weitere Iraker schon mehrmals aneinandergeraten seien, habe ihm erzählt, Yusef sei im Irak ein arbeitsloser Tagedieb gewesen. Dann habe er die Videos gesehen, die damals in der arabischen Welt in den sozialen Medien geteilt wurden. Die Videos, die behaupteten, dass jeder, der als Asylbewerber nach Deutschland einreise, sofort eine Wohnung und ein Auto erhalte. Yusef habe sich von Verwandten Geld geliehen, das diese bestimmt bis heute vermissten. Dann sei er losgereist und Ende Dezember in Deutschland angekommen. Man habe ihn in Nordrhein-Westfalen untergebracht. Aus Langeweile hätten er und weitere Bewohner seiner Unterkunft Feuerwerkskörper gestohlen und in der Dunkelheit Jagd auf Jugendliche gemacht, die sich im Freien aufhielten. Sie hätten versucht, ihnen ganze Batterien von Böllern in die Kapuzen zu stopfen und sie von Gebäuden herab mit Raketen zu beschießen. Mit einem Wort: Sie hätten Gazastreifen gespielt. Dabei sei aber etwas schiefgelaufen. Yusef habe einen ganzen Rucksack voller Böller, Kracher und Raketen in der Hand gehalten und mit einem Mal sei in diesem Rucksack eine Reihe von Zündungen erfolgt, sodass die Sprengkörper darin Yusefs Hand zerfetzten.

»Ich kenne die Geschichte ganz anders«, sagte Miro.

Alle lachten.

»In meiner Geschichte kommt Yusef gar nicht aus dem Irak, sondern aus Syrien. Als die Gefechte immer heftiger wurden, ist er mit seiner Familie nach Jordanien geflohen. Dort haben sie in einem Flüchtlingslager gelebt. Natürlich gab es ausländische Hilfsorganisationen, die Essen gebracht haben oder sauberes Wasser oder die sich um die medizinische Versorgung kümmerten. Und da hat Yusef sich in eine deutsche Ärztin verliebt. Sie soll groß und blond und blauäugig gewesen sein, also genau so, wie sich die meisten dort eine deutsche Ärztin vorstellen. Jeden Tag ist Yusef ins Behandlungszelt und hat sich neue Beschwerden ausgedacht. Die Ärztin fand ihn charmant und hat anfangs auch mit ihm geflirtet. Aber natürlich hat sie irgendwann gemerkt, dass er flunkerte. Weder war sein Bein gebrochen noch sein Becken geprellt noch sein Blut vergiftet. Also bat sie ihn schließlich, nicht mehr zu kommen, weil er die Behandlung derjenigen Patienten behinderte, die tatsächlich krank waren. Da hat er angefangen, sich Beschwerden auszudenken, die die Ärztin nicht widerlegen konnte: Bauchweh, Kopfweh, Juckreiz. Schließlich ist die Ärztin nach Deutschland zurückgereist, und da hat Yusef nichts mehr im Lager gehalten. Er brauchte Monate, um ihr nachzureisen, und als er dort ankam, wo sie beschäftigt sein sollte, war sie schon nicht mehr da, und keiner wollte ihm sagen, in welcher Stadt sie jetzt arbeitete.«

»Aber wo ist in deiner Geschichte die Stelle, an der Yusef seinen Arm verliert?«, fragte Bakary.

»Die Stelle gibt es bei mir nicht. Dafür ist die Geschichte viel romantischer.«

»Aber irgendwo muss er doch seinen Arm verloren haben.«

»Vielleicht wurde er schon ohne Arm geboren. Oder er hat ihn abgehackt, um die Ärztin zu beeindrucken.«

Bakary lachte, aber Faisal sagte: »Das ist gemein.«

# XXV

Hagen wurde durch den Rauchmelder geweckt. Er folgte dem Geräusch ins Obergeschoss, wo es tatsächlich aus Faisals Zimmer qualmte. Der kleine Inder hing am offenen Fenster und hielt sich die Ohren zu. Dabei glitten ihm ein ums andere Mal die Finger von der Ohrmuschel, weil er von Husten geschüttelt wurde.

Vor ihm lag der Rauchgenerator des Vaters, den Faisal in der Garage gefunden haben musste. Er habe, sagte er mit erstickter Stimme, nachdem Hagen ihn aus dem Zimmer gezogen und die Tür hinter ihnen geschlossen hatte, gelesen, dass Läuse Rauch nicht ertrügen, und daher beschlossen, sich selbst ein-, um die Läuse auszuräuchern.

»Hat es geholfen?«, fragte Hagen.

Faisal blickte auf seine Arme. Zwischen dünnen braunen Härchen leuchteten dieselben wundgekratzten Stellen wie immer. Er glaube nicht, sagte er jämmerlich.

Hagen zog sein Handy aus der Tasche und googelte. Selbst kleinere Lausarten erreichten zwischen zweieinhalb und drei Millimetern Körperlänge. Mit bloßem Auge also erkennbar. Er griff sich Faisals Arm und betrachtete ihn von den Fingerkuppen abwärts. Was er zwischendurch für ein Tier hielt, das in Faisals Haut nistete, entpuppte sich doch immer wieder bei näherem Hinsehen als Kruste, die Faisal mit seinen zackig gebissenen Fingernägeln selbst erzeugt hatte. Auf Faisals Armen hauste, soweit er als Laie das feststellen konnte, keine Laus. Mit dieser Erkenntnis würde er ihn jetzt ein für allemal beruhigen. Allerdings hatte der kleine Inder schon den Ärzten nicht geglaubt. Warum sollte er ausgerechnet Hagen glauben? Man konnte Faisal nicht überzeugen, weil er nicht überzeugt werden wollte. Wahrscheinlich half nur, was bei Kindern half, wenn sie zu leiden beschlossen hatten: Man musste sie ablenken.

Also begann Hagen ein Gespräch darüber, was Faisal, nachdem er leidlich Deutsch spreche und einen Aufenthaltstitel erhalten habe, mit seinem Leben plane.

»Ich bin Journalist. Ich war Journalist in Moradabad. Kennen Sie Moradabad? Moradabad ist die neuntgrößte Stadt in Uttar Pradesh. Kennen Sie Uttar Pradesh?«

»Uttar Pradesh ist der größte Bundesstaat Indiens«, sagte Hagen. »Wollen Sie auch hier, in Deutschland, als Journalist arbeiten?«

»Nein«, sagte Faisal.

»Nein?«

»In Norwegen.«

»Warum denn in Norwegen?«

Er wolle in Norwegen die erste englischsprachige Tageszeitung für Inder und Pakistani gründen, sagte Faisal.

»Warum ausgerechnet in Norwegen?«, fragte Hagen. Warum nicht zum Beispiel in England, dort gebe es viel mehr Inder und Pakistani.

»Das stimmt. Es gibt viel mehr Inder und Pakistani. Aber es gibt auch viel mehr Zeitungen für Inder und Pakistani.«

»Und warum wollen Sie ausgerechnet in Norwegen leben? Inder und Pakistani gibt es doch auch in Holland, in Frankreich, in Amerika.«

Verlegen kratzte Faisal sich mit seiner kleinen Hand am Kopf: »Die Frauen«, sagte er leise und wagte es nicht, den Blick zu heben.

»Die Frauen?«, wiederholte Hagen.

Faisal seufzte. »Haben Sie einmal norwegische Frauen gesehen?«

»Wahrscheinlich schon.«

»Wenn Sie sich nicht erinnern können, dann haben Sie auch keine gesehen.«

»Und warum ausgerechnet eine Tageszeitung?«, fragte Hagen. Ob in der Zeit kostenloser Nachrichten im Internet die Epoche der Tageszeitung nicht allmählich zu Ende sei.

Ihm gehe es nicht um Geld, sagte Faisal. Ihm gehe es um Schreiben oder Nichtschreiben. Er werde schreiben, bis der letzte Leser die Zeitung zusammenfalte.

Anschließend versuchten sie, herauszufinden, was der beste Weg für Faisal sein könnte, nach Norwegen auszuwandern. Sie legten eine Liste an.

Da Norwegen zum Schengenraum gehörte, war es natürlich möglich, ohne Visum einzureisen und vor Ort Asyl zu beantragen. Nachdem Faisal allerdings schon in Deutschland einen Schutzstatus erworben hatte, war es eher unwahrscheinlich, dass ihm Norwegen zusätzlich Asyl gewähren würde. Außer natürlich, er verheimlichte seinen Status in Deutschland und begab sich in ein völlig neues Asylverfahren. Allerdings fürchtete sich Faisal vor weiteren Jahren in diesem Schwebezustand. Und er wollte so schnell wie möglich mit der Zeitung beginnen. Als Asylbewerber hätte er aber kaum Aussicht auf Kredite.

Theoretisch konnte Faisal auch von Deutschland aus

eine Arbeitserlaubnis in Norwegen beantragen. Allerdings mussten sie sich fragen, weshalb die norwegischen Behörden eine solche Erlaubnis erteilen sollten. Es war auf jeden Fall deutlich aussichtsreicher, erst dann Anträge in Norwegen zu stellen, wenn er längst Arbeit dort hatte. Nur wie sollte er von Deutschland aus eine Zeitung in Norwegen ins Leben rufen?

»Wollen Sie nicht lieber ein Onlinemagazin aufbauen? Oder einen Blog? Das ginge auch aus dem Ausland.«

»Das geht aus dem Ausland. Aber dann wird Norwegen sagen: Du kannst in Deutschland bleiben.«

»Welche andere Arbeit könnten Sie sich vorstellen?«

»Journalist.«

»Was noch?«

»Journalist.«

»Und was würden Sie eventuell machen, damit Sie einen vorläufigen Grund haben, nach Norwegen einzureisen?«
»Journalist.«

Hagen seufzte.

Dann notierte er *Journalist* und dahinter ein Fragezeichen, das er umgehend durchstrich und durch drei Ausrufezeichen ersetzte.

Hagen hatte die Idee gehabt, und Eberhard hatte ihm gleich recht gegeben. Eine Aufführung konnte Miros soziale Rolle innerhalb Löwenaus und der anderen Teilorte verdeutlichen und vielleicht zu seiner Duldung führen. Den Aufführungstermin hatten sie so gelegt, dass etwas Zeit zur Vorbereitung blieb, dass aber auch das Widerspruchsverfahren von Eberhards Anwältin gegen Miros Abschiebung noch nicht abgeschlossen wäre.

Faisal half bei der Organisation. »Ich muss immer arbeiten«, sagte er. »In Moradabad habe ich immer gearbeitet. Ein Mensch muss arbeiten. Nur wer arbeitet, ist ein Mensch.«

Wahrscheinlich war es Eberhard zu verdanken, dass der Gemeinderat gleich einverstanden gewesen war. Man würde ihnen die Christian-Morgenland-Mehrzweckhalle das ganze Wochenende überlassen.

Obwohl noch drei Wochen blieben, war Miro schon den ganzen Vormittag im Garten, um zu trainieren. Im Nieselregen balancierte er auf der Slackline, die er zwischen zwei Birken gespannt hatte. Vielleicht war es Zufall, aber vielleicht hatte er auch bewusst Bäume gewählt, die möglichst weit weg von Frau Träubles Grundstück lagen.

Es klingelte. Im Nieselregen vor der Haustür standen ein Mann, dem kein einziges Haar auf dem Kopf verblieben war oder der zumindest keines der wenigen Haare dort mehr duldete, und eine junge Frau, ein Mädchen, das mit blassen Augen am Vater emporblickte wie an einer Heldenstatue.

Er fordere die sofortige Herausgabe von Mimi, sagte der Glatzkopf, ohne sich vorgestellt oder einige Worte der Einleitung angeboten zu haben.

Hagen sah ihn verdutzt an.

»Bei Ihnen wohnt doch ein Asylbewerber? Ein Afrikaner?«

»Kein Bewerber«, sagte Hagen. »Ein Mann mit geklärtem Aufenthaltsstatus. Bakary.«

Der Glatzkopf räusperte sich: Eben dieser Mann, der Afrikaner, sei beobachtet worden, wie er Mimi aus seinem, nein, »aus unserem« – er malte einen Kreis in die Luft, der die junge Frau beinhalten sollte – Garten gelockt und entführt habe.

Das könne er sich nicht vorstellen, sagte Hagen. So etwas traue er Bakary nicht zu.

Da begann das Mädchen zu weinen.

»Sehen Sie«, sagte der Glatzkopf und deutete vorwurfsvoll ins Gesicht sciner Tochter. »Melanie ist extra in den Semesterferien hergekommen, um ihre Katze zu sehen – und jetzt?«

Hagen war gerührt. Es sei tatsächlich eine Katze hier, lenkte er ein. Ob sie allerdings Mimi heiße, das könne er beim besten Willen nicht sagen. Sie sei ihnen nämlich zugelaufen und habe sich nicht vorgestellt. Er könne die beiden Gäste aber jetzt mit der Katze bekannt machen.

Sie folgten ihm ins Haus, die junge Frau, die, aus der Nähe betrachtet, eher aussah wie eine Studentin der höheren und höchsten Semester, von ihrem Vater an den Schultern geführt, bis er in der Küchentür stehen blieb und mit grässlich verstellter Stimme »Mimi« rief. Hagen sah von hinten, wie die Tochter sich reckte, um über seine Schulter hinweg ihre Katze erspähen zu können, dafür aber zu klein war und schließlich wie ein Kind an der Seite des Vaters, zwischen Arm und Rumpf hindurch, in die Küche lugte.

Der Glatzkopf drehte sich zu Hagen um: »Zugelaufen, sagen Sie?« Offensichtlich deutete er dabei auf die Fressnäpfe an der Küchenwand.

»Wir hatten früher selber eine Katze«, sagte Hagen. »Daher die gute Ausstattung.«

»Lassen Sie mich raten: schwarz-weiß?«

Hagen nickte.

»Und dann ersetzt man die Katze mal eben durch eine, die genauso aussieht.«

»Es gibt keine Katze, die genauso aussieht. Und man kann ein individuelles Wesen nicht ersetzen. Man kann nur mit einer neuen Katze ein neues Leben beginnen.«

Der Glatzkopf lachte, aber die junge Frau sah Hagen aufmerksam an. Dann ließ sie sich von ihrem Vater ihre Mimi in den Arm legen, die dort aber unruhig umherrutschte und Anstalten machte, herunterzuspringen und sich unter Hagens Eckbank zu verstecken.

»Beim nächsten Mal …«, sagte der Glatzkopf, und es sah aus, als drohe er nicht nur mit dem Zeigefinger, sondern mit der ganzen Hand, eigentlich der Faust.

Mimi habe ihn eben an Memory erinnert, sagte Bakary. Und da habe er sich ausgemalt, wie gut sich die schwarzweiße Katze in Hagens Küche machen würde.

»Woher kanntest du Mimi?«

»Ich bin auf dem Weg zum Friedhof zufällig an dem Grundstück vorbeigekommen.«

»Auf dem Weg zum Friedhof?«, wiederholte Hagen. Er machte eine Pause. Es gebe da etwas, das er ihn, Bakary, fragen wolle. Und zwar … wieder verstummte er. Und zwar habe er den Verdacht, dass Bakary auf dem Friedhof, nun ja, Handel treibe. Mit Rauschgift handle. Drogen verkaufe. Dass Bakary ein Dealer sei.

Bakary nickte freundlich und zeigte einen Teil seiner ebenmäßigen Zähne.

Wie weiter in diesem Gespräch? Hagen wusste nicht, wonach er fragen sollte. Den Gründen? Der Häufigkeit? Den Preisen?

Glücklicherweise fing Bakary von selbst an. Vor allem sei ihm langweilig in Deutschland. Man habe ihn in einen Sprachkurs geschickt, das ja. Aber es gebe keine Frauen. Und nichts zu tun. Manche zockten den ganzen Tag Candy Crush. Er sei da anders. Er wolle etwas erleben. Und da habe er das Dealen entdeckt. Mit dem schönen Nebeneffekt, dass er sich seither ganz in Puma kleiden könne. Seine Augen leuchteten. Von Puma-Kleidung habe er schon als Kind geträumt.

Er müsse Bakary, bei allem Verständnis für die Puma-Begeisterung, dringend bitten, mit dem Dealen aufzuhören, sagte Hagen.

Bakary winkte ab. Quasi schon aufgehört.

Das Dealen sei ganz ungünstig für alles, fuhr Hagen fort. Für Bakarys Aufenthaltsstatus. Für Hagens Ruf in Löwenau. Für die Jugendlichen, die das Zeug kauften.

Im Kopf sei er ganz bei der Ausbildung zum Koch. Oder zumindest beim Versuch, einen Ausbildungsplatz zu kriegen.

Tatsächlich hatten sie in den letzten Tagen viel Zeit damit verbracht, Bakary auf seinen Test im Lesen und Schreiben vorzubereiten. Die Buchstabenzettel an Gegenständen und Lebensmitteln hatten sie schon zweimal umgeklebt und mittlerweile durch ganze Wörter ersetzt, die Bakary selbstständig notierte. Außerdem war Hagen auf die Idee gekommen, ihm Kinderbücher zu besorgen, die mit Essen zu tun hatten. Im Keller hatte er keine gefunden. Daraufhin hatte er bei Frau Gutgesell geklingelt und mit ihr gemeinsam die Regale mit den Büchern ihrer Kinder durchforstet und alles herausgezogen, das mit Essen zu tun hatte. Abends im Bett las Bakary jetzt *Die kleine Raupe Nimmersatt*, *Die Reise ins*

*Schlaraffenland*, *Petterson und Findus – Eine Geburtstagstorte für die Katze* und *Die Geschichte vom Suppen-Kaspar*.

Da Bakary gestern Nachmittag fleißig gewesen war, hatte Hagen gesagt, dass er nicht auch noch die Abende mit Lesen und Schreiben zubringen müsse. Da sei es doch viel schöner, wenn er etwas mache, das ihn erfreue. Ob er nicht kochen wolle.

»Lesen und Schreiben macht doch Spaß«, hatte Bakary geantwortet und seinerseits vorgeschlagen, er könne sich zum Lesen zurückziehen und Hagen in der Zwischenzeit eines seiner Rezepte kochen. Bei Fragen könne er Bakary ja in die Küche holen.

Also hatte Hagen Zwiebelrostbraten auf Bakary-Art gekocht: Rinderbraten mit karamellisierten grünen Kochbananen anstelle der Zwiebeln, dazu Süßkartoffelgratin an Fufu. Den Borretsch im Salat ersetzte er wie Bakary durch Ugba, die Samen des afrikanischen Ölbohnenbaums, die Bakary eigenhändig fermentiert hatte. Die anderen konnten nicht glauben, dass es Hagen war, der dort in der dampfenden Küche stand und mit riesigen Kochhandschuhen das Blech Süßkartoffelgratin aus dem heißen Ofen holte. Anschließend hatte Hagen dieses Rezept, das Bakary ihm auswendig aufgesagt hatte, in die Kladde notiert, die ursprünglich für die Gerichte seiner Kindheit vorgesehen gewesen war, sich aber kaum gefüllt hatte. Da war ihm die Idee gekommen, dass Bakary diese Kladde für seine schwäbisch-afrikanischen Rezepte nutzen könne. Und so hatte Bakary noch am Abend mit Hagens Hilfe einige seiner Neukompositionen eingetragen. Fusion Food.

Als Hagen Bakary noch einmal ermahnen wollte, nie wieder eine fremde Katze anzulocken und durch das ganze

Dorf zu tragen, wo ihn jeder sah, öffnete sich plötzlich die Kellertür, und Faisal trat in den Flur. Ohne dass sie je darüber gesprochen hatten, war für Hagen klar gewesen, dass die Kellerräume für seine Mitbewohner tabu seien.

»Im Keller sind Möbel«, sagte Faisal. »Die Möbel sind schön. Ich will diese Möbel. Sie sind modern. Kennen Sie die Möbel?«

Neugierig drängte Bakary an Hagen vorbei in den Keller.

Als auch Miro und schließlich sogar Yusef begeistert waren, erklärte Hagen sich einverstanden, die Designermöbel der Eltern aus Glas und Stahl die Treppe hinaufzuschleppen und in den Zimmern zu verteilen und umgekehrt alles, was den Möbeln seiner Kindheit ähnelte, in den Keller zu verfrachten. So bildeten sie Menschenketten, von unten hinauf, von oben hinab, und Yusef erwies sich mit nur einem Arm als deutlich größere Unterstützung als Faisal mit zwei. Dafür versorgte der kleine Inder alle mit Ratschlägen, was sie wann wo anheben, abstellen, lagern und platzieren sollten. Nachdem die vier Mitbewohner versorgt schienen und der Keller sich neu gefüllt hatte, rief Hagen noch einmal alle zusammen, und gemeinsam bauten sie das Bett der Mutter auseinander, um es anschließend im Keller einzulagern. Endlich hatte Hagen wieder etwas Platz in seinem Zimmer.

Das Umräumen hatte ihn beschwingt, und er schnürte die Schuhe, um in den Wald zu gehen. Auch Miro und Bakary wirkten beflügelt, fast übermütig, und fragten spontan, ob sie ihn begleiten dürften. So verließen sie zu dritt die Siedlung in Richtung Lärchenwald.

Am Waldrand drückten Baumaschinen die Wiese platt. Vor der gerodeten Fläche stand ein riesiger Tieflader, von dem ein Kran gerade einen Container herunterhob. Unten wuselten gelb behelmte Männlein, klein wie Ameisen, den Kopf im Nacken, Blöcke und Schieber im Arm.

Hagen blieb stehen, um alles zu erfassen. Auch Miro und Bakary machten halt. Langsam setzte der Kran den Container ab. Es war der fünfte in einem Halbkreis. Alle sahen sie grau und trostlos aus.

»Wie viele Container sollten hier aufgestellt werden?«, fragte Hagen.

»Ich glaube, drei«, antwortete Bakary.

»Und den dritten wollten sie eigentlich einsparen, weil wir bei dir wohnen«, fügte Miro hinzu.

Dass Hagen bereit war, Yusef den Mini zu leihen, machte Faisal wütend: »Yusef hilft nicht. Yusef kocht nicht. Yusef kauft nicht ein. Yusef kommt nur zum Essen und lässt alles stehen. Yusef tötet Ihre Katze. Wir fragen nie nach Ihrem Auto. Ich habe auch einen Führerschein. Ich bin in Moradabad jeden Tag Auto gefahren. Aber ich frage nicht nach Ihrem Auto.«

»Du hast nicht mal einen deutschen Führerschein«, zischte Yusef.

»Und du?«

»Natürlich habe ich einen.«

»Zeig mal.«

»Ich muss dir gar nix zeigen, du kleiner Alman.«

Hagen hob beschwichtigend die Hände. Dann holte er Yusef den Autoschlüssel und wies ihn auf die Besonderheiten der Gangschaltung hin. Yusef nickte dankbar, und fast schien es Hagen, als sei er verlegen, so angestrengt starrte er zur Seite, während Hagen mit ihm sprach. Zum Abschied winkte Yusef wie ein Schulkind.

»Wie will er überhaupt fahren mit einer Hand?«, fragte Faisal, als Yusef die Haustür hinter sich geschlossen hatte. Daran hatte Hagen gar nicht gedacht. Gemeinsam überlegten sie, wie man mit nur einer Hand sicher durch den Straßenverkehr kommen konnte. Und ob einhändiges Fahren in einem normalen Auto überhaupt erlaubt war.

»Haben Sie sich seinen Führerschein zeigen lassen?«, fragte Faisal.

Hagen schüttelte den Kopf.

»Ich glaube nicht, dass er einen hat.«

Hagen spürte, wie er verkrampfte. Wahrscheinlich war es ein Fehler gewesen, Yusef den Wagen zu überlassen. Umgekehrt war es im Leben so, dass man sich zwar pausenlos vor etwas ängstigte, dass dieses Etwas dann aber doch nur selten Realität wurde. Es war viel wahrscheinlicher, dass der Mini heute Abend wieder unversehrt in der Garage stand als dass er auf einem Parkplatz in Flammen aufging oder – schlimmer noch – mit Yusef darin in einem See versank.

Nachdem Hagen sich selbst beruhigt hatte, gelang es ihm, auch Faisal zu beruhigen. Zumindest, was das Auto anging.

»Sie sind ein großer Mensch«, sagte Faisal.

»Wie meinen Sie das?«

»Yusef hat Ihre Katze getötet. Und Sie haben ihm verziehen.«

»Drei Nächte bin ich wach gelegen, habe ins Dunkle gestarrt und Memorys Mörder vor mir gesehen. Ich malte mir aus, wie ich ihn an Memorys Grab führen und dort das mit seinen beiden Augen tun würde, was er mit Memorys rechtem Auge getan hat. Ich knirschte mit den Zähnen bei der Vorstellung, wie ich beide mit der Schuhsohle im

Gras verschmieren würde. In den ersten zwei Nächten trug der Mörder Yusefs Gesicht. In der dritten Nacht war die Racheprozedur zum Automatismus geworden und mein Gegner ein gesichtsloser Roboter. Da merkte ich, wie mich die Nächte zermürbten, das standrechtliche Urteil ohne Beweise. Ich fragte mich: Wäre mein Leben besser oder schlechter, wenn ich ihm verzeihe?«

Am Abend rief Faisal Hagen zum Telefon. Polizei. Eine Dame, die nach jedem Satz keuchte wie nach einem Klimmzug. Ob Hagen der Halter des Mini Countryman sei. Der Halter nicht direkt, das heißt, er wisse das nicht so genau. Eigentlich die Mutter. Oder der Vater. Aber beide tot. Nur mit großer Mühe gelang es ihm, die Dame zu überzeugen, dass angesichts der toten Halter und angesichts der Tatsache, dass er der einzige Erbe war, nur er als derjenige infrage kam, dem sie mitteilen konnte, was sie mitzuteilen hatte.

Sein Auto sei auf einem Fabrikgelände in Böblingen sichergestellt worden, berichtete sie endlich. Einsatzwagen hätten es bis dorthin verfolgt, der Fahrer habe es abgestellt und sei mit einer weiteren Person zu Fuß geflohen. Leider habe man die Flüchtigen noch nicht stellen können und könne daher keine Angaben machen, um wen es sich handle. Ob Hagen vielleicht eine Vermutung habe.

Er buchstabierte Yusefs Vor- und Zunamen.

Die Dame am anderen Ende brummte, als wäre sie nicht bei der Sache.

»Warum hat die Polizei mein Auto verfolgt?«, fragte Hagen.

»Dazu darf ich leider keine Angaben machen.«

Einen Hinweis, warum Yusef verfolgt worden sein könnte, falls er einer der beiden Insassen gewesen war, erhielten sie erst am späteren Abend, als Bakary aus der Kreisstadt zurückkehrte.

Inzwischen hatte jemand vom Polizeirevier zurückgerufen, der offenbar von der Dame, die nach jedem Satz keuchte, informiert worden war. Hagen hatte erzählen müssen, wie Yusef Salman an sein Fahrzeug gelangt war und was er über ihn wusste.

Bakary wiederum hatte von seinen gambischen Freunden gehört, dass es einen Vorfall im Freibad in einem der östlichen Ortsteile der Kreisstadt oben am Hang gegeben habe. Yusef und ein irakischer Freund – manche behaupteten, es sei ein gewisser Nasser gewesen, andere wiederum hatten gehört, dass es sich um Khaled gehandelt habe – seien zum Baden in diesem Freibad gewesen. Badegäste hatten beobachtet, dass Yusef und Nasser oder Yusef und Khaled verdächtig oft unter zwei vierzehnjährigen Schülerinnen tauchten. Eine der Schülerinnen habe auch aufgeschrien, weil etwas sie zwischen den Beinen gestreift habe. Daraufhin hätten der Onkel einer der beiden Schülerinnen sowie weitere Männer Yusef und Nasser oder Yusef und Khaled gestellt, als sie aus dem Becken kletterten. Yusef und Nasser oder Yusef und Khaled – manche behaupteten übrigens auch, es habe sich um Nasser und Khaled gehandelt, Yusef sei also gar nicht dabei gewesen – hätten so getan, als ob sie keinerlei Deutsch verstünden. Als der Onkel der Schülerin daraufhin die Badeshorts der beiden durchsuchen wollte, hätten sie begonnen, Beleidigungen zu brüllen, und versucht, den umstehenden Männern ins Gesicht zu treten. Also hielt man sie fest. Es hieß sogar, man habe sie auf den Boden gedrückt, die Arme auf dem Rücken. Der Onkel fand eine Unterwasserkamera. Aufnahmen darauf zeigten seine Nichte und deren Freundin, von unten beim Schwimmen gefilmt.

Spätestens beim Brüllen der Iraker musste jemand die Polizei verständigt haben, denn schon jetzt trafen zwei Beamte ein. Yusef und Nasser oder Yusef und Khaled oder Nasser und Khaled jammerten die ganze Zeit, sie bekämen keine Luft, und als die Polizisten sich näherten, ließen die Männer von den Irakern ab und halfen ihnen, aufzustehen. Diesen Moment nutzten Yusef und Nasser oder Yusef und Khaled oder Nasser und Khaled, um sich loszureißen, mit auskeilenden Ellbogen aus der Gruppe zu fliehen und am hinteren Ende des Freibads über die Mauer zu klettern. Natürlich nahmen die Polizisten die Verfolgung auf, aber als sie die Mauer erreichten, mussten sie feststellen, dass Yusef und Nasser oder Yusef und Khaled oder Nasser und Khaled inzwischen, obwohl barfuß, schon fast am Parkplatz angelangt waren. Als die Polizisten nun ihrerseits zum Einsatzwagen rannten, kam ihnen ein Mini Countryman mit den beiden Irakern auf Fahrer- und Beifahrersitz entgegen, und sie mussten sich gegen die Freibadmauer drücken, weil der Fahrer des Mini in ihre Richtung gelenkt und vermutlich versucht hatte, sie zu überfahren.

»Er ist ein schlechter Mensch«, sagte Faisal mit finsterem Blick.

»Ich kann mir aber gar nicht vorstellen, dass das Yusef gewesen sein soll«, wandte Miro ein.

»Und warum nicht?«

»Wie soll er denn mit einem Arm tauchen? Und dabei noch eine Kamera halten und sogar bedienen?«

»Das hat vielleicht der andere gemacht.«

»Aber Bakary hat erzählt, dass sie beide getaucht sind.«

Faisal schwieg.

»Kannst du dir vorstellen, wie man mit einem Arm tauchen soll?«, hakte Miro nach.

»Vielleicht waren sie auch zu dritt«, schlug Bakary vor. »Yusef und Khaled und Nasser. Khaled und Nasser sind getaucht und Yusef war der Fahrer.«

»Aber du hast doch erzählt, dass die Männer nur zwei Iraker festgehalten haben«, entgegnete Miro.

»Er ist ein schlechter Mensch«, wiederholte Faisal.

»Wir werden es erfahren, wenn sie ihn gefunden haben«, sagte Hagen.

»Oder sie finden ihn nie«, gab Miro zu bedenken.

Faisal hatte die Idee gehabt, in Yusefs Zimmer nach Hinweisen zu suchen. Auf den ersten Blick war alles unauffällig. Dreckige Unterhosen. Benutzte Taschentücher. Verhedderte Socken. Dann fand Bakary zwischen den Hosen im Schrank ein Heft, auf dessen Titelseite ein Mann abgebildet war, der bis auf eine lederne Crossbody-Bag, in deren Tragegurt er seinen Daumen eingehängt hatte, nackt war. Mit der anderen Hand bedeckte er die Hälfte seines erigierten Glieds. Während Faisal angewidert aufstöhnte, schlug Bakary sich vor Lachen auf die Schenkel. Nur Miro und Hagen blieben regungslos. Dann setzten sie sich auf das Bett, und Bakary nahm das Heft an sich und blätterte schwungvoll durch die nackten Männer auf Glanzpapier, die an Felsen lehnten, neben Schwimmbecken lagen oder durch Wiesen streiften, bis Faisal ihm das Heft aus der Hand schlug und wie ein kleines Kind mit flacher Hand die anderen von Yusefs Bett schob, als sei in diesem Raum etwas geschehen, das ihn unbegehbar mache.

Als Hagen am späten Abend in den Garten trat, hing die Mondsichel still und schmächtig am Himmel, wie der etwas größere Bruder aller Sterne, die ringsumher leuchteten.

Den Weg zur Garage konnte er gehen, ohne dass er sich leuchten musste. Es war sein Weg. Es war seine Garage.

Gestern hatte er eine Sonnenblume gekauft, die er jetzt bei Memorys Grab abstellte.

Im Dunkeln war schwer abzuschätzen, wie tief er mit dem Spaten graben konnte, ohne auf Memorys Leichnam zu stoßen, auf ihre Knochen, falls das Gewürm im Erdreich ihr Gerippe schon geschält hatte.

Auf jeden Fall musste er so tief graben, dass die Sonnenblume Wurzeln schlagen konnte. Er legte den Spaten zur Seite und grub mit den Händen. Die Erde war feucht und roch nach lockerem Humus. Er konnte sie nach Belieben formen und schichten, glätten und häufeln. Fast vergaß er die Form des Wurzelballens, dem seine Grube gerecht werden sollte. Es tat gut, zu gestalten, statt zu erdulden. Zu verändern, statt zu bewahren.

Dann pflanzte er die Sonnenblume ein, drückte die Erde fest, holte Wasser und begoss den Einzug der Pflanze.

Den Spaten in der Hand, fühlte er nach ihrer Blüte. »Jetzt darfst du scheinen. Die ganze Nacht.«

# XXVI

Miro trainierte mit seit Tagen ansteigender Verbissenheit. Je länger er trainiere, desto länger dürfe er bleiben, schien er zu glauben.

Er hatte eine Strickleiter angebracht, um schnell auf das Pergoladach zu gelangen. Von dort oben herab übte er seine Sprünge und Überschläge.

Hagen hatte einen WLAN-Verstärker besorgt, damit Miro auch im Garten YouTube-Videos nutzen konnte, die Marcel Marceau bei seinen größten Auftritten als Pantomime zeigten.

Er wisse nicht, warum, aber auch seine Parodien könne er nur im Freien trainieren, hatte er gesagt und dann heftig widersprochen, als Hagen darauf beharrte, dass Miro ihm das Geld für den WLAN-Verstärker nicht erstatten müsse. Doch eigentlich hatte Miro recht – das Konto, das Hagen von seinen Eltern übernommen hatte, leerte sich mit exponentieller Beschleunigung, wie der Akku an einem alten Smartphone.

Es war Faisal gewesen, der auf die Idee mit dem Jugendhaus in der Kreisstadt gekommen war. Und er hatte sogar selbst dort angerufen und die Zusage errungen, dass das Jugendhaus sie bei der Veranstaltung unterstützen werde. Umgekehrt hatte Faisal nach Rücksprache zugesagt, dass Miro mit den Jugendlichen trainieren und sie in seine

Veranstaltung einbinden werde. Dazu kamen die Kinder aus dem Sportheim im Nachbardorf, die in drei Wochen teilnehmen sollten. Also fuhr Miro zweimal in der Woche mit dem Rad zum Sportheim und studierte mit den Kindern ihre Rollen ein. Ebenfalls zweimal in der Woche fuhr er mit dem Bus in die Kreisstadt und bereitete die Interessierten in den engen Räumen des Jugendhauses auf ihre Auftritte vor.

Die Kinder im Sportheim waren mit ihren Müttern da. Sie kamen zuverlässig, und Hagen vermutete, dass manche der Mütter mittlerweile vor allem wegen Miro keinen Termin versäumten.

Nach den Stunden im Jugendhaus hatte Miro anfangs geklagt, dass die Zahl der Teilnehmer viel zu sehr schwanke, ja, dass es sogar einen Termin gegeben habe, bei dem sich die Zusammensetzung der Gruppe gegenüber dem letzten Termin in nur einem einzigen Mädchen überschnitten hatte. Außerdem gebe es eine Gruppe von Jungs, die immer nur kämen, um zu sticheln, zu provozieren und die anderen abzulenken. Einmal hätten diese Jungs ein Mädchen mehrfach angerempelt und ihr so lange *Hure* zugerufen, bis sie schließlich das T-Shirt und den BH angehoben und ihnen ihre Brüste entgegengehalten hätte. Dazu habe sie ihnen den Stinkefinger gezeigt.

Beim nächsten Mal seien aber dieselben Teilnehmer zum Training erschienen, und sogar die renitenten Jungs hätten Sportsachen dabeigehabt und anfangs mit ironischen Kommentaren, später aber konzentriert mitgemacht.

Heute trainierte Miro mit freiem Oberkörper, als wolle er mit allem ganz bei sich sein. Hagen war, den Bioabfall in der Hand, auf dem Weg zu den Mülltonnen, als Frau Träuble ihn an den Zaun rief. Dass sie ihren Satz wiederholen musste, damit er ihn verstand, zeigte ihm, dass sie mit ihrem Vorwurf zumindest teilweise recht hatte. Was in seinem Garten vorgehe, sagte sie, sei eine Zumutung an Lautstärke und Sittsamkeit. Hagen entgegnete, was Miro da tue, diene einem guten Zweck. Der beste Pantomime, der beste Kinderunterhalter des Landkreises müsse ihnen allen erhalten bleiben.

Frau Träuble sagte, es wundere sie nicht, dass Hagen den Kletteraffen mit der Urwaldmusik in Schutz nehme, da er sogar einen Katzenmörder unter seinem Dach dulde.

Hagen winkte ab. Yusef sei verschwunden. Verschollen. Womöglich untergetaucht.

Hoffentlich festgenommen, sagte Frau Träuble. Das sei eine Metzgersübung gewesen, die der mit der armen Katze veranstaltet habe. Der Anblick verfolge sie bis in den Schlaf. Dieser Ausländer auf den Knien, die eine Hand an der Katzenkehle, als würgte er eine Frau, in der anderen einen Stein, der sich auf ihr Gesicht herabsenkte.

Hagens Herz trommelte an die Rippen. »Der Täter hatte doch nur einen Arm.«

Frau Träuble lachte bitter. »Schön wär's. Leider zwei. Einen zum Würgen und einen zum Schmettern.«

Dann könne, sagte Hagen. Dann sei. Dann komme ja Yusef …

»Wie hat der Täter ausgesehen, Frau Träuble?«

»Na, wie schon. Dunkles Haar natürlich. Die finsteren Augen. Ein Ausländer halt.«

Er entfernte sich rückwärts vom Zaun. Stolperte. Grüßte, ohne hinzusehen. Rief »Miro« und »Faisal« und öffnete die Terrassentür. »Faisal!« Dann hin zum trainierenden Miro mit energisch winkender Hand.

»Das war ich«, sagte Faisal.

»Ich war's«, sagte Miro.

Fassungslos blickte Hagen zwischen beiden hin und her. Wer denn nun? Doch wohl nur einer. Frau Träuble habe nur einen beobachtet.

Er habe gewusst, sagte Faisal, dass der Verdacht auf Yusef fallen und gehofft, dass Herr Hartmann ihn danach nicht mehr in seinem Haushalt dulden werde.

Er habe, sagte Miro, nicht mit ansehen können, wie Memory Hagen eine Last gewesen sei, und sie darum töten müssen, um ihn zu erlösen. Um ihn zu lehren, dass wir nichts bewahren können. Wir können nichts halten. Zeit ist flüssig, und unsere Finger sind fest.

Hagen sah sich selbst vor den beiden auf- und abgehen, in Denkerpose, Hercule Poirot, die Hände auf dem Rücken. Er sah sich die beiden anbrüllen wie in einem Tatort-Verhör. Und dann sah er, dass sich nichts an ihm tat. Dass er nichts tat. Er wusste nicht, was er glauben sollte. Das Leben hielt so viele Möglichkeiten bereit. Und weil er nicht wusste, welche genutzt worden war, ließ er die beiden einfach stehen und ging davon, als sei die Wahrheit ein ferner Ort, zu dem er ganz allein aufbrechen müsse.

Es war die Woche der bestandenen Prüfungen. Die Wirtin der Mehlschwalbe hatte Bakary einen Test vorgelegt, der wahnsinnig einfach gewesen sei, wie er stolz betonte. Ihre Unterschrift unter seinem Ausbildungsvertrag hätten sie mit einer Umarmung besiegelt. Nach seiner Rückkehr hatte er betont, er wolle sich weiter verbessern, und Hagen gebeten, ihn in den Wochen bis zum Beginn seiner Ausbildung bei neuen Lese- und Schreibübungen zu unterstützen.

Auch Adana hatte bestanden. Und zwar ihr Studienkolleg. Das teilte sie per Whatsapp mit. Bei Brezeln und Orangensaft seien den anderen in der Aula des Kolleggebäudes die Zeugnisse überreicht worden. Mit Hinweis auf ihre Arbeit im Traumaforum hatte sie der Verleihung fernbleiben dürfen und würde ihr Zeugnis per Post erhalten, um es an der Universität Heidelberg nachzureichen, wo sie sich nachträglich für Psychologie immatrikulieren würde. Das Propädeutikum werde schon zwei Wochen vor Semesterbeginn starten. Bis dahin müsse sie eine Bleibe gefunden haben, sie könne nicht ewig ihrer Freundin von Leborini zur Last fallen. Die habe nämlich einen Freund, einen Deutschen, das sei etwas Ernstes. Zumindest hoffe sie das bei all der Überwindung, die es die Freundin gekostet habe, sich auf ihn einzulassen.

Hagen war der Bloch eingefallen, der immer noch unter Yusefs Bett liegen musste. Endlich einmal hatte er Zeit zur Lektüre. Er schlug dieselbe Stelle auf wie bei den Malen davor, inhalierte die ersten Zeilen und wartete auf das Gefühl des Sich-Festlesens von damals, das sich aber diesmal nicht einstellen wollte. Er blätterte weiter, überflog einiges und griff schließlich nach einem anderen Band der Gesamtausgabe, der den Titel *Das Prinzip Hoffnung* trug. Doch was er las, erreichte ihn wie die Soziologie einer anderen Spezies, wie eine Wahrheit, die nur in einer anderen Zeit gegolten hatte. Bloch hatte sein metaphysisches Geheimnis verloren.

Dann aber, schon wollte er den Band weglegen, blieb er an anderer Stelle hängen und las:

*Der Mensch lebt noch überall in der Vorgeschichte, ja alles und jedes steht noch vor Erschaffung der Welt, als einer rechten. Die wirkliche Genesis ist nicht am Anfang, sondern am Ende, und sie beginnt erst anzufangen, wenn Gesellschaft und Dasein radikal werden, das heißt sich an der Wurzel fassen. Die Wurzel der Geschichte aber ist der arbeitende, schaffende, die Gegebenheiten umbildende und überholende Mensch. Hat er sich erfasst und das Seine ohne Entäußerung und Entfremdung in realer Demokratie begründet, so entsteht in der Welt etwas, das allen in die Kindheit scheint und worin noch niemand war: Heimat.*

Heimat als Ort, an dem niemand je gewesen war. Als Ort, der noch gar nicht existierte. Der noch entstehen musste, um später, von rückwärts her, die Kindheit zu beleuchten. Das widersprach allem, was Hagen bisher gefühlt hatte. Und doch kleidete es etwas in Worte, das er nun als neues Gefühl in sich entdeckte. Kein Vertriebener zu sein, sondern ein Reisender zu den menschenleeren Bahnhöfen der Heimat.

Später am Abend schrieb er Adana bei Whatsapp: »Hast du eine Wohnung gefunden?«

Sofort erschienen zwei blaue Haken.

Statt zu antworten, rief sie ihn an. Mit nervösen Fingern nahm er ab.

»Das mit den Wohnungen ist in Heidelberg sehr schwierig«, sagte sie.

Hagen hatte Adana noch nie gehört, ohne sie zu sehen. Ihr Akzent hatte sich verändert. Oder er klang anders, wenn man nicht sah, aus welchem Mund er kam. Er war härter geworden. Näher am Deutschen. Weniger von dem Weichen der Geigen, mehr von dem Hackbrett des eigentlichen Deutsch.

»Stell dir vor«, fuhr sie fort, »ich war in drei Wohnungen. Zentraler Besichtigungstermin, weil es so viele Interessenten gab. Bei der zweiten Wohnung musste man sich in eine Liste eintragen. Die Maklerin hat jedem auf die Finger geschaut, und als ich mich eingetragen habe, hat sie die Liste genommen, die Augen zusammengekniffen, meinen Namen vorgelesen wie einen Zauberspruch und gesagt: *Sind Sie ein Moslem?* Ich habe *Nein* gesagt, *nein, ich bin Jesidin.* Aber sie wusste nicht, was das ist. *Wo kommen Sie her?*, hat sie gefragt. *Aus dem Irak*, sagte ich. Da hat sie den Mund verzogen. *Sie werden es nicht leicht haben beim Vermieter. Ich weiß nicht, ob sich die Besichtigung für Sie lohnt.*«

Hagen schluckte. »Und die anderen Wohnungen?«

»Die Wohnung war eine Ausnahme. Eigentlich besichtige ich nur WG-Zimmer.«

»Auch bei Männern?«

Adana lachte. »Nur bei Frauen.«

»Und war schon etwas dabei?«

Wohl eher nicht, sagte sie. Überhaupt habe sie gerade Schwierigkeiten, sich auf ein neues Zuhause einzulassen. Innerhalb Deutschlands umzuziehen fühle sich an, als ob sie die Heimat für immer verrate. Jetzt, da der Überfall des Islamischen Staats, da die Ermordung der jesidischen Männer und die Versklavung der jesidischen Frauen schon einige Zeit her sei, rücke auch im Traumaforum die Frage in den Mittelpunkt, wie man sich als Geflüchteter zur Heimat verhalten solle. Es gebe Frauen im Forum, auch Mädchen, die davon fantasierten, in den Irak zurückzukehren, die Dörfer dort wieder mit Leben zu erfüllen. Junge Frauen, die Angst davor hatten, sich an Deutschland zu binden, weil sie fürchteten, nach der Rückkehr in den Irak ein zweites

Mal dieses Heimweh durchleiden zu müssen. Und dann gebe es diejenigen, die ihre Heimatdörfer besucht hätten und auf der Muttererde zusammengebrochen seien, die dann aber, zurück auf deutschem Boden, wussten, dass Gott und Melek Taus es schon richtig eingerichtet hatten, sie in Deutschland zusammenzuführen.

»Meine Freundin hat gesagt, dass ich einen Fehler gemacht habe, damals nicht nach Kocho zu fahren, als es wieder möglich war. Sie sagt, ich würde vielleicht so lange jede Nacht aufwachen, wie ich nicht eine Nacht in Kocho verbracht und meiner Seele die Ruhe der Rückkehr geschenkt habe.«

»Ich bin kein Experte«, sagte Hagen, »aber ich kann mir schon vorstellen, dass du deine Heimat anders siehst, wenn du in sie zurückkehrst. Dass du die Erinnerung besser erträgst, wenn du sie mit der Wirklichkeit verglichen hast.«

Wenn sie ihm zuhöre, sagte Adana, frage sie sich, ob Hagen nicht doch ein Experte sei.

Dann fragte sie, wie es ihm gehe.

Yusef sei verschwunden, sagte er. Mit dem Mini. Er erzählte vom Verdacht, dass Yusef im Freibad zwei Schülerinnen unter Wasser gefilmt haben könnte. Anschließend fasste er Miros Einwände zusammen.

Adana staunte.

»Kannst du es dir vorstellen?«, fragte Hagen.

»Ja.«

»Auch mit einer Hand? Unter Wasser?«

»Es gibt Männer, die alles tun.«

Sie machte eine Pause.

Dann wiederholte sie ihre Frage: »Wie geht es dir?«

Es sehe nicht gut aus für Miro, sagte Hagen. Die Aufführung sei seine einzige Chance. Ein großer Artikel. Am besten ein Radiobeitrag. Damit jeder sehe, jeder höre, was Miro leiste.

»Der arme Miro«, sagte Adana traurig. »Er ist wie ein Hund. Er muss spielen. Und frei sein. Georgien ist für ihn wie ein Zwinger. Glaube ich.«

»Wenn Miro ein Hund ist, was bin dann ich?«, fragte Hagen.

Adana dachte lange nach. »Ich habe was. Es ist nicht gut, aber ich finde nichts Besseres«, sagte sie. »Und du darfst nicht lachen.«

»Ich lache nicht.«

»Du bist wie eine Blume, die immer tiefere Wurzeln geschlagen hat auf der Suche nach Wasser. Aber dann hat die Blume verstanden, dass sie auch die Sonne braucht, um zu wachsen.«

»Und jetzt willst du wissen, was du bist?«

Adanas Ja hörte er an, dass sie lächelte.

Er dachte nach. »Mir fällt aber nichts ein«, sagte er dann.

»Du brauchst ein Tier. Oder eine Pflanze. Oder etwas am Himmel. Etwas mit besonderen Eigenschaften. Aber wenn dir nichts einfällt, kannst du auch in Ruhe darüber nachdenken. Wie geht es dir sonst?«

Faisal wolle nach Norwegen auswandern, sagte Hagen.

»Immer noch?«

»Ja. Er will eine Zeitung für Inder und Pakistani gründen. Wir haben überlegt, wie er es nach Norwegen schaffen könnte. Das ist gar nicht so einfach.«

»Ich bin sicher, dass euch etwas Gutes einfällt.«

Adana klang, als ob ihr nächster Satz nur lauten könnte, sie müsse jetzt auflegen.

»Ich muss dir noch zeigen, wie dein Hemd an mir aussieht«, sagte er schnell.

»Das stimmt. Das musst du.«

»Videoanruf?«

»Ich dachte, du schickst mir ein Foto.«

»Aber?«

Adana machte eine Pause. »Ein kurzer Videoanruf geht auch«, sagte sie dann.

Adana war noch schöner als sonst. Vielleicht lag es daran, wie sie ihr Handy hielt, leicht schräg von oben. Aus diesem Winkel hatten ihre grünen Augen etwas Mondsichelhaftes, und ihre Grübchen wirkten wie ein Rahmen, der Mund, Nase und Augen zu einem Porträt fasste. Entweder war es das Handy selbst oder das Licht im Zimmer, das ihrem Teint einen anderen Glanz gab. Adana erschien auf seinem Display wie ein Model, dessen Bild stundenlang am Computer perfektioniert worden war, ohne an Natürlichkeit zu verlieren.

»Man kann bei Videoanrufen auch sprechen, oder?«, sagte sie und Hagen erkannte in dem kleinen Fensterchen rechts unten, dass der Mann dort Adana anstarrte wie ein Gemälde in der Kunsthalle.

»Ja«, sagte er gedehnt, probierte ein Lächeln und merkte erst jetzt, dass er das Hemd, das er Adana vorführen wollte, gar nicht am Leib trug.

»Warte kurz«, sagte er, drückte auf die Lautsprecherfunktion und lehnte das Handy gegen sein Kopfkissen. Es rutschte herunter.

»Schöne Zimmerdecke«, hörte er Adanas Stimme.

»Ich bin gleich so weit«, rief Hagen.

Mit einem Blick über die Schulter vergewisserte er sich, dass die Handykamera noch immer zur Decke wies, denn er musste vor dem Spiegel üben. Oberster Hemdknopf offen. Die Ärmel nach hinten geschlagen. Die Ärmel aufgerollt. Den linken Arm gebeugt, sodass der Bizeps anschwoll. Nein, das lieber nicht. Den Kragen nach oben. Den Kragen angelegt. Das Hemd in die Hose.

Schließlich nahm er das Handy wieder in die Hand.

»Bereit?« Ohne eine Antwort abzuwarten, schwenkte er die Kamera über seinen Oberkörper.

»Gut siehst du aus«, sagte Adana. »Wie ein Mann, der weiß, was er will.«

»Ich glaube, das bin ich auch«, sagte Hagen und hielt die Kamera jetzt wieder so, dass Adana ihm in die Augen sehen konnte. Er wartete. Aber Adana reagierte nicht.

»Gut, dann …«, sagte er und unterbrach sich, weil sie in diesem Moment ihr Handy etwas gekippt hatte. Unter ihrem Kinn war das Braun ihres Oberkörpers erschienen. Sein Herz pochte gegen die Rippen. War Adana nackt? Das Dunkle, das sich jetzt unten im Bild abzeichnete, konnte allerdings auch der Träger eines Shirts sein. Er hatte vergessen, was er hatte sagen wollen. Seine Schläfen kribbelten von einströmendem Blut.

Adana schien von seiner Aufregung nichts bemerkt zu haben.

»Gut«, wiederholte sie im selben Tonfall wie er.

Sie wünschte Hagen eine gute Nacht. Dann legte sie auf.

Obwohl er das Licht gelöscht hatte, lag Hagen mit offenen Augen auf dem Rücken und starrte an die Decke.

Frauen waren schön. Und elegant wie Raubkatzen. Sie

hatten funkelnde Augen und weiche Hände und zarte Stimmen. Es war nicht schwer, sie zu begehren.

Männer aber waren unbeholfen. Noch immer sah er das Fensterchen vor sich, aus dem ihn der Mann angeglotzt hatte, der auf Adanas Display mit riesigen Augen gestarrt haben musste. Und dann hatte er vergessen, was er sagen wollte, nur weil die Haut unter Adanas Kinn im Bild erschienen war. Er hatte gestottert, bis sie sich verabschiedeten.

Wie sollte man einen solchen Mann begehren?

Allerdings konnte Hagen sich auch nicht vorstellen, dass jemand Alexander begehrte, der jeden Tag vor Dutzenden Schlössern kniete, weil nachlässige Menschen ihren Schlüssel vergessen hatten. Oder Jochen, der Radler trank und Marathon lief. Oder Christoph, der allein in seiner Wohnung saß und um sein Vaterland trauerte.

Wenn allerdings Frauen niemals solche Männer begehren würden, wäre die Menschheit längst ausgestorben. Es musste also etwas geben, das Frauen wahrnahmen, auch wenn es ihm verborgen blieb. Und wenn es dieses nur für Frauen Wahrnehmbare an anderen Männern gab, war doch immerhin denkbar, dass es auch bei ihm vorkam.

# XXVII

Die Sonnenblume stand kräftig. Das hatte Hagen auf dem Weg zum Lärchenwald überprüft. Bald würden die Löwen-Bewohner umziehen, hatte es geheißen. Und der Landkreis würde Löwenau weitere Flüchtlinge zuteilen. Eberhard hatte erzählt, dass man deshalb statt der angekündigten zwei letztlich sieben Container aufgestellt habe.

Hagen überquerte die Wiese zwischen den letzten Häusern der Siedlung und dem Lärchenwald. Der Sonnenschein, in dem die Halme sich wiegten, war kräftiger als früher, weil die Lücke in den Wipfeln einen Korridor für neues Licht geschaffen hatte.

Auf der Lichtung hatte man eine Art Boden betoniert. Die Container standen darauf wie ein Orchester, das auf seinen Einsatz wartete, im Halbkreis auf das Zentrum ausgerichtet. Dieses Zentrum war aber leer. Der Dirigent fehlte.

Alles roch nach frischer Feuchtigkeit.

Zur Straße hin war die Erde aufgerissen. Mit rot-weißem Band hatte man Löcher abgesperrt, auf deren Grund Kabel und Rohre zu erkennen waren.

Jenseits des Betons hatte man begonnen, einen Spielplatz anzulegen. Ein hölzerner Schaukelfrosch war schon angebracht. An seinem Haltegriff perlte der Morgentau. Die Tragesäule einer Wippe war in den früheren Waldboden eingelassen worden, ein Klettergerüst stand windschief an einen Baum gelehnt. Es würden also Kinder kommen.

Im Lärchenwald klopfte ein Specht, als wäre auch er an den Bauarbeiten beteiligt.

Auf dem Rückweg entdeckte Hagen eine neue Nachricht auf seinem Handy.

»Servus!«, schrieb Christoph. »Bin jetzt auf einer norwegischen Bohrinsel. Fünftausendzweihundert Euro pro Monat. Habe es daheim nicht mehr ausgehalten. Das Dummvolk bemerkt die Umvolkung nicht. Kann mir das nicht geben, wie sie klatschen, wenn einer wieder zwei Dutzend Asylbetrüger aus einem Kühltransporter zieht. Gerettet, schreiben sie dann. Jedem von denen gehört so ein Neubürger in die Wohnung. Da haben sie gleich ein Messer an der Kehle, wenn der neue Freund rausfindet, dass sein Herrchen eine Schwulenehe führt und Religion für Folklore hält.

Egal, ich schweife ab. 😃 Mit der Kohle von hier und der Kohle aus den Trades geht es schneller. Ich komme nicht mehr zurück. Ich kaufe mir eine Canadian Farm nahe Vancouver. Oder einen Bauernhof in der Finnmark. Komm doch auch! Greetz, Christoph«

Zum Tippen blieb Hagen stehen. Die Wiese quietschte unter seinen Schuhen.

»Servus, Christoph«, tippte er. »Bauernhof in der Finnmark? Willst du die Umvolkung der Norweger beschleunigen?« Er probierte ein Emoticon mit Zwinkerauge und herausgestreckter Zunge.

Dann löschte er alles und begann neu.

»Fünftausendzweihundert pro Monat klingt gut. Ich wünsche dir viel Erfolg. Kanada soll nice sein. Die Finnmark stelle ich mir weniger spannend vor. PS: Danke für das Angebot, aber ich habe hier noch was vor. Hagen.«

Am Abend brachte Bakary aus der Kreisstadt neben Yamswurzeln und Huhn auch ein Gerücht mit. Einer seiner gambischen Freunde habe behauptet, Yusef und Nasser oder Yusef und Khaled seien in Amsterdam festgenommen worden. Allerdings hätten die anderen darüber nur gelacht, weil besagter gambische Freund bekannt für seinen Hang zum Hoax sei.

# XXVIII

Es war nicht klar, wer aufgeregter war.

Hagen konnte Miro im Rückspiegel beobachten, wie er sich auf die Lippen biss und sein Blick nach Halt suchte. Aber kurz hatte er auch das Gefühl, dass es umgekehrt sei, dass Miro *ihn* dabei beobachte, wie er dem armen Mini viel zu früh die hohen Gänge reindrosch und dann das Gas durchtreten musste, bis das ruckelnde Auto wieder normal fuhr.

Weil es so viel zu organisieren gegeben hatte, war Hagen nicht dazu gekommen, Faisal von seiner Idee zu erzählen, obwohl er immer wieder daran gedacht hatte.

Jetzt endlich war Gelegenheit, auch wenn die Strecke zur Christian-Morgenland-Mehrzweckhalle im Nachbardorf kurz war.

»Sie könnten sich auf einer Bohrinsel bewerben«, sagte Hagen, den Kopf zum Beifahrersitz gewandt. Der kleine Inder ruckelte an seiner Krawatte. Zur Feier des Tages oder weil es so schnell keinen besseren Anlass geben würde, hatte er einen lavendelblauen Zweireiher mit Einstecktuch angezogen, von dem Hagen nicht einmal gewusst hatte, dass Faisal ihn besaß.

»Entschuldigen Sie, was ist eine Bohrinsel?«, fragte er.

Während seiner eigenen Erklärung überlegte Hagen zum ersten Mal, ob eine Bohrinsel für den kleinen Mann im lavendelblauen Anzug neben ihm überhaupt geeignet sei. Aber Faisal war begeistert. Er werde sich gleich morgen, oder am besten noch heute am späten Abend, nach der Vorstellung, im Internet nach geeigneten Bohrinseln umsehen. Das könne seine Eintrittskarte nach Norwegen werden. Und der finanzielle Grundstein für seine eigene Zeitung.

Als sie vor der Mehrzweckhalle parkten, dämmerte es bereits.

Bakary stieg als Letzter aus. Weil Hagens Garderobe ihm viel zu groß und Faisals viel zu klein war, hatte Miro ihm eine schwarze Jeans und einen weißen Wollpullover geliehen, über dem jetzt eine goldene Kette baumelte, an der vier Buchstaben das Wort *Puma* formten.

Noch war kaum jemand da. Nur wenige Autos verloren sich auf dem Parkplatz.

Miro verschwand sofort mit seiner Sporttasche im Inneren der Halle.

Als die Zahl der Ankommenden sprunghaft anstieg, fragte Bakary, ob er helfen solle. Bisher waren Hagen und Faisal allein zwischen der Kasse, dem Getränkestand, der Empore, den Sitzreihen im Saalinnern und der Umkleidekabine hin und her geeilt, hatten Becher und gelbe Säcke besorgt, mehr Stifte aufgetrieben und unterschiedlichste Fragen beantwortet. Außerdem versuchten sie, die Teilnehmer aus dem Jugendhaus der Kreisstadt bei Laune zu halten, die einander geschminkt hatten, längst ihre Trikots und Kostüme trugen und denen jetzt jene Mischung aus Langeweile und Aufregung anzusehen war, die sie gähnen und zugleich schwitzen ließ.

Bakary könne sich doch um die Jugendlichen kümmern, schlug Hagen vor. Bakary grinste und verschwand in der Umkleidekabine. Bald erschollen von dort Stimmen, die klangen, als studiere jemand mit ihnen Schlachtgesänge ein.

Als der Bürgermeister schon im Licht des einzigen Scheinwerfers stand und sprach, sah Hagen endlich die Vertreterin der Regionalzeitung aus der Kreisstadt hereinstolpern. Sie wirkte, als habe sie den Anfang der Rede wegen der Schlange am Sektstand verpasst. Gern hätte Hagen sie begrüßt, aber er musste filmen und konnte sich keine Unterbrechung erlauben.

Der Bürgermeister sagte, er danke dem Jugendhaus der Kreisstadt. Er danke den Eltern der Gemeinde, die es ihren Kindern immer wieder aufs Neue ermöglichten, an der Hand des außergewöhnlichen Künstlers, der Miro Awdalow nun einmal sei, über sich selbst hinauszuwachsen. Außerdem danke er Hagen Hartmann aus Löwenau, der Miro bei allen Vorbereitungen unterstützt habe. Erst heute habe Miro Awdalow zu ihm gesagt, wie viel er Hagen Hartmann verdanke. Aber ganz besonders wolle er eben Miro Awdalow danken – unserem Miro! Freuen Sie sich mit mir auf einen Abend der Sensationen! Und jetzt – Manege frei!

Der Scheinwerfer, der den Bürgermeister angestrahlt hatte, erlosch.

Kurz geschah nichts, dann länger, bis offensichtlich die meisten und sogar Hagen sich fragten, ob hier eine Panne unterlaufen sei.

Dann aber bemerkte er, dass in der Mitte der Spielfläche etwas lag. Im langsam heller werdenden Licht wurde eine Form erkennbar. Hagen richtete die Kamera darauf.

Plötzlich schoss die Form empor, und Miro stand senkrecht im Scheinwerferlicht. Aber es war nicht der übliche Miro, der schmale, der zierliche, sondern ein gedrungener Mann mit kurzen Beinen. Wie machte er das? Miro marschierte los, als wäre er ferngesteuert. Dazu erklang hektische Computermusik. Plötzlich sprang er hoch, und von irgendwoher ertönte ein *Bling*. Miro sprang wieder und wieder. *Bling, bling, bling*. Die Kinder im Publikum lachten und klatschten. Miro marschierte weiter, hüpfte über ein unsichtbares Hindernis, marschierte und sprang jetzt Stufe um Stufe höher, obwohl dort nichts war, aber es sah aus, als kletterte er in der Luft. *Bling, bling, bling*. Dann reckte Miro sich nach etwas – *bling* – und war plötzlich doppelt so groß. Mit riesigen Schritten kehrte er aus der Luft auf den Boden zurück. Die Kinder trampelten mit den Füßen, und jetzt erst begriff Hagen: Super-Mario.

Miros erster Auftritt hatte seine Truppe, deren Mitglieder unter den Kindern im Publikum verteilt saßen, animiert. Als er sie jetzt per Handzeichen auf die Bühne bat, strömten sie zu ihm wie Figuren in einem Computerspiel.

Was folgte, war die Wechselwirkung zwischen bearbeitetem Gegenstand und Werkzeug, zwischen Gerät und Benutzer. Mal waren die Kinder Zähne und Miro die Zahnbürste, die unter großem Knirschen und Scheuern auf und ab, vor und zurück fuhr. Die Zahnbürste verschwand, die Zähne wurden ein Mund, der ausspuckte, trank, gurgelte, ausspuckte. Miro kehrte als Zahnseide zurück und glitt zwischen den Zähnen hindurch, als hinge er an zwei unsichtbaren Fäden, die ihn von der Decke der Mehrzweckhalle herab zwischen den Kindern hindurchbewegten, ohne dass er selbst einen einzigen Muskel beugen, eine einzige Sehne anspannen musste. Dann war Miro ein Wal, und die Kinder waren seine Putzerfische. Dann waren sie gemeinsam ein Haus, das sich aus menschlichen Lagen auftürmte. Drei Kinder hatten sich nicht an der Errichtung beteiligt, und als das Haus jetzt stand, öffnete das erste von ihnen die quietschende Tür. »Hallo?«, fragte es vorsichtig und streckte den Kopf ins Innere. Da niemand antwortete, durchschritt es das Erdgeschoss, fragte wieder: »Hallo?«, stieg die Treppe in den ersten Stock hinauf, suchte, guckte durchs Dachfenster, und da es niemanden gefunden hatte, kletterte es schließlich aufs Dach und wurde zum Kamin. Die anderen beiden folgten.

Schließlich war Miro der gelangweilte Fernsehzuschauer, der im Sessel fläzte, Chips mampfte, die ihm in den Ärmel rutschten und die er geräuschvoll herauszusaugen versuchte. Dabei zappte er sich durch die Kanäle. Einige Kinder waren der Fernseher, andere das Programm, das auf den einzelnen Sendern lief.

In der Pause, die sich anschloss, sah Hagen sich das Videomaterial an. Zum Glück war alles gut erkennbar. Sie würden dem Gericht den Zeitungsartikel vorlegen, den die Pressevertreterin hoffentlich zustande brachte. Dazu das Video mit der Rede des Bürgermeisters, mit den begeisterten Kindern, mit dem applaudierenden Publikum. Das Jugendhaus würde bestätigen, wie wichtig Miros Arbeit für die eigenen Schützlinge war. Und dann mussten sie hoffen. Es gab Fälle, in denen auch ohne Duldung eine Arbeitserlaubnis erteilt worden war. Das Jugendhaus hatte versprochen, dass Miro dort beginnen könne, sobald die Genehmigung vorläge. Und wenn er einmal gearbeitet hatte, konnten sie versuchen, eine Duldung für ihn zu erwirken.

Jemand legte Hagen die Hand auf die Schulter. Es war Alexander.

»Freut mich, dass du da bist«, sagte Hagen.

»Tolle Vorstellung! Meine Tochter ist ganz begeistert. Sie will jetzt auch mitmachen.« Er lachte.

»Keine gute Idee?«

»Sie ist erst drei.«

Ein Gong rief das Publikum in den Saal zurück. Hagen und Alexander verabredeten sich auf ein Bier nach der Vorstellung.

Der nächste Auftritt gehörte den Jugendlichen aus der Kreisstadt. Sie hatten sich Tücher um den Kopf gebunden, weite Hosen angezogen, trugen Goldketten und hatten sich Muscleshirts übergestreift. Die Mädchen trugen bauchfreie Tops in Leopardenmusterung und hatten sich Braids geflochten. Aus den Boxen dröhnten dumpfe Basslines, und auf der Leinwand waren Szenen aus Hip-Hop-Videos zu sehen.

Miro trat nicht auf. Er überließ die Bühne den Jugendlichen, die mal gemeinsam, mal nacheinander performten. Die Auftritte waren vielfältig. Es gab Breakdance-Einlagen, einen eigenen Rapsong, ein Lied von Kollegah, das in halber Geschwindigkeit lief und das die Jugendlichen mit ihren Körpern untertitelten. Den meisten Applaus erhielten aber zwei Mädchen, die eines der erfolgreichsten Hip-Hop-Lieder der letzten Jahre umgeschrieben hatten. Im Hintergrund war zu sehen, wie Capital Bra in seinem eigenen Video durch Berlin cruiste, mit halb nackten Frauen im Neonlicht tanzte und Geldscheine durch die Luft warf. Die beiden Mädchen trugen im Takt der Originalmusik ihren Text vor, in dem Capital Bra nur deshalb durch die Stadt fuhr, weil er sämtliche Menschen, denen er begegnete, fragte, ob sie etwas über den Verbleib seines Teddybären wüssten, ohne den er nicht schlafen könne. Als die halb nackten Frauen ihn zum Tanzen aufforderten, antwortete er: *Keine Zeit. Habt ihr meinen Bären gesehen? Es wird bald dunkel, ich muss schlafen gehen.* Das Geld, das Capital Bra im Video durch die Luft warf, war bei den Mädchen zu Finderlohn geworden. Der weinerliche Ton, in dem sie ihren Text vortrugen, und die verblüffende Übereinstimmung zwischen Ton und Bild veranlassten das Publikum immer wieder zu spontanem Applaus.

Es folgte ein Auftritt von Miro allein. Er begann als Angela Merkel, die sich zur Flüchtlingskrise äußerte. Obwohl Miro genau ihren Ton traf, ihre Körperhaltung, ihr Sprachniveau, lachte niemand. Auch Hagen war nicht zum Lachen zumute. Einen Betroffenen im Ton der Entscheider über sich selbst sprechen zu hören hatte eher etwas Abgründiges.

Danach war Miro Horst Seehofer und anschließend Donald Trump.

Der Clou seines Auftritts bestand darin, dass die Hinweise auf die Personen, die er nachahmte, immer weniger wurden.

Selbst Hagen, der Miro täglich proben hörte, staunte, wie gut Miro Seehofers moosige Hochdeutschvariante imitierte. Der Inhalt half aber nur noch indirekt, den Parodierten zu erkennen, denn Miro las die Anleitung zur Montage einer Selbstschussanlage vor.

Bei Trump verzichtete Miro gänzlich auf Worte. Wahrscheinlich, weil er kein Englisch konnte. Die Erkennbarkeit der Figur litt darunter freilich nicht. Der schiefe Kopf, der klaffende Mund und die verächtlichen Gesten entlarvten den Dargestellten sogleich als Lenker der freien Welt.

Miros individueller Auftritt war wie ein Decrescendo vor dem Finale gewesen.

Am Ende nämlich kehrten alle auf die Bühne zurück, die Kinder, die Jugendlichen und Miro, und sangen gemeinsam auf die Melodie von Boy Georges *Chameleon* einen Text, den Miro unmöglich allein geschrieben haben konnte und in dem es darum ging, dass man sich selbst erst richtig kennenlerne, wenn man nachgemacht werde. Darum solle man möglichst oft andere nachmachen. Das sei der eigene Beitrag zu einer besseren Welt.

Der Applaus hielt lange an. Hagen filmte alles, auch die zweimalige Rückkehr der Darsteller ins Scheinwerferlicht. Erst als die Deckenbeleuchtung wieder anging, schaltete er die Kameras aus.

Jetzt erst bemerkte er, dass es draußen vor den Fenstern der Christian-Morgenland-Mehrzweckhalle stockfinster war.

Alexander hatte zwei Flaschen Alpirsbacher besorgt und reichte Hagen eine davon. Als sie gerade anstoßen wollten, kamen Eberhard und der Bürgermeister mit Sekt auf sie zu. In der Hand hielt der Bürgermeister zudem eine Papiertüte.

Eberhard reichte Hagen ein Sektglas, sodass der nun mit einem Bier in der Rechten und Sekt in der Linken dastand.

»Herr Hartmann«, begann der Bürgermeister und positionierte sich so, dass Alexander automatisch aus dem Kreis, der sich gebildet hatte, hinaustrat.

»Herr Hartmann, wir möchten uns bei Ihnen für alles bedanken, was Sie für die Gemeinde geleistet haben.«

Hagen winkte ab und musste aufpassen, dass kein Sekt aus seinem Glas schwappte.

»Doch, doch«, insistierte der Bürgermeister, »das ist nicht immer einfach mit den jungen Leuten. Ich weiß das. Ich war vorher Sozialdezernent der Stadt Sindelfingen. Aber davon will ich jetzt gar nicht anfangen. Zunächst mal würden wir gern mit Ihnen anstoßen. Eberhard, komm!«

Die Gläser der drei klirrten aneinander. Hagen schämte sich für das Bier in der anderen Hand und überlegte, ob er es abstellen sollte. Oder Alexander zurückgeben.

»So, und weil Sie das so toll gemacht haben, haben wir noch einen Anschlag auf Sie vor.«

»Ja?«, fragte Hagen zögerlich.

»Sie wissen, dass in Löwenau eine Siedlung aus Wohncontainern entstanden ist. Wir werden deutlich mehr Flüchtlinge bei uns haben als bisher. Und die werden eng zusammenleben. Da kann es schnell zu Reibereien kommen. Also haben wir uns überlegt, da brauchen wir jemanden mit Ihrem Fingerspitzengefühl. Mit Ihrem Auge für das Gebotene. Mit Ihrer Treue zum einzelnen Menschen.«

Hagens Ohren tosten. Hektisch trank er und merkte erst beim Schlucken, dass er anstelle des Sekts das Bier erwischt hatte.

»Jedenfalls möchten wir Sie fragen, ob Sie sich vorstellen könnten, Flüchtlingskoordinator unserer Gemeinde zu werden.«

Hagen war gerührt. Darum blieb er stumm.

Der Bürgermeister schien das falsch zu verstehen. »Über Ihr Gehalt können wir uns selbstverständlich in Ruhe unterhalten. Sie hätten den Vorteil, dass Sie am Einsatzort wohnen. Der Lärchenwald, da kommen Sie ja fußläufig hin.«

»Ja«, sagte Hagen. »Ja. Ich will.«

Eberhard schmunzelte. Der Bürgermeister streckte Hagen die Hand entgegen. Hagen wollte auch seine reichen, aber da fiel ihm das Bier ein. Miro, der unbemerkt hinzugetreten war, nahm es ihm ab. Sein Gesicht leuchtete so rot, als hätte man ihn beim Abschminken gehäutet.

Hagen schlug ein. Der Bürgermeister freute sich sichtlich.

Dann nestelte er in seiner Tüte, zog ein T-Shirt heraus, faltete es auseinander und hielt es so, dass Eberhard, Hagen und Miro den Aufdruck lesen konnten.

Stumm nahm Hagen es aus den Händen des Bürgermeisters entgegen und reichte Miro sein Sektglas, damit er das Shirt überstreifen konnte. Als er an sich hinunterblickte, straffte er den Stoff mit den Händen, sodass die Beschriftung faltenfrei zu sehen war. Eberhard öffnete feierlich den Mund, um die drei Wörter vorzulesen, da unterbrach ihn der Bürgermeister: Er müsse leider los, wolle aber niemanden beim Feiern unterbrechen. Dazu gebe es heute reichlich Grund. Und nächste Woche könne Hagen gern einmal auf dem Rathaus vorbeikommen.

Dann wandte er sich zum Gehen, und Eberhard begleitete ihn in Richtung Ausgang.

Hagen blickte ihnen nach.

»Ich habe auch noch einen Grund für dich«, sagte Miro, als Hagen sich endlich nach seinem Bier umsehen wollte.

Adana stand neben Miro und lächelte Hagen an. Ihre Augen schimmerten.

Wortlos beugte er sich zu ihr, um sie zu umarmen.

»Ich bin stolz auf dich«, flüsterte sie ihm ins Ohr, und die Rüschen ihrer Bluse kitzelten seinen Hals.

# XXIX

Wie gut, dass das Propädeutikum erst in vier Wochen beginne, sagte Adana im Taxi. Und wie gut, dass mit der Flugbuchung und Hagens Visum und den irakischen Behörden alles so rasch funktioniert habe.

Obwohl die Taxifahrerin übermütig in eine Kurve lenkte, setzte Adana die Bierflasche an die Lippen. Als sie Hagens Blick bemerkte, hob sie lächelnd die Achseln: Die Ausreise aus dem Irak sei der bisher einzige Flug ihres Lebens gewesen. Und der sei ihr nicht besonders bekommen. Ein Brausebauch bei Start und Landung, gequetschte Finger bei jedem Luftloch, Puddingknie auf dem Weg zur Toilette. Kurz: Sie müsse sich Mut antrinken.

Hagen nippte an seinem stillen Wasser. Er wolle einen guten Eindruck machen, wenn er zum ersten Mal in seinem Leben den Boden ihrer Heimat betrete, sagte er.

Adana strich über die Aufschrift seines T-Shirts, das der Bürgermeister ihm überreicht hatte: »Den wirst du machen. Wahrscheinlich einen besseren als der Boden selbst.«

»Hast du dich auf den Anblick vorbereitet?«

Tatsächlich habe sie versucht, sich ein verlassenes Kocho vorzustellen. Diesen Ort, der immer von seiner Lebendigkeit genährt worden und jetzt verwaist, vergessen, verloren sei. Mit jedem Versuch, sich das heutige Kocho auszumalen, sei ihre Hoffnung gewachsen, dem Anblick standzuhalten.

»Du bist so viel klüger als ich«, sagte Hagen.

»Und so viel übergangener«, sagte sie.

Fragend sah er sie an.

»Das Telefonat. In dem du die Blume warst, die sich nach der Sonne streckt. Du schuldest mir die Antwort darauf, was ich bin.«

Er habe befürchtet, dass sie in dieser Angelegenheit keine Gnade kenne, sagte Hagen. Die Vorbereitung auf diese Reise habe für ihn nur zur Hälfte aus Flugbuchung, Formalitäten und Kofferpacken bestanden. Den Rest der Zeit habe er sich gefragt, wie er ihren Blumenvergleich parieren könne. Vielleicht liege es auch an ihm, aber eigentlich sei er überzeugt, dass es da nichts gebe. Größere als er seien schon auf der Suche nach Vergleichen gescheitert. Im Grunde dokumentiere doch jedes Gedicht der Weltliteratur diese Hilflosigkeit. Natürlich könne er bei Wikipedia eine Liste aller Tierarten aufrufen und ihr dann aufzählen, welche Vorzüge sie mit Eichhörnchen, Wildlachs und Pfau teile, aber er fürchte, dafür sei die Taxifahrt zu kurz und selbst der Flug in den Irak nicht lang genug.

Adana lächelte. »Du weißt schon, dass wir umsteigen müssen.«

Sie schwiegen.

Als Adana schließlich das Schweigen brach, fragte Hagen sich, ob, was er hörte, von einer Stimme in seinem Kopf stammte oder tatsächlich aus Adanas Mund. Sie erzählte von der Verlobung ihrer Heidelberger Freundin. Der Verlobung einer Jesidin mit einem Deutschen. Im Übrigen eine Verlobung, die auch dem Traumaforum half, denn der deutsche Verlobte war Programmierer und längst mit der Umgestaltung der Website befasst.

Dass Hagen atemlos nach dem Zustandekommen der Verlobung fragte, beantwortete Adana mit einem Lächeln.

Dann sprach sie von Zeiten, die sich änderten. Von Baba Sheikh, dem geistlichen Oberhaupt der Jesiden. Von Lalisch, dem heiligen Tal im Nordosten. Von entlaufenen Sabayas, die der Baba Sheikh in Lalisch von ihrer Schuld freisprach. Vom Bekenntnis einer fremden Religion im Mund und vom Verlust der Unschuld, die die geistlichen Führer den Gläubigen nachsahen. Und von modernen Geistlichen, die verstanden, dass Jesiden in Europa auch Jesiden mit Europäern bedeuteten. Der deutsche Verlobte hatte Lalisch bereist und sich dort in die jesidische Gemeinde aufnehmen lassen. Sogar zur Taufe war ein Geistlicher bereit gewesen.

»Ich finde, wir sollten dringend einen Zwischenstopp in Lalisch einplanen«, sagte Hagen.

»Vielleicht«, sagte Adana und ließ sich in das kühle Leder der Rückbank zurücksinken. »Vielleicht.«

**Philipp Brotz**, geboren 1982 in Calw, lebt als Gymnasiallehrer in Freiburg und moderiert im dortigen Literaturhaus. Für sein Werk wurde er u.a. mit dem Schwäbischen Literaturpreis ausgezeichnet. Der SWR nannte seine Prosa »herausragend«, Anya Schutzbach zog sie »fast den Boden unter den Füßen« weg.

Gefällt Ihnen dieses Buch? Dann empfehlen Sie es bitte weiter. Mehr über den 8 grad verlag finden Sie auf www.8gradverlag.de und in unserem Newsletter.

Wir setzen auf nachhaltige Produktion. Unseren wertvollen Rohstoff Papier beziehen wir aus verantwortungsvoller Waldwirtschaft, dokumentiert mit dem nachstehenden FSC®-Logo.
https://fsc.org/en/fsc-public-certificate-search

FSC
www.fsc.org
MIX
Papier aus verantwortungsvollen Quellen
FSC® C111446



1. Auflage 2023

Sonnhalde 73 | 79104 Freiburg


Umschlaggestaltung und -illustration,
Layout und Satz: Julie August, Buenos Aires / München
Lektorat: Marion Voigt, Zirndorf
Gesetzt aus der Adobe Caslon und der Brown
Papier: Munken Print cream 90 g/m² 1,5-fach
Einbandmaterial: Peyprint honan 130 g/m²
Herstellung: folio · print & more, Zirndorf
Druck und Bindung: Steinmeier GmbH & Co. KG, Deiningen
Die Veröffentlichung dieses Werks erfolgt auf Vermittlung durch Hubert Klöpfer.

Printed in Germany
ISBN 978-3-910228-12-2

www.8gradverlag.de